著

血色担当

郑州大学出版社

图书在版编目（CIP）数据

血色担当 / 江峰著. –– 郑州：郑州大学出版社，
2021.6（2024.6 重印）
ISBN 978–7–5645–7864–0

Ⅰ.①血… Ⅱ.①江… Ⅲ.①长篇小说 – 中国 – 当代
Ⅳ.①I247.5

中国版本图书馆 CIP 数据核字(2021)第 087144 号

血色担当
XUESE DANDANG

策划编辑	李勇军	封面设计	孙文恒
责任编辑	孙精精	版式设计	孙文恒
责任校对	刘晓晓	责任监制	李瑞卿

出版发行	郑州大学出版社(http：// www.zzup.cn)	
地　　址	郑州市大学路 40 号(450052)	
出 版 人	孙保营	
发行电话	0371–66966070	
经　　销	全国新华书店	
印　　刷	山东华立印务有限公司	
开　　本	890 mm × 1 240 mm　1 / 32	
印　　张	12.125	
字　　数	226 千字	
版　　次	2021 年 6 月第 1 版	
印　　次	2024 年 6 月第 2 次印刷	

书　　号	ISBN 978–7–5645–7864–0	定　价	68.00 元

目　录

第一章　深夜受命

阳历 8 月的北京是最热的时候，梧桐树亭亭如盖，撑起了大伞等着人们纳凉。可是，街上像清了场一样，半天不见一个人影儿。那些不受欢迎的知了，不知疲倦地在树上吱吱啦啦扯着嗓子叫个不停。

狭长的老街深巷内，一座座四合院苍然耸立，数不清的青砖灰瓦、构件石墩……无声地印证着过去的富庶与豪迈。

四合院前的青石板上，一辆加长的黑色林肯，蜗牛般地缓慢爬行着。某国大使坐在车上，若有所思地欣赏着窗外的风景，嘴角微微上扬，露出迷人的微笑，或许是想起了什么陈年往事吧。副驾驶位子上的秘书，已略显困倦，不时地低头打盹儿，对身边的美景全然不顾。

突然，司机一个急刹，轿车瞬间停住。因为惯性，大使猛然前倾，眼镜也从鼻梁上滑落；秘书狠狠地撞到前面，两颗门牙似乎松动了，露出了痛苦的表情。

原来，一个妇女冷不防地从梧桐树后跑出，猛地向轿车前面扑去。虽然没被撞着，但妇女因跑得太快，一脚踏空，重重地摔倒在车前，秘书赶紧下车。

"难道这就是传说中的碰瓷？在京城可从没见过。"秘书心里寻思着，一只手捂着嘴，一只手把妇女拉起来。妇女没有卧地不起，而是很镇静地站起来，从随身挎包里掏出一沓资料，首页用红笔赫然写着一个大大的"冤"字。她双手拿着资料举过头顶，双腿迅疾跪在秘书面前。秘书本能地往后一退，然后又上前把她拉起。这一幕都被不远处的一个看上去60多岁的老头儿在拿傻瓜相机拍照。

妇女姓郑名霞，中兴市泥河县人。当天，郑霞赴京上访，拦停外国大使的事情很快就在县城传开了。时任市委常委、政法委书记李兴国分别向泥河县委书记邵康同志、政法委书记魏平同志打了电话，要求务必高度重视信访稳定工作，依法依规处置好信访事件。

连夜，邵康书记召集县委副书记达飞、政法委书记魏平、公安局局长常留升、群工部部长刘兵、信访局局长梅芳，以及涉事的乡、办事处书记，共同商讨、研判当前全县的信访稳定工作形势，对近期赴京上访的15人所反映的问题，逐个听取汇报，提出推动问题解决的办法。会议要求，要派出素质高、工作能力强的人员去北京将本地上访人员接回，具体由魏平书记牵头落实。

会议结束时，已是夜里零点。等县委书记邵康、副书记达飞离开会议室后，政法委书记魏平挥手示意，请参会人员暂留，接着商量选派接访人员事宜。与会人员一致认为，一定要派一名公安局的得力警员带队参加，4个乡、办事处也要选派熟悉群众工作的同志前往。公安局局长常留升当即推荐二七矿派出所所长秦闯带队，乡、办事处人员也当即拍板确定赴京人员。

秦闯接到赴京通知时，已是深夜 1 点。他正给发烧的儿子萌萌量体温，一看温度计显示 39 摄氏度，媳妇夏娟慌了，赶紧拿毛巾给孩子物理降温。

"请领导放心，保证完成任务。"接到通知，秦闯立马答应，毫不犹豫。

一听是单位的电话，秦闯媳妇蒙了。"孩子烧成这样，你走了我可咋办啊？要不给领导说说，让别人去吧！"夏娟看着秦闯，着急地说。

"不行，现在是半夜，大家都在休息，不能让领导为难。让我去，一定是感觉我合适，这是组织对我的信任。再说，孩子发烧是常事儿，又不是什么大病，你照顾好就行了。再不退烧，就去医院吧。"秦闯说。

嫁鸡随鸡，嫁狗随狗。嫁给警察，就得接受丈夫随时出差、加班，这是谈对象时，俩人的约定。庆幸的是，父母住在附近的小区，夏娟随即给爸爸打了电话，不一会儿，老两口就风风火火地赶到了。

"烧得这么厉害，赶紧去医院吧，要是有个三长两短，那可咋办啊！"父亲果断做出决定。

于是，一家人手忙脚乱地收拾东西，准备去医院就诊。秦闯顾不得送孩子去医院了，几个乡、办事处的同志都在派出所等他，已经做好了赴京的准备。

"爸、妈、小娟，我去出差了，辛苦你们了。"说完，秦闯拎起包就往外走。

"爸爸。"儿子萌萌迷迷糊糊地喊了一声。秦闯扭头看了孩子一眼，小家伙脸烧得通红，眼睛似睁非睁的。一声"爸爸"，让秦闯鼻子一酸，眼睛微微湿润，双腿如灌铅一般，愣在了门口。

"快走吧，早去早回，家里有爸妈在，孩子没事。"夏娟一边催促丈夫，一边给孩子收拾东西。秦闯已经顾不得那么多了，头也不回，咚咚咚地跑下楼去，边下楼边用手擦拭着眼泪。

一弯新月斜挂空中，街上婆娑的树影懒懒地躺在路边的道牙上。晚风拂过树枝，发出窸窸窣窣的响声。秦闯抬手看了看表，不由得加快了脚步，澄澈的月光把他的背影拉得很长，很长。

秦闯出生于中原南部的农村，能来到泥河县工作是因为深受邻居的影响。他的邻居，也就是二狗，是村里有出息的人，过去常年在中兴市矿上采煤，每年仅在过年过节时回家。回来时穿一身矿工制服，劳动布做的，说蓝不蓝，说白不白的，有角有棱，很是精神。二狗一回来，他媳妇总是精神倍增，一早去集市上买来大包小包的东西，还有鸡鸭鱼肉，从他们家飘出的肉香味全村都跟着"沾光"。一次，二狗还将秦闯喊到家里，让他看从矿上带回来的矿灯。那是一种戴到头上的灯，非常亮，在黑夜里也照得很远。二狗说戴上这灯到村外的坟地里捉兔子、逮鹌鹑，很好使，惹得秦闯总想借走玩几天。二狗说，矿区的生活丰富多彩，上班时挖"乌金"（煤），下了班喝酒吃肉，还能到街上卡拉OK喊上几嗓子，也能邀几个工友到附近的山上摘野果、打野味。从初中到高中，二狗吹嘘的经历在秦闯的心里种下了一颗不安分的种子。秦闯发誓，一定要走出平原，到矿区工作。

其实，秦闯是村里人很看好的孩子。常说从小看大，三岁看老，村里同龄人中数他学习最好，话不多，但很懂事，长得白白净净，也很清秀，深受乡亲喜爱，甚至曾被村主任调侃为村里同年龄人中的"四大能人"之一。秦闯果然不负众望，从小到大学习都很优秀，高二那年就报名参加高考，竟然考上了省公安高等专科学校，成了村里的第一个大学生。

警校三年，紧张有序，匆匆而过。其间除了学习擒拿格斗，秦闯也学习了很多专业知识，但是与一般综合性大学的学生相比，少了花前月下、卿卿我我的浪漫爱情。也许是命运使然，教务处处长也来自中兴市，在得知他想到矿区的想法后，积极帮助协调，秦闯终于被分配到了中兴市泥河县矿区的一个派出所，来到了二狗曾经吹嘘过的地方。当时二狗已经60多岁，早已经回家养老，几颗门牙也掉光了。据他本人讲是在矿上吃肉太多了，因为都是野味，肉硬，难啃，硌掉了。

　　9月，秦闯到泥河县公安局报到。几天后经局党委研究，他被分配到泥河县矿区的二七矿派出所工作。去派出所上班的第一天，他早晨6点起床，简单吃了早饭就一个人匆匆忙忙地从村里赶往县城去乘车。父亲来送他，他坚持不让，说自己大了能够走南闯北了。他家离县城25里，道路不宽，全是土路。不让父亲送到县城，是怕他回来太累，一来一回可不近，又加上路坑坑洼洼的，可不是个容易差事。秦闯步行了两个多小时到了县城汽车站，又乘了几个小时汽车从平原大地到了丘陵遍布的矿区，之后又转乘小火车到了矿区派出所报到。

　　到了派出所，已是晚上，天已经黑了。所里的值班同志热情地接待了他，并在电话请示所长后，给他安排了住的房间。派出所设在二七矿煤矿旁，在一个半山腰上。半夜尿急后，他爬上所里的平房房顶，从房顶往山下看，只见到处都是灯光，一簇簇一团团，好似一片繁华景象。

　　其实矿区并没有他以前听到和现在看到的那样美好，

也包含了很多的崎岖和艰辛。二狗那充满诱惑的讲述大多是吹嘘和炫耀。报到当天夜里看到的繁华景象，其实是山坳里一座座的小煤窑。这个方圆20多平方公里的矿区，竟有煤窑千余座，光国营大矿的光明煤矿就有两万多人。说实话，山里的自然风光还是很美的，以前从没见过山的他现在看到了山上很多的灌木，灌木丛里红的、紫的、蓝的、白的小花时隐时现。走近欣赏野花时，有时会突然飞出几只野鸡，也会有几只松鼠急促地蹿向远方。由于是矿区，这里的山是石头山，含较多金属元素，比如铝、钒等，所以山上大树不多。这里虽然是美景和财富集中的地方，但也存在交通不便、干旱缺水现象。小矿之间基本没有道路连接，大矿与外界连接的道路也不宽敞，大矿产的煤多数被火车运走。矿区的集镇上仅有几个主街道，商业不发达，晚上餐饮业和所谓的唱卡拉OK的地方生意明显好点，矿工们多在这里消费。二七矿派出所的辖区，主要是二七矿和附近的几个村庄。由于矿上人多，大多数来自外地，为了生活照顾方便，来自同一个地方的工人们往往自发地聚集在一起，包括在工作和工作之余外出玩时，逐渐形成了北帮、东帮和南帮，各帮都有一个带头大哥。派系的自然形成，让工友们感受到温暖的同时，也在日常生活中发生了好多摩擦和纠纷，往往是两个个体工友之间的打架，发展成了帮派间的群体性斗殴，给社会治安带来了隐患。

秦闯性格沉稳，话语不多，却敏于观察，并牢记于心。十多年的工作中，参与处置了数起大的刑事案件，逐步由一名普通的民警成长为一个能力突出的所长。

　　秦闯匆匆忙忙地赶到派出所时，乡、办事处和信访局的同志已在院里等候。他看了看表，已近深夜2点。他们坐上一辆车连夜向北京奔去。路上司机困了，就让会开车的同志开一会儿。上午10点多，他们来到了北京信访人员分流处，把上访人员拉上车，就准备立即往家赶。但不同的声音出现了，拦截外国大使车的郑霞提出不愿意回去，其他六个上访的妇女也随声响应，坚决不同意回去。最后，经反复做工作，她们表示回去也行，但必须让瘪三一块回去。可瘪三手机关机，并且在地下室旅馆也退了房。无奈，秦闯一行只得强行把她们带回。这下可惹了马蜂窝，上访的几个妇女又哭又闹，一会儿喊渴，一会儿喊饿，吃过喝过后，又喊着要上厕所。由于经费困难，为了省过路费，他们没走高速，而是选择走普通的国道。荒郊野外的，司机无法找到厕所，只得将车停在路边，让想方便的人员下车。结果只有郑霞一人下车。由于是大白天，她想跑远点方便，但秦闯不让，人生地不熟的，又没有女同志跟随，怕她出事，也怕她借机滞留不归。抗议了一会儿，她终究还是没有战胜尿急，只得在车旁哗哗地撒尿。她抬起光屁股，脸从蹲着的两腿缝隙里向车上看，想看看车上有没有人偷看她方便。结果车上一个人看到她滑稽的样子后，忍不住笑了，还模仿着、比画着，于是一车人都跟着笑了，车厢内立即充满了笑声，其他人也着实开心了一下。但郑霞的脸却羞得像红柿子，过了一会儿，她开始向秦闯发起进攻，并一头撞向他，理由是秦闯羞辱了她，她发誓一定要将秦闯告倒，让他被开除出公安队伍。

其实郑霞上访是被人诱导的。郑霞50多岁，大眼睛，双眼皮，皮肤白皙，中等身材，平时注重穿衣打扮。村里同龄的老男人常说，这媳妇中，用着感觉一定不错。她年轻时很水灵，头脑活，成熟得早，大胆奔放。她所在的村子离矿上近，有一个外地来的小伙子，高高的个子，阳光、帅气，她看到后就发起了猛烈攻势，经常在工人下班后来找他。常说女追男隔重山，但她追得有技巧，常出其不意，先给他的帮派大哥送烟，然后让帮派大哥邀他出来吃饭。她是本地人，大哥最注重与当地人搞好关系，又加上是好事，所以也积极撮合二人。好事最终成了喜事，她终于心想事成，男方也在矿区落了户。但结婚两年后，男子在一次下井后因地下瓦斯爆炸再也没能上来，可怜的是连个遗腹子也没有留下。哭天喊地后，她不得不接受现实。但奇怪的是，两年后，她竟然生了孩子，说是她死去男人的，但大家都不相信，哪有生孩子能怀孕两年的，真是奇闻。村里有个人当面说她偷人了，结果惹了祸。她破口大骂，并连续几天纠缠那人。没办法，经村主任协调，那人拿了500元，算是精神赔偿费，方才摆平。

这一下，可让她尝到了甜头。之后，她丢个鸡，丢个猫，或者地头种的青菜被人偷摘了，都会扯着嗓门整天骂街。骂的时间长了，村里总有人受不了，会劝她或者说几句牢骚话，但她毫不领情，总会不依不饶地黏上那人，于是争论变成了谩骂，谩骂又变成了撕扯，目的就是弄几个钱花花。对方要是能拿钱，这也算是解决了；要是对方不愿意拿钱，村里又协调不了，她就开始往街道办事处、区里，甚至市里上访。最后村里或者上级都会拿点钱给她，三百五百的，但没有超过一千的。

类似郑霞这样的上访妇女，在周边也有三四个。平时她都在村里撒泼，没有多大胆量往上面跑。村里有个60多岁的老光棍王老强，绰号瘪三，原来在县里一所初中教语文，能说会道，课教得好，但对女教师也上心，外界传出他与几个女教师有染。这话传到了一名女教师的老公那里，他是矿上市场卖肉的，性格暴烈。听说后，他掂着剔骨刀，就去学校找王老强。两人在学校操场上碰面了，女教师老公对他破口大骂，并扬刀威胁。瘪三平时喜欢看《水浒传》，心理素质好，并不害怕。他反而趁女教师老公不备，突然将刀抢了过来。这一下，女教师老公恼羞成怒，直接向他身上扑来。他本能地用刀一挡，不幸却将那人的肚子扎伤，流了很多血，听说肠子都出来了，最后经鉴定为重伤。后来，王老强被判了5年，出狱后老婆没了，工作也没了。

瘪三50多岁时，看到别的教师都领了退休工资，甚至一些民办学校教师也转了正，于是心里开始有想法，也不顾廉耻，经常到县里、市里反映情况，要求恢复教师工资待遇。由于不符合政策，他的目的没有达到。但在上访的几年中，他发现了一些生财之道。在全国"两会"等特殊敏感时期，街道办为了劝他不要上访，往往会在生活上给予照顾，给他一些钱。他也往往是得到钱后消停一阵。后来，一旦国家、省里召开大会或者有重大活动，他就扬言要上访，于是街道办就有人去安抚他。渐渐地，他不再满足于得到这点钱，打起了歪主意，暗中提醒村里妇女上访户到省里、京城去上访。他再出面给街道办打电话，说这些妇女在哪里上访，只要给他一些信息费就能将她们领回。按照信访制度，在特殊敏感时期上访，就会通报这些人所在的政府，并且要追责，如果是群访还要追究当地领导的主要责任。基层政府一些同志迫于信访通报压力，不得不花钱买平安了事。王老强正是利用了基层干部的这种心理，屡屡得逞。这次郑霞到北京上访，甚至拦截外国大使的车，都是他精心设计的。那个事发现场拍照的男人，也正是王老强。他引导郑霞到北京上访，说这样可以赚大钱；拦截外国大使的车，影响大，办事处给的钱也更多。郑霞就是这样被王老强引诱到了北京，上演了一场荒唐闹剧。

非访事实发生了，总要问责。按照治安条例和信访条例，以及特殊敏感时期的有关信访政策，郑霞被从北京带回到县里后，就被公安给予治安拘留。在进拘留所之前，公安、办事处和信访部门的同志对她又进行了训诫，向她讲了有关条例和政策，以及拦截大使车辆所造成的恶劣影响。她自己也没想到事情会闹这么大，为了减轻责任，她供述了王老强挑唆、组织几个妇女上访的不法行为，并哭哭啼啼地说自己也是受害者。她说王老强领着她们几个妇女买票，坐火车到北京，住地下旅馆，一切都是他包办的，她们几个凑钱替他买票，承担他吃住的费用。王老强还把她们的身份证都收了起来，由他保管，其实是防止她们不听他管理。更过分的是，王老强说为了省钱，他们几个人都住在一个房间，半夜里他摸摸这个，亲亲那个，妇女们都是第一次进京，虽然心里很烦，但也不敢拒绝。因为王老强说哪个人不听话，就把她赶到大街上，不再管她。她们都害怕回不了家，迫于淫威，不得不默默承受。郑霞说，几天下来，除了一个外，其他几个妇女被他睡了一遍。她说着哭着，说他又老又丑却占尽了便宜。经过询问其他几个妇女，证实了郑霞所说，其中有一个妇女不同意，两人还发生了厮打。在取得确实证据后，秦闯再次赴京将王老强抓获，依据法律法规，王老强被公安刑拘后被判刑5年。由于这次非访影响太大，当地街道办的书记、主任均被免职。

15天的治安拘留到期后，郑霞又开始了上访。这次她上访的诉求是赔偿精神损失费，追究秦闯的责任。她认为在从北京被带回的路上，是秦闯安排人站在她面前看她小便，侮辱了她的人格。根据信访个案责任分工原则，因谁引起的上访，则由该人、该人所在部门负责解决。为解决问题，秦闯在办公室邀谈了郑霞，但效果并不好，不但没有推动问题解决，反而让她看到了机会，她像狗皮膏药一样粘上了秦闯。他在办公室处理公务，她就蹲在派出所里，扬言不解决问题，坚决不走。看不到他时，她就到县里、市里上访，目的就一个，告倒秦闯。由于她持续上访，问题又没能得到解决，市信访局随即给予了关注，县信访稳定工作领导小组更是在全县对秦闯进行了通报批评。这事儿让秦闯压力很大，不得不寻找解决的办法。由于郑霞是无理上访，他决定从法规政策和情感上来解决问题。于是他开始深入学习信访条例和法律法规，同时向身边的老同志学习。

功夫不负有心人，秦闯终于对信访工作有了更深入系统的了解。信访是公民的权利，保护自身合法权益无可厚非，但必须依法合理表达诉求。他认为，那些有合理诉求的信访群众，要通过正确的渠道主张自己的权益。作为政府部门，应竭力为群众解决实际困难，不要把有合理诉求的群众逼到赴省进京上访的地步，毕竟对于多次到北京、中南海、天安门等重要地区非正常上访，影响社会秩序的，会涉嫌寻衅滋事罪。此罪轻者可判5年以下有期徒刑，最高可判10年有期徒刑。

仅掌握信访方面的法律法规，就解决郑霞信访问题而言，还显得很不够。秦闯苦思冥想，总算看到了希望。一天，他与一个同事在一起吃晚饭时，诉说了自己近期的苦恼。这位同事说，他也正在处理一个信访案件，当事人叫郑金顺，也是多年的老问题。说者无意，听者有心，出于警察职业的敏感性，秦闯心想，他们都姓郑，会不会有啥关联呢？通过查找，还真被他猜着了，正应了无巧不成书这句话，原来二人是亲兄妹。郑金顺是哥，会木工，在十里八村都是能人，但郑金顺是被大伯领养的。大伯属于上门女婿"嫁"到外村，但他嫁的女人不会生孩子，真是赔了自己又断了子孙，没办法向自己弟弟求援，领养了郑金顺作为自己的儿子。

郑金顺有两个方面在当地十里八村很出名。一是手艺出名，是木工好手。老式的八仙桌、新式的折叠方桌、桌面双层且上层能转的圆餐桌，以及小板凳、带扶手的太师椅等，他全能做出来，就是做得太慢。因为全是纯手工，他一点一点加工，从圆木材到木板，再到成品、雕花、上漆，都没有帮工。新产品不用一个钉子，全是通过挖眼、打楔、组装而成，结实耐用。他一年能做几套农村摆在堂屋（农村宅基地坐北朝南，房子一般三间，中间是堂屋）的桌椅，每套大概能得600元利润。基本上够吃盐、买菜、孩子上学，以及平时治病、门头差事送份子钱等，也算是自得其乐，足不出户，小日子美美的。

二是上访出名，他已经是有近4年经验的上访户了。天有不测风云，人有旦夕祸福，一场交通事故改变了他也算幸福的生活。4年前的一天中午，天下着小雨，附近村的一户村民刚盖好新房，感觉过去的旧家具与新房不匹配，便开着农用四轮车，车后面绑了一个两轮的大木架子车，拉走了郑金顺做的一套木家具，并给了1000多元。老郑心里那个美呀，前几天还发愁下着雨，家具卖不掉，既占本钱，又闲着手发痒。因为他是做一套卖一套，卖了这一套，才开始做下一套，从不压货。拿到钱，他心情高兴，就想着喝两口，像母鸡刚下了蛋一样，很有成就感，大声向老婆吆喝："孩儿她妈，去到村里小卖铺买瓶烧刀酒，猪头肉、猪大肠拼一份，烧鸡来一整只，你爱吃的鸡头、鸡爪、鸭脖也拼一份，再弄点水煮花生，来两个烧饼，要热的。"他老婆拿着他给的还没暖热的桌椅钱，屁颠屁颠地扭着胖腰到村头的店铺去买菜了。那时农村的物价也真是便宜，一瓶酒、四份菜、两个饼还没花100元，剩下了5元钱，她真是高兴，这钱可以进入自己的小金库了。老郑平时管钱，很抠门，基本不给老婆钱，但有时让老婆去买东西，剩下个块儿八角的，他也不要，只当给个跑路费。常言道，得意不可忘形。天下着雨，村内土路上满是稀泥，她两手提满了东西，后面冲来了一个摩托车，鸣着刺耳的喇叭。她心一惊，脚下打滑，身子一个趔趄，后面摩托车躲闪不及，猛地撞到她的身体右侧，整个人滚出了一米远，摩托车也摔出去了。骑车的是同村的狗蛋，是村里的一个小老板，刚开始干一个小洗煤厂，他的上辈与郑金顺大伯入赘的媳妇家还有"世仇"。好像是狗蛋的爷爷，与他大伯媳妇的姑奶奶小时候青梅竹马，长大了想结婚，但他大伯媳妇的姑奶奶的父母不同意，说一个村的嫌丢人。但这个姑娘未婚却怀孕了，大家都知道是狗蛋爷爷种下的种，惹的祸。于是，两家老人开始协商，却协商不成，变成了谩骂、互殴。姑娘只得远嫁他乡，听说嫁给了一个死了老婆的 40 多岁的穷汉子，一个 20 岁的黄花大闺女就这样成了苦命人。于是他大伯媳妇的家族，组织了几十个人把狗蛋爷爷家砸了个稀巴烂。由于输理在先，狗蛋爷爷家也只得忍下了这口恶气，但仇恨的种子却种在了后代人的心里。

"出事了，出大事了，快来看呀……"郑金顺听到喊声，闻声而来。他看到老婆全身是泥，脸也成了大花脸，在泥地里痛苦地呻吟，一次次挣扎着想起来，但次次努力都失败了。买的菜也扔了一地。他又气又急，与村里两个年轻人一道把她抬到路边的一户门前的硬地上。菜洒落一地，不能吃了，酒瓶也摔烂了，两个饼也被狗叼走了。看到开摩托车的狗蛋站起来了，摔得不重，摩托车也能打着火，郑金顺上去就与狗蛋厮打起来，认为狗蛋这是报上辈的仇，是有意撞的。狗蛋理亏，趁其不备，开车逃走了。

郑金顺老婆刚被撞时还没感到疼，几分钟后就疼得大叫，呼天喊地，"妈呀、娘呀"地叫个不停。不一会儿就声音渐小，有晕过去的样子。看势不妙，郑金顺急忙组织了村里人用架子车把老婆拉到了附近的医院。经过一系列检查，郑金顺老婆大腿骨被撞断，腹部也有瘀血，伤势非常严重，只得住院治疗。狗蛋听说伤情后，也不敢去医院看望，托村支书捎去5000元，并让他转达歉意，表示愿意承担全部医药费。郑金顺收下了钱，但表示决不罢休。想到狗蛋有钱，下决心再让他多"出血"。后来又听说，狗蛋摩托车没上牌，本人又没驾照，感觉还能多要点，便声称必须包赔15万元，否则将斗争到底。狗蛋心虚，无证驾驶，犯了法，害怕坐牢，就托中间人说，愿意赔10万元私了。但郑金顺说，15万元一分都不能少。最后调解不成，走了司法程序。经过法院解决，狗蛋被判刑两年，附带民事赔偿5万元。由于判了刑，狗蛋分文不愿意再出，他应付的5万元赔偿款也迟迟没有到位。于是郑金顺的驴脾气又上来了，开始到办事处、县里、市里、省里上访，无论风雨，他都坚持每天上访。迫于信访压力，又考虑到他确实困难，办事处找了记者对他的事进行了报道，呼吁大家捐款。确实也起到了效果，办事处职工和社会各界为他捐了近5万元，基本上能应付医疗费用。但他尝到了上访的甜头，仍不满足，坚持上访，拉着老婆到县政府门口，阻挠车辆进出政府大院，并穿着写有"冤"字的马甲，左手拿铁脸盆，右手拿棍，边敲边喊，大叫"法院判得不公""政府不治病救人"等，边喊还边说脏话。在全国、省"两会"期间，他还偷偷地带老婆去省里、去北京非访。在近两年的折腾中，他老婆也没得到正常的治疗，终因病情恶化去世。上高中的女儿学习成绩也日益下降，他也因上访失去了做家具的收入，原本有滋有味的幸福家庭，现在变得穷困潦倒、入不敷出，经济上、心灵上备受煎熬。

事情发展到极端就有反转的可能。秦闯决定约见郑金顺，用心理疏导、经济救助的方法解决他的信访问题。于是，他主动提出分包郑金顺的信访案件。他的同事获悉后大喜，找到秦闯说，今天早晨起床就听到花喜鹊一直在院子门口叫，知道会有喜事来，没想到来得这样快，甩掉这个棘手的信访案件真是轻松。兴奋之余，他又摸了摸秦闯的脑门，说："哥们儿，你没病吧?"秦闯忍不住踹了他一脚："你小子幸运，我不是帮你，我这是'曲线救国'，解决了郑金顺的信访问题，再让他做他妹的工作，男的应该比女的好沟通点。""好样的，我支持你。"秦闯的同事跷起了大拇指，兴奋得跳了起来，急忙把涉及郑金顺上访的所有材料都移交给了秦闯，生怕他反悔了。秦闯连夜研读郑金顺上访的材料，觉得既然他木工好，说明他心灵手巧、脑子不笨，应该知道好歹，并且经过几年的折腾，估计也已经精疲力尽、心力交瘁，解决问题的火候应该到了。天刚亮，他就按捺不住心情，匆匆吃了两根油条，喝了一碗甜豆腐脑，就开着所里的破昌河面包车，向郑金顺家快速驶去。

到了门口，他喊道："郑师傅在家吗？"

郑金顺正蹲在自家院子里吸闷烟、发愁，他闺女的学习成绩越来越差，昨天回来了，又向他要钱，但他实在拿不出，因整天上访，亲戚也断了，邻居也不来往了，借也没处去借。看见他唉声叹气、愁眉苦脸，秦闯估计他生计有问题，灵机一动，说："郑师傅，听附近有人说你手工活好，我家餐桌坏了，想买套纯手工的，在商场买，既贵也不一定是实木的，你能帮忙做一套吗？一个圆桌配六把椅子，但价格要优惠呀。"

这真是雪中送炭，郑金顺眼睛一亮，心里猛地畅快了起来。他腾地站起来，激动地说："我能做呀，就是几年没干了，有点手生了，但手艺还在，价格好商量，前提是你必须付500元定金。"

"我也是慕名前来，相信你的手艺，只要你把本事都使出来，定金给你1000元，总价2800元，20天做好，要用榆木做，咋样？"

20天时间确实有点紧，但想到孩子需要钱，家里还有两棵大榆树，也不用买木材，定金又高，郑金顺生怕他变卦，急忙答应。收了定金，郑金顺在院子里发了半天呆，把闺女喊出来，给了孩子300元。他感到近年来只有这件事办得心实，流自己汗，吃自己饭，家人高兴，自己心里也踏实，有点幸福的滋味。于是也顾不上上访了，他把过去的工具都找出来，长条锯、小锯、斧头、刨子、墨斗等，看着过去的老伙计生了锈，心里很不是滋味。磨刀不误砍柴工，磨完了工具，他拿起斧头向村头自家地里的一棵榆树走去。榆树有大人的腰那么粗，枝繁叶茂、苍翠挺拔。突然一个大鸟从树梢上扑棱着飞走了。郑金顺心里一惊，莫非上面有神仙居住？农村传说，几十年的大树上常有神仙或妖魔鬼怪居住。按照老规矩，他双手合十，跪在树前默念："请各路大仙搬到别的地方去住吧，我郑金顺妻死财亡实在不顺，请可怜可怜我吧。"

默念完毕，又等了一会儿，他便围着树根部砍了起来。一个小时后，树干与树根部仅有中间小腿粗的一段相连，猛地一推，大树便轰然倒地。他像屠夫宰杀牲畜一般，麻利地收拾树枝、树干，并将树干截成几段，装车运回自家的院子。

怕他去上访，秦闯交付定金的第三天，又去了。郑金顺正弓着腰，用刨子刨一块板子，脸上不住地流汗，也顾不得擦。看到秦闯，他忙打招呼："兄弟来了，还没弄好呢，你放心吧，保证按时交货。""我路过你们村，顺便过来看看，不急。"秦闯笑呵呵地回应，随手递上一支香烟。两人聊了一会儿，看到他没有上访的迹象，秦闯放心地走了。到了单位，他就考虑如何彻底地让老郑息诉罢访。

秦闯把郑金顺的上访案卷全拿到办公室，又一次深入研读分析，觉得要深入地与他谈谈，趁热打铁及时进行引导。

这一天说到就到。

早上刚到办公室，秦闯手机就急促地响了起来，是郑金顺打来的。"大兄弟，你要的家具做好了，啥时候来拿呀，来时把剩余的钱带上，这次我超常发挥，保你满意。"

"钱没问题，保证给你带过去，我下午下班后过去，你今天没事，再打磨一下，说不定会有惊喜。"本来郑金顺上午想去市信访局上访，听到让再打磨的要求，心想钱还没到手，再摆弄摆弄吧，这样心里更踏实，明天再上访不迟。

下午下班后，秦闯在单位附近的集市上买了一瓶白酒、一只烧鸡、一斤猪耳丝、几根黄瓜、几个变蛋，用大塑料袋装着，开着面包车去了郑金顺家。看到家具，秦闯心里着实高兴，这工艺不比大商场里差，桌子上还装了玻璃转盘，几把椅子靠背上还分别雕刻了一对鸳鸯戏水的图案，既实用又好看，在商场里能卖 5000 元。商场里卖 5000 元的也不一定是纯手工的，现在不到 3000 元就能到手，也算是赚到了。

付了钱，将家具搬上面包车，秦闯问道："一个人在家吗？闺女住校了吧。"

"是啊，一个人吃饱，全家不饿。"

"那今天你请我在你家吃饭吧，给了你挣钱机会，你得表示一下吧。"

"做木工活还行，做饭不行，家里如今没了女人，啥事儿都弄不成了。"

"老哥你看，这是什么？"郑金顺看到秦闯变戏法似的从车里拎下了酒菜，有点眼馋，但也有点不好意思，急忙说："在我家吃饭，你拿东西，这不好吧。"

"啥好不好的，吃到肚子里就好，快把你家饭桌搬出来，我们在院子里喝两杯。"

两杯酒下肚，在秦闯的引导下，郑金顺打开了话匣子，主动讲述了他这几年苦难的上访历程。听他叙述完，秦闯说："郑师傅，今天晚上咱俩酒一喝，也算是兄弟了，我给你提个建议你听听，一是你这案件没有执行到位，5万元的经济赔偿没有执行到位，你可以要求法院继续执行，今年是全国执行年，估计有希望；二是你的木工手艺不能丢，去年县公安局家属楼盖好了，今年将陆续入住，大伙都需要添置家具，我给你介绍一下客户，估计够你忙一年，收入也会可观；三是你不能再上访了，姑娘大了要集中精力学习，将来还要找婆家，你说有个上访的爹，姑娘这学还咋上？将来日子咋过？人活一张脸，树活一张皮，你不为自己想想，也得为孩子想想。"

听后，郑金顺热泪盈眶："大兄弟，说实话，我也不想跑了，上访了几年，老婆没了，手艺钱没了，孩子也不理我了，亲戚邻居也不来往了，苦啊！但上访了几年，说不访就不访了，等于是瞎坚持了几年，脸面上挂不住啊，村里老少爷儿们也笑话。"

"你这是要个台阶吧，实不相瞒，我现在是分包你这个信访案的民警。你要是觉得我的建议对，我帮你协调法院执行，帮你联络客户，把你过去能工巧匠的好形象在村里重新树立起来，日子好起来了，说不定还会有女人看上你，也解决了你整天冷锅冷灶没人做饭的问题。"

秦闯这话句句说到了郑金顺的心里，他忙说："行，我接受你的好言相劝，但你说帮我的事咋保证？"

趁着火候，秦闯说："帮你也得有个条件，如果你同意，明天上午我陪你去信访局，让办事处的同志也去，你签个停访协议，我也给你写个帮扶承诺。"

"啥条件你说吧,啥苦啥难都吃过了,不怕啥条件。"

"我的条件是,请你做做你妹子郑霞的工作。她现在还在信访的火坑里。你出来了,我们共同捞她一下,别让她上访了,让她也从火坑里跳出来。"

"你这家伙不简单,会做思想工作,你这是一箭双雕呀!但你说得对,都是为我们着想。她平时都听我的,就按你说的办。"

两人越说越投机,一瓶酒很快见底,菜也吃光了。酒足饭饱,秦闯喊了同事过来开车,心情舒畅地回家了。

郑金顺没有食言。第二天上午,他来到秦闯办公室,一起去信访局,签了停访协议,也拿到了帮扶承诺书,然后去找郑霞。

开车到了郑霞家,她正在院子里扫地,孩子上学还没有回来,但她家的大门是紧闭的。寡妇门前是非多,她家院子大门平时都紧关着,又加上近几年她爱上访好骂街,也很少有人上门。听到有人拍门,她急忙跑出来开门,但看到秦闯,脸立马又拉了下来,说:"我的大冤家、死对头,我这几天不找你,你还搬出小孩舅来找我,你啥意思啊?"说着就想骂人,秦闯一看势头不对,马上向郑金顺使眼色,把他往院子里推,说:"你们兄妹俩也不经常见,先好好聊聊,我在往面抽根烟,透透气。"说完就把大门关上了。郑金顺抬头看了看院子,很是纳闷,院子里两根晾衣服的长绳上挂了几十个内裤,红的、白的、黄的，五颜六色，像大企业门前竖的彩旗一样，很是特别。注意到亲哥的眼神，郑霞的脸红了，说："哥，坐屋里说话吧。"进了屋，郑金顺说："霞，咋回事，你家是卖衣服呢，还是住了好多姐妹？"郑霞说："你是俺哥，俺也不瞒你，都是王老强那死瘟三害的。"原来在北京上访时，郑霞是那几个妇女中相对年轻、漂亮点的，就因为这，夜里得到王老强的"关照"更多，也不知这老头哪来的那么多精力，一夜能在她身上发泄两次，晚上一次，早晨天不明时一次。她虽不情愿，但也忍了。但谁能想到这老头有性病，现在被他折磨过的几个妇女都得上了性病，有的还传染给了家里的男人，经常被家里的男人暴打，苦不堪言。郑霞虽然没有被男人打，但原来的相好，也就是她孩子的亲爹（邻村里的有妇之夫）被她传染上性病后，再也没有来过。现在，她整天下身奇痒，经常流白色的液体，还非常臭，内裤需要一天换几条。她想去大医院看病，但前段时间一直上访告状，也没顾上，在周围小诊所看，又怕被别人知道丢人，所以就一拖再拖，现在严重得几乎没法出门了。

听到自己的亲妹子受到这么多侮辱，又得了见不得人的病，郑金顺难过得直掉泪。"妹子，你说咱们两个咋这么苦，我们都是家破人亡，这是哪辈子造的孽呀！爹娘从小就教育我们好人有好报，我感觉咱也不是坏人呀。"郑霞听了，也嘤嘤地哭了起来。

哭了一会儿，郑霞情绪平静了下来，出去洗了脸，进屋问："哥，平时也不见你来，今天来是有事吗？嫂子也没了，你也不会做饭，这日子咋过的呀？嫂子走得冤，政府赔钱了没有？"郑金顺说："霞呀，你提到上访，我今天来找你就是说这事，我已经不上访了。我觉得通过上访，政府不会赔咱钱，因为政府不欠咱的。咱们闹得凶，给政府找麻烦，说不定就会犯法坐牢。我感觉今年形势跟前几年不一样了，几个上访老友中，有一个已经坐牢了，有一个得点实惠见好就收了，剩下几个也没有以前闹得厉害了，我看也是怕犯法。我遇到了派出所的秦闯，他真心帮我，我这几年也是跑烦了，不想再跑了。他代表政府给了我台阶，我也是顺坡下驴，见好就收，以后好好当个木匠。妹子，你也别上访了，秦闯也分包你的信访案件，他也想真心帮你，一会儿让他进来谈谈，有个差不多就行了，以后我们还要好好过日子。"

郑霞说："哥，要是别人劝我，我可能听不进去，因为我受的委屈和侮辱太多，但你劝我，是劝到了我心里了，现在我也不想跑了。我长得不丑，又不傻，凭自己的双手种地或者出去打工也不少挣钱，现在过的是啥日子呀，真是丢死人了。要是秦闯公开给我道歉，再给我点精神损失费，我也不上访了。"

"妹子，你的想法不对，对秦闯有点过分。都是王老强那死瘪三欺侮你，秦闯是奉公行事，与你无冤无仇，就是在接你上访回来的路上看你小便，这事也不能公开啊，公开了对你也不好，让他私下给你道歉吧。"看妹妹不作声，郑金顺急忙出去把秦闯喊到院里，进了房间。

见到秦闯，郑霞本能地将他往外推，说："我不到政府找你，你却找上门了，是来抓我呀，还是来看我跑北京没有？"

"大姐，你看你想到哪儿了，你一直到县领导、县公安局领导面前告我，我咋敢抓你呀，要抓也是别人来呀。我是诚心与你谈谈，你再告，我也快受不了啦，派出所工作忙，我天天见不到老婆孩子，就是想多干点活，多为群众办点事，自己也图个进步，多领点工资。你现在一告，我活没少干，但领导对我有看法了，干得再多也不考虑提拔。从北京接你们回来那天晚上，我的孩子还发着高烧，老婆还不想让我去，我不顾家庭到北京出差，一路辛苦不说，还让你们误解。要是不接你们回来，王老强说不定又会干多少坏事呢。你说我委屈不委屈？你咋就不考虑这呢？我是去救你们的呀。"秦闯急忙辩解。

听到王老强这死瘪三，郑霞心里猛地一震："是啊，从道理上讲，秦闯是去救自己的，自己却强词夺理地去告他，这都是被上访冲昏了头脑，总想着讹一次是一次。"心里虽然这么想，但她脸面上却不好意思承认自己不对，嘴上还坚持说要上访讨清白。因为有郑金顺刚才那一番话做铺垫，秦闯与郑霞一来一往地聊了很长时间。最后，她终于同意不再上访，但提出了几个条件：一是秦闯私下向她道歉；二是为她和孩子办低保；三是帮她找一份工作，临时工也行，但要长期的，不能干几天就被辞掉。唯恐她再变卦，秦闯全部答应，并立即写在了纸上，双方都签了字，还商定第二天去县信访局与办事处签正式的停访协议。

道歉的事，秦闯当即就做，虽然不是发自内心，但也走了程序，态度也表现得很诚恳。解决低保的事，秦闯积极与村里、办事处协调，也很快就办好了。因为她家经过几年上访，也成了事实上的低保户。关于找工作的事，信访局局长出了高招儿，他说："我看郑霞年龄不是很大，相貌还行，如果能在信访局当临时工，帮助维持一下上访群众的秩序，再帮忙打扫院里的卫生，干得好也可以到局食堂帮厨，长期用也可以交'三金'。我们信访局正缺人，这样还能让她现身说法，攻克上访的个别难缠户。"最后，郑霞很高兴地到县信访局当了临时工，确实也起到了很好的示范作用。

最令郑霞感动的是，秦闯还私下联系了妇联、计生委和一家公立医院，免费治好了她的妇科病，解决了她的难言之隐。

第二章　铲恶除霸

功夫不负有心人，顺利解决了两个遗留多年的信访问题，彻底改变了郑金顺兄妹的生活和命运，秦闯觉得这事儿做得特别有意义，也很有成就感。加班至深夜，秦闯陷入了沉思。他知道，这点成绩根本不算什么，更大的挑战还在后头呢。

对于个访的处置，也许随着时间的推移，上访期望值的降低，以及法制的健全完善，就会迎来解决的时机。但对于群访，由于涉事人员多，他们的诉求往往被夸大，背后往往有一个或几个上访策划者、挑头者，处置起来难度较大。有些上访者的合理诉求实现后还不能息诉罢访，在采取分化瓦解政策的基础上，对挑头的闹事者、组织者往往需要依法打击才能解决。随着岗位的变动，秦闯遇到了棘手的群访事件。

郑霞在信访局当上临时工后，工作非常敬业。她每天 8 点前就到单位先把信访大厅打扫一遍，然后再清理大院卫生，看到有上访的群众，就上前嘘寒问暖，及时将其带到接待室引导解决。没过多久，她的病也好了，人也有了精气神，隔三岔五的，还有人为她介绍对象，虽然多是离异或丧偶男士，但毕竟让她看到了希望，心里整天美滋滋的。

偶然间，她听到秦闯因为她上访告状受的处分还没有解除，就邀着郑金顺一起去找公安局局长，表达自己的悔意，请求解除对秦闯的处分。

上访老户主动到区里、局里为受处分民警说情，这绝对是个新鲜事。对此，新来的公安局局长高度重视，决定将秦闯作为典型来树。通过深入了解，他发现秦闯很有能力，决定向组织部门推荐重用，借以树立正气，倡导良好用人环境。半年处分到期后，经局党委推荐，组织部门任命，秦闯被提拔交流到中兴市秦岭路派出所任副所长（分局副局长），级别为正科级。

虽然是副所长，但所在的地域不同，级别也不一样。前几年，中原省提出了警力下沉的观点，要求市区内的各分局变成大派出所，让市局机关干部一部分交流到大派出所任职；大派出所所长的级别虽为正科，但所长、政委皆由副县（处）级领导兼任。不在市区的派出所，如县里派出所以及县级市辖区内派出所，还是原体制为股级。考虑到大派出所毕竟还是派出所，不是法人，不利于一些案件的办理，又在大派出所前加挂了分局牌子，既是大派出所，也是事实上的小分局。秦岭路派出所在市区内，就是正科级的大派出所，由市局直接管理，所长、政委均由副县（处）级领导兼任。

秦闯原来所在的二七矿派出所在泥河县内，单位规格为股级。由于处在矿区，地位特殊，所长一般高配为副科级。秦闯原来是泥河县二七矿派出所所长，泥河县属于中兴市市辖县，作为二七矿派出所所长的秦闯为副科级，提拔到中兴市主城区内大派出所（分局）当副所长，是得到了提拔重用。

秦闯在秦岭路派出所分管治安和信访工作。由于刚到任，迎来送往、请客吃饭的活动不少。有的是原单位的人来看望，有的是老乡、同学赶来祝贺，还有的是新单位同事搞的聚餐，表示欢迎入伙。

一次，老家初中同学拜访，秦闯自掏腰包，将伙计们安排在辖区的一个饭店。点好菜以后，每人面前都倒了杯白酒，但有一位说不能喝白酒，想喝点啤酒。于是秦闯就对服务员说："拿两瓶金星。"

服务员说："对不起，大哥，店里没有。"

"没有金星，拿青岛也行。"秦闯笑着说道。

"这个也没有。"服务员回答得干脆利索。

秦闯笑道："这个可以有，去店外超市里买两瓶。"

服务员说："酒不能出去买，店里的啤酒被垄断了，只能打电话让他们送。昨天客人要，出去买了一件，结果被一群小混混冲到饭店打了。还扬言，再自己出去买啤酒，见一次打一次，三次后强令关门。"

秦闯不信这邪，自己走到饭店外的超市，买了两瓶。结完账，超市收银员提醒："大哥，这酒带回家喝吧，千万别带到饭店喝，否则会有人找事。这家饭店刚开业，不懂道上的规矩，昨天已经被打了。"

但秦闯没听，拎着酒走进饭店，服务员吓得直打哆嗦："大哥，这酒还是拿出去吧，放到你们车里。我刚才已经打电话了，他们马上把酒送到。"

正说着，一个双臂文着大青龙，袒露上身，穿着大裤头的精瘦马仔走过来："哟嗬，在外面买的酒吧，我看你们是不想在饭店吃了。"

说着，就上前拎秦闯买的啤酒。秦闯真是恼了，一言不发，站起来就迎了过去。眼看就要打架，服务员脑瓜灵活，满脸堆笑地对马仔说："老大，这几个人是外地来的，不知道咱这儿的规矩。"

马仔也是见多识广，看秦闯一脸刚毅，系着警用腰带，裤兜里鼓鼓的，像是装着手铐，感觉遇到了硬茬，急忙顺坡下驴，变出了笑脸，说："外地来的可以饶恕一次，下不为例。"说完，转身走了。

秦闯想跟出去揍他，老同学赶忙拉住："算了，今天大家伙儿高兴，不与他计较。"于是秦闯坐了下来，虽然同学们相谈甚欢，但有人垄断卖酒这事，让秦闯十分生气，市区还有这种欺行霸市的事，真是太嚣张了。

由于分管治安，秦闯决定从欺行霸市这一现象入手，顺藤摸瓜，找出涉恶团伙，给予强力打击，还群众一片蓝天。

经所长冯亮同意后，他从分管的治安大队抽出了4人，成立了专案组，自己任组长。专案组成立当天，他收到一条陌生短信："兄弟，欢迎你到秦岭路派出所高就，新官上任'三把火'，但你这三把火别烧错了地方，否则让你家破人亡，好自为之吧。"

对手的消息挺灵通，这还没开始行动，就发来了威胁短信，看来黑恶势力的能力不可低估。越是这样越激发了秦闯的斗志，他连夜召集专案组同志召开分析研判会议，理出了初步思路，全面撒网、固定证据、引蛇出洞、打狠打死。

秦岭路派出所还加挂着秦岭路公安分局的牌了，主要管辖范围是秦岭路街道办事处辖区。秦岭路街道办属于中兴市主城区的金牛区管理，该办事处面积10平方公里，位于市区南侧，有河阳村、河阴村、拴马村3个行政村，每个行政村过去也是一个自然村。该办事处原来属于城郊农村，随着城市发展，城市框架不断拉大，3个城郊村庄也就发展成了市区的一部分。随着城中村改造，河阳村、河阴村全都变成了社区，村民变身市民，从小院房子搬到了楼房去住。拴马村有一半搬到了楼上，还有一半仍然居住在原来的老房子里。这里对外出租房屋多，流动人员多，饭店多，人来人往，每天都很热闹。由于暂住人口多，人流量大，管理混乱，社会治安问题就十分突出，派出所几乎每天都能接到几起报案，并抓获几个小偷小摸的人。

工作组深入3个村实地摸排线索，当他们问村里群众有没有欺压百姓和打砸现象时，多数都表示存在这种现象，但问到是谁在作恶时，大家都闭口不谈，露出惊惧的表情。

一天早晨，派出所来了一名妇女上访。她头上缠着白布，鞋面上分别缝着一片月牙形的白布，腰上缠着一根白布拧成的布条，看穿着打扮50多岁，但看面相也就30多岁。女人双手捧着一个几十厘米高的青年男子遗像，脸色十分憔悴，眼泪像是哭干了，嗓子沙哑得几乎发不出声。更让人心酸的是，她身后还跟着一男一女两个孩子，女孩是姐姐，7岁左右，男孩是弟弟，5岁左右。两个孩子满脸土灰色，手上脏兮兮的，看到派出所的警员时，怯怯地躲到了女人身后。俩孩子都穿着白色的孝衣，前胸、后背都写着"冤"字。

他们是拴马村的人，要控告河阴村金三。据了解，拴马村旧村全部纳入了旧城改造项目。为推动拆迁，村里声明，对前期积极与村里签订同意拆迁合同的给予优先选房政策。到所里上访的这一家男人叫丁垒，丁姓在村里是人口极少的，全村也没有几户。丁垒积极响应村里号召，第一个与村里签订了同意拆迁合同。他的行为惹恼了当地的村霸金三。金三虽不是拴马村人，但他的女儿金枝嫁到了拴马村。听到村里要开发后，为向开发企业施压，提出了天价赔偿要求，并扬言如果不满足其要求，将阻止旧城改造项目的开展。

看到丁垒积极签订合同后，金三害怕村民效仿，就在合同签订的当天，派出马仔在光天化日下追打丁垒。丁垒惧其人多，慌忙逃跑，在横穿马路时，与一辆大货车相撞，当场死亡。交警到现场后，发现大货车司机属酒后驾驶，金三也开始托情找关系，最后经协商，货车司机愿意出 50 万赔偿金给丁垒家人。

丁垒老婆认为，金三派人追打，是须承担事故责任的一方，也要给予赔偿。可金三不但不赔偿，还派出马仔对其进行恐吓。金三认为，他从中做了工作，找了关系帮忙，否则，不可能赔偿 50 万元——刚开始司机方出价还不到 30 万元。他还想从赔偿款中拿走 20 万元。

也许是司机一方畏惧金三的淫威，他们竟将 50 万元赔偿款以现金的形式一次给了金三，请求金三将赔偿款转交给丁垒家人。丁垒妻子李丽得知赔偿款在金三那里，便去找他的女儿金枝，要求她一起找她爹，抓紧时间把钱还给她，不然的话，也要追究金三致丁垒死亡的责任。

金枝与李丽年龄相仿，都是 30 多岁，但其生活状况却有天壤之别。虽生在恶霸之家，但金枝从小受到良好的教育，从小学到大学毕业上的都是最好的学校。大学毕业后她本可以留到一线城市工作，但考虑到她妈身体不好，她爹金三在外三妻四妾的，对她妈不管不问，就主动回到了中兴市创业，自谋生路。金枝身材高挑，眉目清秀，鹅蛋脸，总是未说先笑，尤其值得称道的是她阳光开朗、心地善良。她嫁到拴马村，也算是金三"报恩"。

金三早期也是无根无基。金枝的公公唐河，当年是村支部书记，看金三有眼力、脑子活，对他很是照顾，村里的一些工程也交给他做，为他以后的发展奠定了基础。唐河在任时患了脑血栓，虽经治疗，但落下了半身不遂、嘴歪眼斜的后遗症，经常在床上躺着。由于家庭经济条件不好，他唯一的儿子虽然也是大学毕业，但一直没有工作，相亲几次都被人嫌弃没车没房。用江湖话说，金三还算仗义，了解到老支书家的情况后，就把金枝许配给了唐河的儿子。金枝善良，从小不缺钱，也不在意是否有车有房。她看到老支书的儿子侍奉老爹亲力亲为，十分孝顺，也是有点可怜他，竟然同意了婚事。哪承想这孩子福分太浅，金枝过门没两个月他竟然离奇失踪。将近10年了，至今还没有回来，也没能给金枝留下一儿半女。如今，唐河也去世了，只留下老伴由金枝照顾。

金枝在中兴市区开了一家健身房和一家女子美容医院,两个店的规模都比较大,平时生意也不错。这两个店都是金三投资的,作为结婚陪嫁给了女儿。金枝感激老爸,平时对他也比较孝顺,经常嘘寒问暖。金三很重视金枝,逢人便夸,说姑娘比老子强,上过大学,懂财务、会管理,将来会把自己的事业都交给她打理;有时也流露出对不起女儿的心声,感觉在女儿的婚姻方面,让她做出了牺牲。由此可见,金枝在她老爸心中还是有一定分量的。

为了能让金枝说情,李丽去了金枝家好几次,但都没见到金枝。金枝婆婆说,她不经常回村里,平时都是雇的保姆照顾家。从保姆那里问清楚两家店的地址后,李丽就到市区去找。

在离市政府不远处的人民路与建设路交叉口东南角,老远就能看见一家装修豪华的女子美容院的闪金招牌——凤凰美容医院。临路的玻璃大门两侧的柱子上写了一对楹联:低眉垂首不自信,丰胸美臀好运来。横联是:凤凰涅槃。大门两侧站着迎宾小姐,努力地展示着笑脸,齐声喊着"欢迎光临"。这次来,李丽带着两个孩子,身上穿着白色孝服。服务员看到他们这身打扮,拒绝他们进入。

此时,恰好金枝回店,看到他们很是纳闷,问道:"你到我们这里来是干啥的?是讨饭的吗?"

看到金枝，李丽哭了起来："咱俩是一个村的，俺家丈夫出车祸死了，跟你爸爸有关。"听完详细情况后，金枝也是深信不疑。她多少也听说过一些闲言闲语，于是决定帮李丽要回属于他们的赔偿金。她让服务员将李丽母子三个领到了三楼办公室，一边说对不起，一边帮他们脱掉孝衣。然后拿起办公桌上的电话就给金三打了过去。看到是女儿求情，金三爽快地答应了，并约定让李丽第二天上午去找他拿现金。但要放弃同意房子拆迁。

　　见金三答应得这么爽快，李丽对金枝连连道谢，带着孩子轻快地回家了。到了家门口的菜市场，还特意买了点猪肉，准备给孩子们做盘红烧肉。这段时间遇到的苦难太多，一直没心管孩子，经济上也很拮据，没有多余的钱来改善生活。明天要是能拿到赔偿款，生活问题和孩子的教育就能得到彻底解决。闻着锅里喷香的红烧肉，两个孩子站在锅前眼巴巴地盯着，不肯离开。都说孩子是娘的心头肉，看着孩子的馋样儿，李丽心里酸楚楚的，难过得眼泪吧嗒吧嗒地掉下来，并暗暗发誓：今后自己再苦再难，也要培养好孩子，不辜负丁垒的在天之灵。

　　第二天一大早，想着事情能够顺利办好，李丽心情也比较好。她简单地化了淡妆，穿上了久违的黑色西装，将小儿子带到邻居家帮忙照看，之后送大女儿去上学。安顿好孩子后，她骑着电动车去找金三。

金三身材中等，略微偏胖，光头，浓眉，大眼，50多岁，脖子里经常戴着一串沉香木佛珠，右手大拇指上戴着一个碧绿的扳指，笑眯眯的，给人的感觉既豪气逼人，又和善可亲，很能迷惑人。他原来也是一个穷小子，靠着头脑灵活，会来事儿，先是跟着社会上的大哥当马仔，后来逐步得到一些有头有脸的人照顾，又加上心狠手辣，靠着打打杀杀、巧取豪夺，逐步积累了很多财富，名下有3家规模不小的建筑、设计和餐饮公司，还组建了一个百十人的保安队，负责自己公司的安保。

接到李丽的电话时，已将近上午11点，他正后仰着坐在自己宽大的老板椅上，看前面墙上的投影，里面正在播放不堪入目的黄片。突然而来的电话，让他有点扫兴，只得关了投影安排人接李丽上楼。

金三的办公楼地处郊区的河阴村，占地十余亩，在东西马路的南侧，独立的一个大院。院门临路朝北，院中间是一个7层带电梯的灰色大楼，楼前建了一座假山，山前砌了一个大水池，池内养了许多红色的大锦鲤，小的也有半斤重，水面上还漂浮着一些荷叶。楼后是规划的院内停车场，临近南墙种了几排高大的竹子，微风吹过，沙沙作响。6层东半部都是他的办公区域，几个马仔也在房间里待着，既保护老板安全，又随时听招呼办事。

一楼的小马仔把李丽领进了金三的办公室。看到李丽，他眼前一亮。这女人长得也太漂亮了，虽不施粉黛，仍如出水芙蓉，端庄清秀，特别是胸前的两个长辫子很让他这样的老男人青睐。本来金三想安排人去带她拿钱，此刻却心生歹意。他假装热情地问这问那，一会儿就把李丽的家庭情况和亲属关系了解透了，原来是一棵没有势力没有背景的野花小草。想到她的男人也被车撞死了，刚才黄片刺激的身体热度还没有消退，金三狠心要把她占有。涉世未深的李丽做梦也没有想到，自己掉入了陷阱。有金枝通融，原想一切会很顺利，她还穿着压箱底的好衣服，毫无防备地告诉了他一切情况，并且还主动说，自己现在经济太困难就是想拿到赔偿金，也愿意放弃与政府签订的房屋拆迁协议。错就错在，她不应该在恶人面前展现善良与美丽。如果还是穿着孝衣，还是蓬头垢面，也许就不会引起金三的歹意。问完情况，他假装好意，说马上中午 12 点了，再等一会儿吧，现在就安排人去银行取钱，估计需要一个小时。他打完电话，悄悄地反锁上了办公室的门，走进了里面的套间端出一杯水递给她。李丽也没多想，跑了一上午，口渴得很，一会儿就把一杯水喝光了。

　　十几分钟后，她感到十分燥热，过一会儿又头昏脑涨，不停地呕吐，四肢也感觉无力。原来她喝的水里被放了药。看到药效已起，李丽已神志不清，金三抱起她就向里屋的套间走去，顺手把她扔到里面的大床上，急不可耐地扒光了她的衣服。可怜的女人就这样被蹂躏了，连一丝反抗的气力都没有。

两个小时后，李丽头脑清醒过来，看到自己一丝不挂地躺在床上，旁边的金三也是赤身裸体，正侧着身子面向她，一只手还不老实地玩弄着她的乳头，她瞬间明白了一切。她猛地坐起，想立刻摆脱这个恶棍，但他抓着她的头发又把她摁到了床上，肥胖的身子又压了过来，准备再次强奸。她竭力反抗，奋力撕咬。金三甩手重重地给了她两耳光，打得她眼冒金星。她又一次被玷污。

一翻厮打折腾后，李丽心力交瘁，昏昏沉沉。受到极大侮辱，又无力摆脱、反抗，李丽不禁失声痛哭。发泄后的禽兽金三不耐烦地说："看上你，是你的福气，你家男人的命最多值30万，不是我出手相助，你们也不会这么快就得到赔偿。这次共要了50万，另外20万是我的辛苦费，我这下面还有一帮弟兄要养，刚才我已经给你拍照，如果不从，就把你的裸照发到网上，看看以后还有哪个男人敢娶你，看你以后还怎么在孩子面前抬头。"听到孩子，她心里更痛，感觉有一只大手扼住了她的咽喉，令她呼吸困难。怎么也没有想到，这个相貌堂堂的人，竟然如此卑鄙丑陋。她伤心欲绝，真想一头撞死在墙上，但想到两个年幼的孩子，还是要忍辱负重地活下去，活下去生活就有盼头。

虽然来的时间不长，垄断饭店酒水和强奸李丽事件，让秦闯认识到，金三是一个穷凶极恶、阴险狡诈的人。

中兴市的 8 月骄阳似火，金牛区政府附近三角游园的老槐树上，知了拼命地叫着"热……热……"，树上的麻雀困倦地收起了翅膀，没精打采地耷拉着脑袋。闷热的下午，火辣辣的太阳，游园里半天也难见到一个人影儿。

虽然时值酷暑，但有一大群人却不怕热。他们聚集在区政府门口上访，估摸着有百十号人，全部是 60 岁以上的老头老太太和少数抱着婴儿的妇女。区政府大门被围了个水泄不通，人员和车辆进不来也出不去。他们不停地大声高呼"见区长""见区长""赔房子""赔房子"，前面靠近大门的一排人还拉着一条长长的白色横幅，上面写着"惩贪官，加赔偿"六个大字，声势浩大。

人群外围有记者架着摄像机采访，摄像机上贴着"维权新闻部"字样，专业人士一眼就能看出是所谓的"民间记者"。离人群 200 米开外的地方，停着一辆丰田霸道越野车，车内坐着几个人，一直盯着上访人群，看样子是这次上访的幕后指挥。

信访局局长赵一民第一时间来到现场，见都是老人和妇女，便知道有人在幕后操纵。年轻人不敢来，害怕因妨碍机关办公秩序被强制驱离，老年人属于弱势群体，身体容易出意外，政府不会轻易采取强制手段。见有记者和录像人员，为了避免被炒作利用，他决定采取谈判方式，通过谈判将上访人员带到信访局，然后再做工作。

赵一民手持扩音器，在人群后面大声喊道："各位大爷大娘，我是信访局局长，是来帮你们解决问题的，请大家不要堵塞大门，这是违法的。"喇叭一响，上访群众就不喊了。

这时，一个胖女人在人群中大叫："你一个信访局局长能帮我们解决啥？我们要见市长。"

胖女人一头卷发，描长眉，杏仁眼，大胖脸，虽然看起来五大三粗、俗不可耐，但戴着金耳环、金项链，身着绿短褂、黑色直筒马裤，半高跟皮鞋擦得锃亮，很有气势。

经验丰富的赵局长一看，便知她是这群人的头儿，于是喊道："信访局是帮大家解决问题的，大家要依法上访。根据规定，你们围堵政府大门是违法的。今天区长出去开会了，一会儿我请主管副区长到信访局接待大家。现在天气炎热，大家年龄大的大、小的小，弄不好会中暑的。"

说也真巧，话音刚落，只见一个看上去70多岁的老太太晕倒了，信访局的同志立即叫来救护车，把老太太送往医院。借此机会，赵局长喊道："这还有1岁多的孩子，一会儿热出病了，你们当家长的会后悔的。听我的话，现在去信访局或者都回家待着，随后政府找你们解决问题。"

这些群众本来就不想来上访，是村里有人号召来的，来的人每人发 100 元钱。没想到堵门还违法，加上确实热得受不了，就纷纷想回家凉快，信访局也不想去了。胖女人见状，急忙打了一个电话，之后招呼大家："这里太热了，我们去信访局大厅里凉快去，那里有水喝，看看政府咋解决，我们这一趟不能白跑。"于是人群拥去了信访局。

在信访大厅，由于人太多，有的自己找个位子坐下，有的靠墙站着。室内开着空调，非常凉爽，大家情绪也都平静了下来。有个抱孩子的妇女说俏皮话："有这么好的地方，为啥不早点劝我们来这儿呀，也让我的孩子早点免受罪。"一句话把大家都逗乐了。

胖女人狠狠地瞪了她一眼，大叫道："我们是来上访的，不是来享福的，看你那没出息的样儿。"吓得孩子哇哇大哭。

抱孩子的妇女很不高兴地冲着胖女人小声说："今天你得给我两个人的钱，因为俺孩子受罪了，也应该算一个人。"

胖女人连忙摆手，意思是不让她再说，走过去趴到她耳朵上说："你孩子命贵，我给你两个人的钱，赶快闭嘴。"抱孩子的妇女便不再吱声。

这一切都被赵一民看在眼里，他趁机说："按照规定，你们要进行信访登记，然后选出不超过 5 个人的代表，到二楼小会议室，那儿有市领导接访。今天接访的是主管城建的武林副区长，你们反映的拆迁问题，按政府分工正好归他处理，其他人员可以先自行回家，也可以在这儿等着听结果。但是信访局下班后，大家没有特别原因要主动离开，因为滞留信访局也是违规的。"

胖女人本来想串通大家再闹一阵，但看到大家受到普法后有顾虑，情绪不高，就点了4个人的名字，加上自己共5个人，随工作人员去二楼小会议室了。

胖女人和几个代表离开大厅后，信访局工作人员借机给群众再进行普法教育。

工作人员讲，大家在生活中遇到纠纷和冤屈，首先要想到依法解决，可以向公安报案，也可以走司法调解，甚至到法院起诉。如果一定要上访，也要依法依规，逐级信访，不能围堵机关和企事业单位，妨碍政府办公秩序和企业正常生产经营是犯法的，也不能缠访闹访。违规上访不仅不利于维权，还可能被拘留。刑法规定，多次被拘留就可以批捕、判刑。判刑后，自己的子女在参加公务员考试、招警、当兵政审时都会受到影响。因为一点蝇头小利恶性上访，带来这么大的苦果，会让人后悔终生。

听到这些政策后，大家有点后怕。抱孩子的妇女说："我可不想给孩子带来不好的影响，俺的娃聪明，将来还想考公务员、当领导，给我们家光宗耀祖呢。"说完就带头回家了。其他人见状也纷纷离去，一会儿就走了大半，仅剩下小部分人还在等着听结果。

接访的区领导武林，是正团级干部，刚从本区武装部政委转业到地方。由于妻子在本区工作，他也就按政策转业到区政府，担任副区长职务，原来当政委时兼任的区委常委也不再兼任。他军人出身，性格耿直，说话直来直去，办事干净利落。但有时这对接访工作不利，有时接访就应该像诊病一样，急病慢先生，需要多听，不能急于表态。

二楼领导接访室，胖女人把泼妇形象表现得淋漓尽致。她刚坐下就发飙，叫嚷道："我们家祖祖辈辈住在拴马村，我也在这儿生活了几十年，政府为啥要拆我们的房，我们坚决不同意。"

副区长武林不慌不忙，娓娓道来："拴马村地处城市郊区，基础设施差，村子里道路狭窄，坑坑洼洼，下雨天满是泥泞，出不了门；村里拥挤不堪，公共用地少，仅建了两个公厕，远远不够用，还经常发生有人内急，在厕所外排队时拉裤裆的事儿。你们那里的房屋也都是以前建的老房子，个别的还是危房，群众的住房条件亟待改善。目前，政府争取到棚改项目，由政府出资建房，大家可以分到新房，你们村将建成大型社区，有大广场、大商场，附近还配套有中小学，道路也宽了，居民也可以在社区内散步，在大广场上跳舞，这是多么好的事呀！棚改项目是经省政府住建部门批准的，有完成时间要求，如果因为拆迁迟迟不能开工，会影响进度，甚至项目也有可能取消，最终受苦的还是你们自己，有的家庭还想着借机得几套新房的愿望也可能会泡汤。"

胖女人听后，狂野的气焰几近熄灭。这时电话响了，她接了个电话，突然又嚣张起来，拍着桌子大叫："你们的赔偿不合理，标准太低。"

武副区长解释道："补偿标准是经政府评估核算过的，不会不合理，有宅基证的按 1:1.5，因历史遗留问题没有办证的按 1:1，近两年违规建房配合拆迁的，可以适当给予补偿，不配合的无偿拆除。这样的话，只要是合规的，每家都能分到几套房，因拆迁暴发的村民将不在少数。"

但无论怎么解释，胖女人就是胡搅蛮缠，其他几个人也是配合表演，呼天喊地。给他们讲道理，简直是对牛弹琴。武林也是看不惯这种行为，情绪也有点激动，指责道："你们真是不可理喻，上访动机不纯，不是为群众着想，你们这几个代表也代表不了广大村民。"

胖女人一听，可找到发泄的理由了，用手指敲着桌子,叫道："你就是这样当领导的？你就是这样对待群众的？你是主管拆迁的区长，就这样给我们处理问题吗？你不是好干部，你是贪官，我要告你。"说完还把桌子上的茶杯摔了。

武林气得浑身发抖，说不出话来。信访局局长赵一民见状，急忙提醒："这是在接待室，房间有摄像头，摔坏公物要赔偿，搞人身攻击要负责任的。"胖女人抬头一看，上面真有摄像头，也不敢再撒野，领着其他人溜走了。

他们离开信访局后，径直走向区政府对面停放的丰田霸道越野车，金三和几个马仔一直在车里指挥、观看。看到胖女人过来，金三从包里拿出两万元递给她，说道："你们表现不错，把钱给大家分了，每人100元，剩下的都归你。"

胖女人拿到钱后，高兴得屁颠屁颠地回家了。原来这是金三从村里雇的上访人，在村里她家族人多，势力大，号召力强，泼辣强悍，又爱贪占小便宜，所以被金三选中当枪使。

群访的第二天，出现了很多关于政府拆迁的新闻，但内容多是胡编乱造的，可附的照片是真的，这给政府带来了很大的负面影响。他们还偷拍了武林副区长接访时的视频，将他发脾气的场景断章取义，进行有目的的组合剪辑，给他本人造成了很大的伤害。这次策划的上访，金三感觉很满意，认为既警告了政府，又拉拢了群众，为下步提高赔偿标准赢得了谈判筹码。

在阻碍政府拆迁的同时，金三还强占工程，破坏市场经营秩序和招商引资环境。河阴村是金三家所在的村，也是他的发家之地，很多财富都是在这里巧取豪夺的。

为了拉大城市框架，搞活第三产业，服务广大市民，区政府在郊区规划了一个 3 平方公里的特色商业区。通过近几年的建设，商业区已初具规模。在商业区的开发建设过程中，金三参与了很多工程。一旦听说有新的项目开工，他就鼓动下面的马仔领着村民堵门断路，然后装好人，与施工企业谈判，说自己能将问题摆平，但前提是要给一些工程。企业为了不影响施工进度，往往采取息事宁人的办法，妥协让步，满足他的无理要求，这更助长了他的嚣张气焰。他有一句口头禅，"强龙不压地头蛇"，在谈判受阻时此话一提醒，有时就会达到出其不意的效果。

　　商业区的核心位置，也就是东西开发一街和南北开发六街的十字路口东南角，有近 300 亩的土地。上面有几幢破旧的办公楼，有人在那里抢占土地建造了小院，还有流浪汉、捡破烂的、收废品的在那儿临时搭建的窝棚，污水横流，苍蝇乱飞，本来很好的地段，却成了一个脏乱差的地方。

　　创建文明城市时，为了不影响市容，秦岭办事处临时把这块地临近大路的部分用两米多高的铁皮全部围了起来，一些商家还主动找到办事处，在铁皮上打广告，从外面看起来干净整洁，算是把脏乱差遮挡了起来。

　　由于地块比较大，房地产行业也不太景气，加上中兴市刚经历了一轮担保公司破产风波，当地的开发商多通过担保公司高利贷融资，一些小的房地产公司因资金链断裂破产，本土数一数二的开发商也是资金紧张不想再拿地扩张。为避免出现半拉子工程，市政府决定引进"国"字头的大公司来投资开发。区政府召开了储备土地推介会，由于前期推介准备工作做得充分，国内的一些知名房地产企业派代表参加了会议，区政府与实力雄厚的华夏地产公司签订了战略开发合作框架协议，区政府负责拆迁，达到净地出让标准。

框架协议签订后，华夏地产公司由于是第一次与金牛区合作，高度重视，他们想让出大部分利润，把这个工程做成一个标杆性工程，在中兴市树起自己的形象和地位。区里对这个项目也很重视，明确区委常委、统战部部长高娟为项目首席服务员，牵头抓好项目的各项服务工作。区发改委也开辟绿色通道，加班加点，齐头并进，全力推动环境影响评价和可行性研究工作，两周内完成了环评报告和可研报告。考古调查、文物勘探、挖掘工作也顺利完成，在地块上没有发现文物。完成了各项前期工作，市发改委对项目进行立项，在网上面向社会发布了招标公告。经过竞标，最终华夏地产公司中标，标的总额25亿元。

由于项目在河阴村，项目立项后，金三就兴奋不已，如饿狼看到了一块巨大的肥肉，开始上蹿下跳，多方找人承包工程。当时地方正在开展社会治安专项整治行动，市里领导一般不外出吃饭，办事处干部也都刻意与所谓的"地头蛇"保持一定距离。经过一周的经营和努力，他发现，原来与他交往的领导和朋友都对他不冷不热。金三愤愤地说："平时吃我的喝我的，关键时候都拉稀了，你们不帮，我自己干。"

金三手下有四大金刚，也就是早期跟着自己做事的四个大马仔，外号分别叫刀疤脸、独眼龙、笑面虎、眼镜蛇。

刀疤脸没有头脑，性格暴躁，一点就燃。上次秦闯在饭店请人吃饭，出去买啤酒时，指使人来找事的就是他。

独眼龙，一只眼睛不好使，仔细看东西时，总是闭上一只眼。他练过武术，过去金三与别人争狠斗架时，他总是冲在前面。

这几个人里，就数笑面虎有点文化，读过高中，听说差一点考上大学。他平时见人时笑呵呵的，但属口蜜腹剑型，表面上说得好听，暗地里干尽坏事。金三过去做过的许多坏事，多是他在后面参谋策划。

眼镜蛇，阴狠毒辣，瘦高个，脸上好像挂着冰霜，很少见到笑脸。

除了打手刀疤脸每天跟着金三，其他三个人现在都在金三的企业任职，担任经理或总经理。

金三把这四个人召集到自己的办公室里说："兄弟们，现在有好事了，政府要在我们村开发大项目，投资

20 多个亿，我们要抓住时机大赚一把。以前的朋友都靠不住，都是一些酒肉朋友，机会来了还要我们自己努力。我们公司安保人员有一些是河阴村的，让他们集合起来以村里的名义去项目部闹。这些人由笑面虎带领，刀疤脸陪同。我与华夏地产负责中兴市片区的区域经理谈，争取搞点项目。"

他们商议完的第二天上午，笑面虎就组织了 50 人的队伍，来到了项目工地。虽然中标时间不长，华夏地产就已经把整个地块围了起来，项目部办公室、工人居住的钢结构工棚都搭建起来了。办公室前还就地势弄了一个大水池，里面养了多个品种的观赏鱼和几只大乌龟，几对鸳鸯和一白一黑两只大鹅也在池塘里游来游去。看见有人过来，两只大鹅仰起脖子"嘎嘎"地叫，像是在说"欢迎光临"。

工地大门的保安是外地人，见来这么多人，以为是新来的工人。刚听到有人大喊"砸"，就见他们用手里拿的短木棍向大门上砸了过去。一阵噼里啪啦后，他们又用脚一起踩大门，最后从大门保安手里抢过了钥匙，打开了大门。这一切都被大门口里面的项目部经理看到了。看来者不善，他急忙跑到办公室里面报警。

笑面虎带着一帮人来到办公室，看到门口挂着项目部经理的牌子，就向刀疤脸使了个眼色，刀疤脸冲进屋，卡着经理的脖子，像掂小鸡一样拎了起来。

看经理憋得满脸通红，喘不过气来，笑面虎假惺惺地上前，给了刀疤脸一拳，说道："不能开这么大的玩笑，快把经理放下来，这是来咱村投资的财神爷。"

刀疤脸笑呵呵地把经理放了下来，说："对不起，开个玩笑。"

笑面虎对后面带来的人说："你们都是河阴村村民，华夏是来给我们做贡献的，我们一定要服务好，不能找事，都上外面蹲着去。"

众人听后，都乖乖地蹲到了外面。经理见状，明白是村民来闹事。他以前在外地也碰到过这种情况，知道这是下马威，如果不友好，他们还会使坏，于是就顺坡下驴，说道："哎呀，我这是有眼不识泰山，请问你们是哪路神仙，也好让我磕头烧香能找到地方？"

笑面虎说："我们是河阴村的村民，今天来给你们报个到，以后有啥需要服务的只管说。"说完，就带着人准备离开，这时警察接到报警也来到了现场。

见到警察来了，笑面虎急忙迎了上去："误会误会，这里没什么事。"经理也不想得罪村民，也说是误会，并向警察说了对不起之类的话。

警察看到笑面虎、刀疤脸就明白了八九分，揣测到他们在闹事，就想把他们强制带离，但看到经理也替他们说情，就放了他们一马，口头警告道："下次再碰见你们闹事，绝不手软，直接带回派出所拘留。"

笑面虎说："我们不敢闹事，现在就离开。"说完带着大家回去了。

有了上午的铺垫，下午金三就直接去找区域经理。一见面，他就热情地跟经理握手："上午多有得罪，村里这帮人在家也是闲着没事干，总是聚众打牌，不务正业，不如到你们这儿找点活干吧，把你们挖地基的活交给我们去做吧。质量绝对有保障，可让现场监理把关，不然的话这帮村民可不好惹。"

听着这绵里藏针的话，又考虑到要与地方搞好关系，经理也不敢怠慢，赶紧解释："现在工程都是走招标程序，我也做不了主，考虑几天再答复你。"

金三听到经理有推辞的意思，便说："我今天是第一次来，不强迫你立马表态，但是明天必须给我个答复。有一句话'强龙不压地头蛇'，你再考虑考虑吧。"说完，金三就转身离开了，看起来干脆利落。

经理经过多方了解，得知金三是"地头蛇"，在这一片势力不小，特别是手下的一帮马仔很不好惹。本来想让政府帮助处理，但考虑到这几年还要在这儿做工程，还是以和为贵，心里想双方商量一下再说，见机行事。

第二天早上吃过饭，经理下楼正准备到工地看看，刚走到车旁，发现后面的一个车轮不见了，有几块砖头在那儿支撑着。也没多想，随口说了句"这里的治安真差，有些人真是找死"，然后打个车去了项目部。

一会儿，金三在刀疤脸的陪同下也来了，见面就笑道："给经理请安了，你不会是打的过来的吧，我们这里的治安很好，大家都想痛痛快快地活着。"

经理瞬间明白了，车轮被盗一定是他们干的，这又是在威胁，便说："丢了就丢了吧，以后还请你多关照，挖地基的事儿已经打算让你们做了，工程比较急，你们也去准备一下。"

金三听到这话，也是心满意足，说："明人不做暗事，你那车轮可能是我手下的小马仔干的，我这就回去教训他，让他以后多长点记性，这点损失就不再赔你了。"

经理苦笑一下，点头同意，起身把他们送出了大门。

经过上任以来这段时间的线索排查，秦闯基本上已经了解到金三团伙的基本情况，特别是逼人致死、对抗政府、强奸妇女、强占工程这一系列恶性事件接连发生，触目惊心，令他义愤填膺，决心要打掉这股黑恶势力，还群众一个朗朗乾坤。

秦闯来到所长冯亮的办公室，把前期摸排的情况和下步工作想法作了汇报。冯所长到秦岭路派出所任职时间也不长，也听到了关于金三的一些劣迹，听完秦闯的汇报，他说："这事我支持，你是主抓刑侦的副所长，由你总体负责，可以在几个刑侦中队抽调精兵强将，组成专案组，关键是要掌握好证据。此事，我也向市局汇报一下，你只管大胆地开展工作。"

秦闯温文尔雅，待人和善，他是一个性格内向，喜欢品享孤独的人，每遇大事总会独自反复思考，不考虑成熟不轻易行动。金三之流属于村级地痞恶霸，他本人和他的马仔素质低下，睚眦必报，行事易走极端；动手之前必须要考虑周全，不能坏人没抓住，还把自己折进去。他决定给自己放半天假，一个人到附近爬爬山，在锻炼身体的同时还能好好地思考对策。

调到中兴市，秦闯在这里还没有安家，老婆孩子仍在泥河县，相距100多公里。秦闯不忙时一周回去一次，忙起来两周也不能回去一次。好在现在通信方便，有时晚上都能用手机与老婆、孩子视频。家庭正是需要自己的时候，自己却远离了，有时他也感慨万千，当然不是抱怨，心想既然自己为工作牺牲了家庭这么多，那么一定要把工作干好，也算是对家庭的一种补偿吧。在派出所，他是寝办合一，里面套间为住室，外面的房间是办公室，真正把单位当家了。

在单位吃过中午饭，休息半个小时后，他穿上一身运动衣，就去爬附近的金牛山。金牛山海拔300米，东西走向，属于伏牛山脉，山上植被茂密，政府依山建立了公园，山脚下是一个大广场，早晚都有男男女女在这里跳广场舞。

穿过广场迈上几个台阶，就看到一条用鹅卵石铺成的小道，小道沿着山势盘旋而上，直通山顶的龙山寺。一个人往返慢了需要三个小时，快了需要两个半小时，一般人走到寺庙就大汗淋漓。正值 8 月下旬，天气闷热，茂密的枝叶遮天蔽日，不时还吹来阵阵山风。秦闯沿着山路向山上走去。也许是天气太热的原因，上山的人很少，也很安静，这正有助于他边走边思考。爬到半山腰时，一会儿有拖着长长尾巴的山鸡从面前贴着地面飞过，一会儿有野兔从前面跑过，让人感觉很惬意很舒服。

由于边走边思考，他走得不快，一个半小时后到达龙山寺。他心想既然到了寺庙就进去跟神灵打个招呼，祝愿自己能心想事成。寺庙院子不大，大殿前的古柏足有数百年历史。古人云：山不在高，有仙则名；水不在深，有龙则灵。在众人的眼里，寺庙住有神仙，都想常来拜拜，求个平安吉祥。

刚进入室内大殿，看到一个年轻妇女正跪在那儿叩拜，拜完后还往面前的功德箱里放入了 10 张百元大钞，旁边坐着的僧人连续敲了十下木鱼。当她转身要出来时，秦闯认出原来是自己进修研究生时的同学。当时两个人都在中原大学进修研究生，中原大学在省会城市，他们进修的专业不一样，一个学的是法律，一个学的是财务，但都是来自一个省辖市，所以在那儿可以说是老乡。由于课程时间基本上一样，又在同一个楼层上课，所以慢慢就认识了，但也不是太熟，双方对彼此也不是十分了解。

"怎么是你呀！"两人几乎异口同声地说，然后又都笑了起来。

秦闯主动先问："你是金枝吧，金枝玉叶，我说得没错吧？"

金枝微笑道："看来你是快把我忘了，我是金枝，要不是我的名字容易记，估计你都想不起来了，但你这个帅警官，我可是不会忘，你是秦闯。时间过得可真快，一转眼就4年了，你怎么到这里爬山了？来这儿出差吧？"

由于之前不是太熟，秦闯也不想过多介绍自己现在的情况，也不好意思问太多，就顺口说："我就是来出差的，闲着没事，上山锻炼身体。你呢，怎么上山求佛了，祈祷什么呢？"

也许是多年不见，虽然过去一直对秦闯有好感，但还是有点生分，金枝说："这庙很灵的，过去妈妈经常带我来，平时遇到事的时候，我也来烧烧香，拜拜佛，祈祷神仙保佑。"天气炎热，又没有坐的地方，秦闯心里有事，也不想多谈，他们这样站着说了一会儿话就离开了。

爬完山，出了一身汗，工作也考虑得差不多了，秦闯冲了个澡，轻快地回到了办公室，把抽调办案的同志也喊了过来，进行工作部署。专案组一共抽了10名干警，以刑警队同志为主，也从经侦大队抽调了两名同志。专案组下面又临时成立了两个小组，一组由李壮带领，进一步去核实线索；另一组由陈丰带领，从外围突破，查金三公司的账，从经济方面找突破口。

部署完，秦闯对大家说："黑恶势力在地方经营多年，与各方面势力会盘根错节地交织在一起，可能会给我们带来很大的压力。我给各位提个要求，近期不要参加饭局，不要向任何人泄露案情，案件侦破后，我给大家摆庆功宴。"

早起的鸟儿有虫吃。李壮50多岁，从警30年，是一名老刑警，平时起得早，办任何事都要求提前完成。开完会第二天早上7:30，他就带着一位民警，穿着便装，开着私家车去见李丽。李丽家住在村里中心位置，去她家的小巷子很窄，轿车勉强能过，但早上进进出出的人多，车辆进入困难，还耽误别人走路，于是两人就把车子停在了村口，步行去李丽家。

敲开院门，她家的院子很大，足有半亩地，是一处老宅，房子是坐北朝南，四间旧平房，看起来也比较破旧。大女儿早上已经送到学校，小儿子一个小手拿着馒头啃，一个小手拿着树枝与小狗玩耍，脸上脏兮兮的。看来，李丽也没有心情照顾孩子。

见到有人来，李丽有点害怕，担心是金三派人来威胁她。近期，她一直告金三，金三的马仔也给她打过几次电话，恐吓她不要再告了。李壮亮出警官证，说明来意，并引导她要依法维权，不要越级上访，最后问她主要诉求是什么。她含着眼泪说："要说诉求，我想让我的男人活过来，但这不现实。现在想让金三把肇事方赔我们的剩下的20万元还给我，没有了男人，我也就失去了经济支柱，我还要用钱养孩子。金三那个恶魔欺负我，还把我的男人打了，要不是他让手下人打，我家男人也不会出交通事故。恶人要有恶报，他要赔我精神损失，他要进监狱。"李壮安排随行警员把金三涉嫌犯罪的事实详细地记录下来，并让李丽签字画押。

在查偷税漏税方面，金牛区有着很好的税警协作机制。陈丰带领另一组警员和税务局同志到金三公司了解他们的财务情况。到了五楼，被刀疤脸看见，他急忙说："陈队长来了，有失远迎，找我们老大吗？"

陈丰笑了笑，就往里面走。刀疤脸慌忙也向里边走，提前把门打开。金三正趴在里面套间的床上，一名美女在给他按摩。听到有人来了，他不高兴地坐起来，说："真扫兴，这才刚开始按就被打断。刀弟你这是咋看的门呀？让人乱进来。"

见是陈丰进来，金三立马大声道："警察同志是无事不登三宝殿，有何贵干，用得着大哥了只管说。"

陈丰是警局里的老资格，这些道上混的人都认识他。他也就开门见山地说："金总，真不好意思打扰你了，有人举报你偷税漏税，我这也是公事，需要了解一些情况，请你们配合一下，安排会计把公司的账拿来，我们需要带回去深入了解一下。"

听到这里，金三感觉问题不大，也没太在意，认为现在哪个公司不偷税漏税呀，于是拿起电话安排会计把账准备一下，一会儿让税务局的同志带回，配合很积极。他还特意挽留陈丰在他们公司吃饭，说今天有一只刚从国外空运回来的澳洲大龙虾，一起品尝一下。陈丰婉言谢绝，带着账本离开了。

拿到账本，税务局的同志不分昼夜地工作了几天。通过查看企业财务申报资料，特别是对账簿、会计凭证、会计报表等材料查看核实，发现了很多问题。比如，金三的公司采取了编造记账凭证、在账簿上少列收入等手段，一年下来偷税漏税资金达 50 万元以上，占应缴数额的 30%以上。根据现在掌握的情况，估计金三坐牢 3 年以上不成问题。

听了两组的汇报，秦闯向所长作了汇报，建议先以偷税漏税名义当天对金三实施抓捕，之后再发动群众检举揭发。金三有两个住处，一个是河阴村宅基地上的老房子，另一个是在公司大院里建的独幢大别墅。公司院里的大别墅，三层带电梯，养着一条大藏獒，在院内靠大门口位置的一个水泥桩子上拴着，院墙四周还都安装了摄像头。以前金三每天都在河阴村老房子里住，后来找了个女人，给他生了孩子后，就很少回来，天天都在公司院内住。盯梢的线人报告，当天晚上他住在公司里。深夜2点，抽调的20名警员在秦闯的带领下一起奔赴金三公司。

几名警员翻过大门，把保安叫醒，找到钥匙，打开了大门。为防止保安通风报信，他们没收了保安的手机、对讲机，并对他进行控制。进大院后，对金三的别墅进行了分散包围，然后几名警员翻墙而入，从里面打开了门。藏獒发现有人进来，狂叫起来，并猛地扑了过来。秦闯眼疾手快，一枪将藏獒击毙。睡梦中的金三被狗叫声吵醒，下床看到窗外有几个人影在晃动，急忙拿出床头几年前在黑市买的手枪。他以为是仇家报仇，为起到恐吓作用，向窗外胡乱开了一枪，外面瞬间安静了。趁此机会，他连忙给刀疤脸打电话，让他带人过来。

发现金三有枪支，秦闯命令队员停止强入室内，以免不必要的牺牲。秦闯拿起话筒大声喊道："我是派出所副所长秦闯，金三注意，金三注意，你涉嫌偷税漏税，现在请你去派出所，请放下武器，用手抱头走出房间。若持枪反抗，立即击毙。"

说完，秦闯朝天开了三枪，用以警示。室内没了动静，一会儿，刀疤脸带着十多个公司安保人员也赶到了别墅。陈丰带着十多名警员在别墅外警戒，发现刀疤脸带人来，大声道："请不要靠近，我们是公安，正在执

行公务。"

刀疤脸见是陈丰，心情也放松下来，问："金总出啥事了？是他打110让你们来的吗？"

陈丰道："你们公司涉嫌偷税漏税，需要请金总去说清楚，你给他打电话，让他自己出来吧。"

刀疤脸连忙表示同意，打电话道："大哥，是陈丰他们，说偷税漏税的事，不是仇家报复。他们让你出来，我带了十几个弟兄在门口守着呢。"

金三听到刀疤脸来了，听到是偷税漏税的事，心里感觉踏实了些，又想到自己没杀过人，就是有事也不至于判死刑，要是反抗被当场击毙就太亏了，于是向室外喊道："我不反抗，现在就把枪给你们，请你们不要开枪，我穿上衣服就出去。"

说完，他把手枪从窗外扔了出去。穿上衣服后，双手抱头，走出了房间。站在门口外两侧的警员迅速将他摁倒，戴上手铐后，就要带离。

刀疤脸见状，忙上前与警员抢夺老大，并大喊："兄弟们，不能让他们带走大哥。"

其他人听到，立马聚集上来要抢人，陈丰朝天放了一枪，说："退回去，有意见明天到派出所说，你们不要妨碍公务，会害了金总，也害了你们自己。"

刀疤脸不听，仍像疯狗一样，突然拿长砍刀向秦闯砍去。一名警员见状，朝他腿上开了一枪，刀疤脸中枪摔倒，大喊"警察杀人了，警察杀人了"。其他人见状，纷纷后退，金三故作镇定地说："大家都回去睡觉吧，我没啥大事，过两天就回来了。"警员也给刀疤脸戴上了手铐，并急忙将他送往医院抢救，以免他失血过多丢命。

抓捕任务顺利完成。

警员们连夜对金三进行了审讯。但他被问话时总是避重就轻，闪烁其词，在关键问题上死不认账。当给他讲"坦白从宽、抗拒从严"的道理时，他轻蔑地说："我已经很坦诚了，你们只管问，我只管回答就是了。"看来"坦白从宽处理"的机会金三是不想抓了。

秦闯决定再发挥群众的力量。第二天，中兴市城区和郊区、河阳村、河阴村、拴马村等显要位置都张贴了公告，让广大群众对知悉的金三违法犯罪行为进行检举揭发。

第三章　感情受骗

　　泥河县是中兴市下辖的距离市区最远的县区，也是中兴市唯一没有通直达市区高速的县区，走省道有 110 公里，至少需要两个小时的车程。秦闯从泥河县二七矿派出所调往市区秦岭路派出所后，由于工作繁忙，刚来就接手了金三黑社会性质组织团伙案件，案件侦破难度大，且中兴市领导十分关注案件进展，在一年多的时间里，秦闯几乎吃住在单位，很少回泥河县家中和妻儿见面。

　　秦闯在二七矿派出所任所长的时候，一心扑在工作上，家里的事情基本没操心过。夏娟虽然心里有怨言，但好在秦闯在身边工作，有大事还可以依靠。秦闯到了秦岭路派出所工作后，每当她看到别人一家三口其乐融融的，羡慕、心酸之情便交织而来。日积月累之下，情绪有时难以控制，只好在电话里向秦闯发泄。发泄完后，她发现生活依旧如此，无论秦闯态度如何诚恳，但情况没有丝毫改变，慢慢地也懒得向秦闯发泄了。

有一次，上小学的儿子萌萌在学校和别的小朋友玩耍时，原本出于恶作剧的互相推搡，却不小心把同班同学李梓硕的胳膊摔骨折了。当班主任把情况告诉夏娟后，夏娟急忙放下手中的工作赶往医院。李梓硕的父母爱子心切，无论夏娟如何道歉，依旧是恶语相向。

"对不起，梓硕爸爸妈妈，是我没有教育好儿子，医药费我们全部承担。"夏娟十分诚恳地道歉。

"谁稀罕你家的医药费，我们就这一个儿子，从小到大都没有受过这种罪。你家儿子可倒好，直接把我们硕硕弄骨折了。"梓硕妈妈一时还难以接受。

"我儿子从小就是班里的佼佼者，这次耽误了学业怎么办？摔的还是写字的胳膊，万一留下后遗症怎么办？你负担得起吗？"梓硕爸爸没等夏娟道歉，便劈头盖脸地说道。

"对不起，的确是我没管好儿子，医生说了，硕硕的伤应该不会那么严重。"

夏娟本来是想安慰一下梓硕的父母，没想到这句话出口，梓硕妈妈更加愤怒了："不会那么严重？你家儿子摔一个试试，有娘生没娘管的。"这句话一出口，夏娟再也抑制不住所有的委屈，眼睛里噙满了泪水。

梓硕爸爸见妻子有点冲动，便把妻子拉开了；梓硕妈妈也有些后悔自己刚才说那几句话，便不再继续咄咄逼人了。夏娟垫付了 2000 元医药费后赶忙去学校找儿子，因为班主任告诉夏娟萌萌不见了。

萌萌哪里见过这种阵势，看到梓硕被自己推下楼梯当即傻了眼，等到救护车把梓硕拉走，他更是吓得躲到了男厕所。班主任只顾着叫救护车送李梓硕去医院，却忽略了同样受到惊吓的萌萌。夏娟到学校后，也不敢怪罪班主任，毕竟自己的儿子有错在先，夏娟和班主任找遍了整个校园，始终不见萌萌的踪影。夏娟顿时傻了眼，感觉整个世界都轰然坍塌了。

"儿子丢了，你快回来吧，秦闯。"夏娟心急火燎地给秦闯打电话。

"啊，儿子怎么丢了？现在不是上学时间吗？"秦闯既惊讶又疑惑地问道。

"我也不知道，学校里找不到了。"夏娟语无伦次地说。

"夏娟，我和泥河县局联系一下，我这边在处理一个重要案件，晚上立马回去。"秦闯虽然心里万分着急，但对金三的审讯已进入关键突破阶段，秦闯想着先让泥河县公安局的朋友帮忙找一下。

"哦，那你忙吧，儿子是我一个人的。"夏娟听了秦闯的话，本想让他赶快回来，哪怕是帮不上忙给自己一个臂膀也好，但听到秦闯的话，她失望地挂断了电话。

还没等到泥河县公安局的同事来，班主任发动所有的老师在男厕所找到了如惊弓之鸟的萌萌。夏娟看到打着哆嗦哭成泪人的萌萌，心疼极了。

萌萌哭着说："妈妈，我不想住黑屋，我要爸爸。"说完，夏娟母子抱头痛哭。

萌萌找到后，夏娟也忘了告诉同样焦急的秦闯，还是泥河县公安局的朋友告诉秦闯儿子找到了。秦闯也没弄清事情原委，便打电话给夏娟："遇事要沉着，儿子在学校好好的，怎么可能会丢。"

"你忙吧，儿子的事情你不用管了。"夏娟没好气地挂断了电话。当秦闯再打回来的时候，发现夏娟已经把他拉进了黑名单。

这件事情过去后，虽然夏娟解除了秦闯电话的黑名单，但是心里的委屈和失望却一天天在累积。她觉得自己和周边的朋友、同事、同学比起来，是过得最惨的一个。既当爸又当妈不说，儿子萌萌在学校发生了这么大的事情，秦闯居然都不回来。

慢慢地，秦闯和夏娟两个人从争吵变成了无话可说。儿子萌萌也渐渐和秦闯疏远了，有时候秦闯打电话，儿子都不愿意接。面对夏娟和儿子的疏远，秦闯内心非常痛苦，他甚至有些怀念之前夏娟在电话那头唠唠叨叨的日子。他心里有时也在想，夏娟是不是对自己绝望了？有时又转念一想，是不是夏娟越来越有为人妻为人母的担当了？夏娟觉得，秦闯不再是自己曾经崇拜的那个男人，慢慢地变得陌生了，在工作和家庭问题上，她觉得秦闯的天平早已失衡，甚至觉得秦闯是不是有外遇了。

就这样，夫妻两人的隔阂越来越深。

在秦闯的带领下，秦岭路派出所掌握了金三团伙的大量犯罪证据，除金三团伙核心成员笑面虎和独眼龙畏罪潜逃外，其他涉案人员被一网打尽，案件已经进入检察院提起公诉阶段，秦闯终于出了一口气。

秦闯也意识到自己到秦岭路派出所工作后，对家庭的照顾微乎其微，特别是对夏娟和儿子，而且自己也有很长一段时间没回原南县老家看望年迈的父母了。趁着金三案件告破，秦闯决定向组织请一个月探亲假，回家看看父母，陪陪妻儿。

派出所领导非常了解秦闯的情况，对他的请假十分理解支持，毫不犹豫地给秦闯批了40天的长假。秦闯为了给夏娟一个惊喜，事先并没有告诉她自己请长假的事，而是提前几天特意逛了一趟商场，给夏娟买了护肤品，给儿子买了一整套的奥特曼玩具，又给父母买了滋补营养品。虽然花了秦闯两个月的工资，可他一点也不心疼，他一直觉得亏欠他们的太多。等到一切准备就绪，直到离开秦岭路派出所，秦闯才拿起手机拨通了夏娟的号码："娟，我有个好消息想不想听？"

"有话就说。"夏娟还在上班，没好气地说道。

"看来你不想知道这个好消息呀。"秦闯故意逗夏娟。

"爱说不说，我还在上班，挂了啊。"

夏娟的冷漠让秦闯心里有些难受，但转念一想，这段时间自己确实对不起夏娟，便连忙说道："不卖关子了，你看你，我请了一个多月的假，我们这个周末一起回老家看看爸妈吧，让萌萌也请一星期假，看看爷爷奶奶。"

虽然秦闯是商量的语气，但夏娟极不耐烦，生气地斥责道："你有时间了，我们都得陪着你是吧，儿子快期中考试了你知道不？儿子学习退步了你了解不？满世界都得围着你转是不是？秦大所长，秦大忙人！"

夏娟随即挂断电话。失落、心酸、无奈之下，秦闯决定自己回原南县老家去看看父母，另外预留一个月的时间回泥河县，和妻儿团聚。

从中兴市长途汽车站坐上回原南县老家的汽车后，秦闯把和妻子的不愉快慢慢地忘了，他此刻无比怀念自己的老家。

秦闯从小在原南县长大，原南县是中原省南部信河市的下辖县，虽然隶属于中原省，但是风土人情、气候条件都和中原省不大一样。与中原省大部分平原城市相比，原南县被山地包围，东西绵延的大别山横亘原南县东西，西接险峻秀丽的桐柏山，淮河自桐柏山喷涌而出，向东奔腾千里。原南县降水量大，植被茂密，被称为中原省的"洗肺圣地"。饮食和中原省也大相径庭，中原省大部分地区以面食为主，而原南县所在的信河市以大米为主，所以秦闯到中兴市工作后有很长一段时间都不适应当地的饮食习惯，出现了水土不服。秦闯在大巴上憧憬着回家后尝尝母亲拿手的原南菜，就这样想着想着在车上进入了梦乡。

在梦中，秦闯仿佛回到了小时候。秦闯一家住在青瓦红砖的老房子里，裹着小脚的奶奶在用老纺花车纺线，"嗡——嗡"的声音是那么悦耳动听；年迈佝偻着身子的爷爷戴着一副老花镜，花白的胡须飘在胸前，笑盈盈地掏出两毛钱让秦闯买冰棍吃。父亲要去大队部开会，秦闯拿着钱哭着嚷着要跟着去，母亲担心秦闯把钱弄丢，又用葱花馍馍哄了过去……

4个小时的车程，秦闯一半是看着窗外的景色憧憬见到父母的场景，一半是在睡觉。倒了三趟车回到前秦村老家的时候已经是傍晚时分，老两口看到秦闯回来了，激动万分，做了一桌子秦闯最爱吃的原南菜，特别是原南炒面，秦闯一口气吃了两盘。

秦闯一边吃饭，一边向父母讲述自己近期侦破的金三黑社会性质组织案件。当母亲听到"黑老大"金三还非法持有枪支弹药的时候，简直心惊胆战，看着儿子讲得轻描淡写，心头不禁为秦闯担起心来。

"闯，要我说你都不该当这警察，离家这么远，现在还和娟儿两地分居，你说你上大学图个啥，这样下去哪还像个家？"秦闯母亲带着抱怨的语气说道。

"娘，你不懂，我的工作很有成就感，现在领导也很器重我，我和夏娟分居两地是暂时的，以后有机会，把她工作也调过来，就不分居了。"秦闯安慰母亲道。

"啥成就感！我能不知道？小时候你羡慕邻居二狗在泥河县煤矿的工作，还主动到矿区上班，现在你还不如人家二狗儿子。二狗儿子就上个中专，现在在原南县交警队工作，离家也近，牛气得很，今年又娶个漂亮媳妇，对二狗夫妇也好，你看看人家。"秦闯母亲有些抱怨秦闯，也有些羡慕二狗的儿子。

"娘，追求不一样，我觉得我的工作很有意义。"秦闯辩解道，但考虑到长时间没见父母，怕惹老人家不高兴，也没再多说下去。本想再和父母讲讲自己破案经历的心情也没有了，就洗漱一下上床睡觉了。由于一天的奔波劳累，秦闯很快便进入了梦乡。

第二天，秦闯先是去爷爷奶奶坟前烧了些纸钱，又拎着准备好的礼物到叔伯家坐了坐。吃过午饭，秦闯想去幼时的几个玩伴家里坐坐，没想到和秦闯差不多年纪的要么在原南县城买了房定居，要么在外地打工落户大城市了，竟然一个也没有在家，秦闯感到有些落寞，就想着在村里到处看看。在前秦村，秦闯看到村里的环境大变样，白墙青瓦，静谧安逸，屋舍俨然，阡陌交通，鸡犬相闻，宛若陶渊明笔下的桃花源，不禁发出了"采菊东篱下，悠然见南山"的感慨，生活在这里简直比城市还舒服。

在感慨家乡变化的同时，秦闯突然想去自己小时候经常玩耍的小秦河看看。小秦河是原河的支流，前秦村在小秦河的左岸，和后秦村隔河相望。小秦河在前秦村绕了个弯，如同一把弯弯的镰刀镶嵌在村庄旁边。拐弯处河床较宽，小时候，两个村的孩子都是来到小秦河玩耍，游泳、抓螃蟹、钓鱼、烤地瓜，秦闯样样精通，后来原南县大规模建设工业园区，小秦河也遭到了污染。虽然不算严重，但随着鱼虾大量死亡，水体已经有些黑臭。直到近几年，政府环保意识越来越强，加强了对小秦河流域的污染治理，小秦河才渐渐恢复了原来的模样。

再次来到小秦河，经过政府治理，两岸景色依旧秀美。4月的小秦河边，一块块长方形的翠绿麦田，纵横交叉的田埂上挺立着高大的杨树，田野里、小河边，杏花在春风暖阳中怒放，一簇簇、一团团，恰似淡淡的云朵，又如粉粉的绸缎，一阵风吹来，枝叶与花儿一起摆动，春风十里荡漾着花香。小秦河打着几道弯，溅起朵朵浪花，然后静静地流向远方，好像在前秦村的腰际系了一个蝴蝶结，又如一弯新月依偎在前秦村的怀里。

秦闯想起了小时候在河边的桩桩趣事。让他记忆最为深刻的就是和小伙伴一起钓鱼，然后直接在鏊子上把小鱼焙得金黄酥香，大家吃着笑着。有一次因为钓鱼，小伙伴秦哲还把新买的鞋子掉进了河里，再也没有捞上来。在那个物资匮乏的年代，丢了新买的鞋子可不是小事，吓得秦闯到半夜都不敢回家，最终也没逃过父母的一顿打……秦闯回忆着笑着，不知不觉天色已晚。

回到家中，看到母亲正在做饭，秦闯便去帮忙烧火。

"秦哲现在去哪里了，我下午看他家也没人。"秦哲是秦闯小时候最好的玩伴，几年没有联系了，秦闯感到十分想念，便趁着帮母亲烧火问了起来。

"唉，这孩儿也是没福人，前些年在南方打工，领回来个漂亮媳妇，咱村人都夸这孩儿有本事。过了两年，有了孩子，媳妇便不出去打工了，在家里带孩子，两个人两地分居有一年，没想到媳妇带着孩子跟以前的老相好跑了。"老人家一边叹息一边说道。

"那后来呢，找到没?"秦闯关切地追问道。

"找了，小哲发了疯似的四处找，最终也没找到。听说媳妇和相好的去了新疆，那儿地方那么大，咋找?"秦闯母亲转过头对秦闯说道。

"闯，说到这儿了，你别怪为娘的多嘴。你和娟儿两个人一直分居可不中啊，小哲现在精神都快崩溃了，说到底，不还是两地分居闹的?"秦闯母亲突然话锋一转，放下手中的勺子郑重地说。

"娘，你想哪儿去了，夏娟不是那种人。"秦闯笑着说道。

"人是会变的，闯，你也回来两天了，我和你爹没啥看的，你赶紧回去陪媳妇和儿子吧。"秦闯母亲说。

"没事儿，我这次请假时间长，我先在家陪陪你们。"秦闯说道。

"不行，我们俩有啥陪的，你明天赶紧买票回去。"秦闯母亲命令道。

回家的第三天，秦闯就在母亲的强逼之下买了回泥河县的车票。临走的时候，秦闯留给父母3000块钱，秦闯父母死活不要。末了，秦闯偷偷把钱放在了母亲做针线活儿的箩筐里，带着母亲给夏娟准备的土特产坐上了大巴。

在回泥河县的大巴上，秦闯告诉了夏娟自己要提前回家的事情。夏娟一阵惊讶过后，语气依旧冷淡，让秦闯意识到长时间的两地分居着实委屈了夏娟。

秦闯回到家中，看到夏娟正在仔细地打扫卫生，便笑着问道："娟，你今天没有上班吗？怎么在家收拾屋子呀？"

"上班，不过今天单位没有啥事儿，我回来得早些。看屋子乱了，想着你回来了就收拾收拾。"夏娟冷冷地说。

"我还以为你藏人了呢，怕被我发现，赶紧收拾收拾。"秦闯故意调侃夏娟。没想到夏娟顿时恼了，说道："你是不是警察干着了魔了，回家就找不痛快是不是？！我藏人了，你把我抓起来吧，秦闯！"

秦闯以前也这么调侃过夏娟，她都没有如此生气。秦闯知道自己有错在先，也没多想，便赶紧道歉："呀，老婆大人，我不是开个玩笑嘛，你看你都生气了，我谁不信都信老婆你。"

秦闯把母亲给的特产放在厨房里，然后一边从行李箱拿出给夏娟买的化妆品和萌萌的玩具，一边笑着说："娟，不要生气了，我给你和儿子买的礼物，请老婆大人笑纳。"

"没生你气，放那儿吧，我在拖地。对了，你去接萌萌，他再有一个小时就放学了。"夏娟气还没有全消，秦闯买的礼物她看都没看。

秦闯突然过来一把抱住夏娟，夺过手中的拖把放在一边，温存地说道："媳妇儿，想我不想？我好想你呀。"夏娟显然气儿还没有消透，从秦闯的怀抱中挣扎出来，说道："不想，让你接儿子，你赶快去。"

"儿子还有一个小时才放学，我一会儿就去，快让我抱抱。"秦闯又强行把夏娟抱在怀中，一只手轻轻地去解夏娟的扣子。

夏娟先是愣了几秒，秦闯快脱掉她上衣外套的时候，她突然一把推开秦闯，生气地说道："让你接萌萌，你怎么这个样子！成年不回来，回来就是这样儿，你把我当成什么了？把家当成什么了？"

秦闯见夏娟如此生气，赶紧松开了手，安慰道："我知道是我的错，儿子在学校发生那么大的事，我也不在身边，我这就去接儿子去。"秦闯说着便换鞋出了门。

萌萌所在的小学离家只有两里地，秦闯想着时间尚早，便打算步行去接儿子。路上，他总觉得夏娟有些不对劲儿，这次怎么气性这么大，好像变了个人似的。

夏娟是泥河县本地人，大学毕业后到县邮局上班，和秦闯是媒人介绍认识的。相亲的时候，秦闯看到夏娟身材高挑，足足有 1 米 68 的样子，瓜子脸，柳叶眉，大大的眼睛十分有神，用流行话来讲，可以称得上"女神"。夏娟第一眼看到秦闯，也没有太喜欢，只是觉得人还可以，身材魁梧，五官端正，还算阳光帅气，工作也不错，便答应相处看看。后来慢慢地见秦闯真心实意待她，便答应了秦闯。征得双方父母同意，两个人便结了婚，很快有了儿子萌萌。

秦闯刚去中兴市城区秦岭路派出所的时候，工作还没有现在这么忙，有时周末回来，秦闯总是喜欢给夏娟一个惊喜，两个人趁着儿子不在，见面便会抱在一起温存一下，以解相思之苦。每次温存过后，夏娟平时对秦闯的抱怨也消除了，一家三口仍旧其乐融融。秦闯怎么也想不明白，这次夏娟为什么生这么大的气，甚至不想让自己碰她了。

秦闯边走边想，一会儿便到了萌萌的学校门口，距离放学还有 20 分钟时间，门口排起了接孩子的长队。

"秦所长也来接孩子啦，你调走后可没咋见过你呀，都是夏娟来接。"人群中一位家长主动向秦闯打招呼。

秦闯一看是楼上邻居球球的妈妈，便笑着说："是啊，平时工作忙，也不常回来，只能夏娟来接了。"

　　"你们警察工作就是忙，不过再忙也不能让夏娟一个女人扛家呀。"球球妈妈平时比较热心，认真地和秦闯说道。

　　"眼前也只能如此了，等那边工作时间长了，再想想办法。"秦闯知道球球妈妈是出于好意，于是无奈地说。

　　"唉，是啊，不过家里的事情还是需要个男人。"球球妈妈似乎想说些什么，但又咽了回去。秦闯在泥河县上班的时候，由于和球球家是邻居，萌萌和球球又是同班同学，所以秦闯和球球一家关系很好，有时也帮他们办一些事情。

　　秦闯和球球妈妈正聊着，萌萌和球球一起跑出了校门。见到爸爸，萌萌异常激动，一下子拥入秦闯怀中。秦闯抱起萌萌："儿子，想爸爸没有?"

　　"当然想啊，想死我了。"萌萌调皮地说道。

　　"好儿子，爸爸也想你啊，走，爸爸带你去吃好吃的。"秦闯笑着对儿子说道，然后又转身对球球妈妈说，"带着球球一起去吧。"

　　"秦所长，你们去吧，你也好久没见萌萌了，我们还要去球球姥姥家。"

　　秦闯和球球妈妈说了再见后便带儿子萌萌去吃他最喜欢的大脸鸡排，萌萌一路蹦蹦跳跳，特别高兴。秦闯在感到欣慰的同时，也觉得自己亏欠儿子太多，一定要利用这一个月的长假，好好补偿补偿儿子。

秦闯和萌萌高高兴兴到家的时候，夏娟已经把饭菜做好了，一家三口围坐在餐桌旁吃晚饭，秦闯觉得这是一家人最温馨的时刻。由于萌萌提前吃了鸡排，很快便吃饱回到自己房间写作业去了，餐桌上留下秦闯和夏娟两人。

"娟，别生我气了，我下午见到球球妈妈了，她也说你一个人很辛苦，我确实对不起你，这些日子让你受委屈了。"秦闯带着愧疚的语气对夏娟说。

"你见到球球妈妈了？她还说什么了？"

夏娟面带疑色，反倒让秦闯觉得有些奇怪，便回答道："没说什么呀，你怎么突然问这个？"

"哦，没什么，我好久没见球球妈妈了，就随口问问。"夏娟连忙解释。

"娟，我想等我在中兴市工作时间长了，就托关系把你工作调过去，把儿子也接过去，那样你就不用这么累了。"秦闯继续着之前的话题。

"不用了，我们娘儿俩在泥河挺好的，萌萌有时候可以送姥姥姥爷家。"夏娟对秦闯的话稍微有些感动，但还是拒绝了。

"我是说真的，这样分居不是个办法呀，娟。"秦闯语气诚恳。

"以后再说吧，我吃好了，我去辅导一下儿子写作业，你吃过饭把厨房收拾一下，家里其他地方我下午收拾过了，你不用管。"夏娟说着便起身去了萌萌房间。秦闯本来还有些话准备和夏娟说，但是看到夏娟起身，便把话咽了回去。

　　秦闯很快也吃完了饭，按照夏娟的交代，他认认真真把厨房收拾了一遍，还特意把抽油烟机也洗了洗，在厨房收拾了近两个小时。这边夏娟已经辅导完萌萌作业，并给萌萌讲了睡前故事，把萌萌哄睡，自己也洗漱完，回主卧躺下了。

　　秦闯收拾完厨房后，在卫生间冲了个热水澡，心里想着下午夏娟没让自己碰她，晚上要好好和妻子温存一下。等一切收拾完毕，秦闯换上睡衣后，便轻手轻脚地来到卧室，看到夏娟已经睡着，心里有些失望，但还是钻进了被窝。其实夏娟并没有睡着，只是闭着眼。看到秦闯进来，她本来是平躺着，一个侧身便背向了秦闯。秦闯看到夏娟并没有睡着，暗自窃喜，一边轻轻地去解夏娟的睡衣，一边在夏娟耳边轻轻地说："娟儿，要不要检查作业呀，好久没给你交作业啦。"

　　夏娟推开秦闯不老实的手说道："不行，我这两天身上不舒服。"秦闯有些失望："你'亲戚'不是这几天呀，怎么这么赶巧？"夏娟斥责道："你什么时候关心过我，就知道你自己舒服。"秦闯听到夏娟这样说，也没法继续强人所难了。这天晚上，秦闯失眠了。他总觉得夏娟变了一个人，心里泛起了些许疑惑。

秦闯回到家的头几天，正好是工作日，夏娟每天都按时上班，偶尔会告诉秦闯晚上加班，儿子萌萌由他接送上下学。最让秦闯难受的是，夏娟好像很反感和自己有亲密接触，每次秦闯有肢体上的亲昵动作时，夏娟便立马制止，晚上回屋也是倒头便睡，这让秦闯颇为恼火。

秦闯回到家的第四天，也就是星期五，夏娟告诉他邮局晚上加班，不在家吃饭，让他照顾好儿子萌萌。秦闯便打算带萌萌去外面吃饭。萌萌最喜欢吃鸡排，但是秦闯担心萌萌鸡排吃多了上火，就带他去泥河县新开的西餐馆吃牛排。新开的这家西餐馆位于泥河县城的繁华地带，也是年轻人逛街的商业街核心区。因为萌萌最喜欢看傍晚时分的霓虹灯，于是秦闯和萌萌父子俩便选择了二楼靠窗的座位就餐。

"爸爸，你看妈妈在那辆车上。"儿子萌萌正趴在窗户上往外看，突然转过头对秦闯说。"在哪里？"秦闯也赶紧往外看，由于楼下车辆太多，并没有看到夏娟。"走了，就那辆黑车上。"萌萌有些失望地和秦闯说。

"夏娟，你现在在哪里呢？"秦闯拨通了夏娟的电话，压抑着内心，急切地问道。

"我在单位呀，等会儿就回去了，有什么事吗？"夏娟疑惑地问道。

"没有什么事，我和儿子在外面吃饭，他说看到你在一辆黑车上。"秦闯解释道。

"怎么可能？萌萌肯定认错人了，我一直在加班呀。"夏娟有些慌乱地解释道，但是秦闯忙着照顾萌萌，并没有察觉到夏娟的异样。

这天晚上，夏娟比秦闯和萌萌回家早。秦闯和萌萌走进家门的时候，夏娟正在卫生间洗澡。秦闯心里暗自高兴，心想夏娟终于答应和自己亲热了。由于夏娟说自己吃过饭了，秦闯就没有再做晚饭，就早早地把萌萌哄睡了，自己也很配合地冲了个澡，早早躺在床上。

"啊，你怎么睡衣都不穿？"夏娟看到秦闯光着身子躺在床上，惊讶地问道。

"老夫老妻了，你又不是没见过我光身，至于这么大惊小怪的吗？"秦闯挤眉弄眼，笑眯眯地对夏娟说。

"快穿上，受不了你这发情的样子。"夏娟没好气地说。

秦闯死活不穿睡衣，把夏娟按倒在床上，说道："今天晚上无论如何我都要和你亲热亲热。"

夏娟极力挣脱着，不耐烦地说道："秦闯，你别这样，我没心情，再这样我喊了啊，让萌萌看看你那熊样儿。"

"你喊吧！另外，你是不是外面有人了？"秦闯见硬来不行，便生气地责问道。

"我是有人了，你去调查啊，你不是神通广大的警察吗？神经病啊你，家你也不管，一天天还疑神疑鬼，哪儿有个男人样！"夏娟的话彻底激怒了秦闯。秦闯放开挣扎的夏娟，从衣柜最上层拿了一条薄被子去客厅睡了，夏娟也没有丝毫阻拦。

早上起来，夏娟见秦闯在沙发上睡着，也没搭理他。秦闯其实早都醒了，只是没了心情去给夏娟做早饭。夏娟起来用豆浆机打了五谷豆浆，然后煎了三个鸡蛋，切了几片面包，叫醒萌萌后，又拍了拍装睡的秦闯，说道："起来了，吃早饭。"

"不吃，饿死算了。"秦闯有些赌气地说道。

"爱吃不吃，一会儿我和萌萌去上辅导班了，你就在家打扫卫生吧。"夏娟没有生气，而是用平淡地语气说。

萌萌起床后，看到秦闯依旧在沙发上躺着，便淘气地说道："懒蛋爸爸，快快起床，太阳晒到屁屁了。"惹得夏娟忍不住笑了一声，秦闯这才缓缓地起来去洗漱。

秦闯洗漱完毕，夏娟已经带着萌萌去上辅导班了。秦闯越想越不对劲儿，看着桌子上的面包，他觉得夏娟连饮食习惯都变了，现在怎么像变了个人一样。他决定偷偷跟踪夏娟。

作为一名警察，秦闯跟踪夏娟自然是神不知鬼不觉，但是一直到夏娟和儿子萌萌中午上完课回到家，也没有觉察到任何异样，秦闯觉得或许是自己想多了。

接下来的几天，秦闯依旧有意无意地暗中观察着夏娟的一举一动，仍没有发现什么异常。直到有一天下午，秦闯去接萌萌放学。由于萌萌嚷着要吃鸡排，所以秦闯和萌萌没有直接回家，而是比平时晚了半个小时到家。看到门口摆着夏娟上班穿的高跟鞋，秦闯知道夏娟已经到家，突发奇想给萌萌比了一个不许出声的动作，小声跟萌萌说："妈妈回来了，我们偷偷进去，给她一个惊喜好不好？"萌萌很配合地点了点头。

秦闯和萌萌悄悄打开门进屋，听到夏娟似乎在卫生间打电话。"不行，哎呀，你再忍几天啊，他还请假在家，等他走了。"夏娟在电话里轻轻地说。正当秦闯准备贴耳到卫生间门上进一步听听的时候，萌萌叫了一声，夏娟立刻没有了声音，挂断了电话。

"夏娟，你和谁打电话呢，什么忍几天啊，等谁走了？"秦闯顾不得一边的儿子，大声责问道。

"啊，什么呀？你偷听我打电话。"夏娟也生气了，大声说道。

"我就偷听了，你快说那是谁？"秦闯已经有些恼火了。

"我们单位同事，身体不舒服，让我替她加班，我告诉她你在家呢，想多陪陪你。"夏娟生气地在卫生间说道。

秦闯半信半疑的，也不再质问了，等了几分钟，夏娟从卫生间出来，让秦闯看看电话通话记录，秦闯看到上面写着"邮局老李"，这才放了心。不过令秦闯感到意

外的是，这天晚上夏娟主动把秦闯的被子拿到了大床上，告诉他睡床上吧，睡沙发对身体不好。这天晚上，秦闯也如愿地和夏娟进行了夫妻生活，虽然夏娟像例行公事，但是秦闯心里还是满足的。

接下来的几天，秦闯也没有再跟踪夏娟，只是偶尔心里还有些疑惑，觉得夏娟确实变化太大。秦闯40天的假期很快就过去了一半时间，他偶尔拿到夏娟的手机，几次都想翻开看看，但是都忍了回去。秦闯心里做着斗争，他怕夏娟真的背叛自己，又怕自己胡乱猜测，冤枉了自己的结发妻子。最终，秦闯还是没有忍住，借着夏娟给手机充电的时候，试图看看夏娟的手机。但是秦闯发现夏娟手机改了密码。以前夏娟的手机密码是萌萌的生日，还是夏娟告诉秦闯的，如今改了密码，秦闯的疑惑更重了，秦闯觉得无论如何都要看看夏娟的手机里有什么秘密。

直到有一天，儿子萌萌说老师在短信上布置了作业想看看，夏娟看到秦闯在做饭，便把手机打开给了儿子。秦闯喊萌萌吃饭的时候，看到夏娟的手机在萌萌手里，便以辅导作业的名义告诉萌萌要看看妈妈手机，萌萌爽快地答应了。

纸终究是包不住火的。秦闯不看不当紧，看到"邮局老李"竟然每天都要联系夏娟，秦闯又打开短信，有个叫"挪威的森林"的好友，和夏娟的聊天记录很肉麻，其中甚至有一句"宝贝，我想你"。秦闯顿时感觉身体都要炸了，他知道萌萌就在身边，但还是克制不住自己，直接走到卧室，把手机放在夏娟眼前。

夏娟一下子傻了眼，最近几天的聊天记录她忘记删除了，也实在无法向秦闯解释，便说道："你整天不在身边，我被人骚扰你还好意思说。"秦闯显然不太相信，啪的一声把手机摔在了地上，说："你少找借口，你到底背着我干了什么你心里清楚。"

萌萌闻声赶来，夏娟红着脸抱着萌萌就去萌萌姥姥家了。愤怒的秦闯难以抑制心中的愤怒，一下栽倒在床上。可是他突然觉得夏娟睡过的床又是那么肮脏，他一下子滚到地上，挺尸般躺在了地上。

原来，夏娟出轨的情人叫作李森，是夏娟的高中同学。李森长相平平，甚至可以说其貌不扬，上学时成绩很差，但是口才好，胆子大。夏娟身材高挑，长相清秀，学习成绩突出，是泥河县高中有名的"校花"。高中时期，李森一直暗恋夏娟，经常买了夏娟喜欢吃的零食放在夏娟的课桌抽屉里，有时候别的男生向夏娟示好，李森还会因此和别的男生大打出手。尽管如此，夏娟对李森并无好感。夏娟出身好，长相好，学习好，怎么可能看得上李森，但李森从小自尊心就很强，暗自发誓一定要娶到夏娟。

高考后，夏娟如愿考上了理想的大学。李森学习成绩差，虽然一度为了追求夏娟而埋头苦学，但无奈不是学习的那块"材料"，只勉强考了一所大专。但李森心里十分满意，因为他提前打听到夏娟的高考志愿，虽然不能在同一个学校，但李森为了追求夏娟，选择了和夏娟一个城市的大专。

大学刚开学，李森就对夏娟展开了狂轰滥炸式的追求，送花、请吃饭、假装英雄救美……李森几乎用遍了所有追求女孩子的套路。最初，夏娟对李森并无任何好感，甚至很讨厌李森的追求，只是出于同乡情谊，一直没和李森挑明自己的态度，可是大学生活和高中生活确实不同，虽然也有学业任务，但是没有高中那么紧迫了。随着夏娟情窦初开，她竟然慢慢地同意了李森的追求，两个人成了男女朋友，这让同时期的高中好友惊叹不已，真是应了大学生中间很流行的那句话——世界上的女生只分为两种，一种是很容易就可以追上的，一种是追了很久才可以追上的，夏娟显然是第二种。

李森追到夏娟后，几乎荒废了自己的学业。每天早上一早在夏娟宿舍楼下等夏娟一起吃早餐，晚上直到夏娟回宿舍休息才坐地铁回到自己学校。虽然两个人整天腻在一起，但每次李森有过分要求，夏娟都会断然拒绝。因为夏娟认为大学生也还是学生，还是要以学业为重，不能做出格的事情。据李森好朋友讲，两个人最亲昵的动作就是牵手。

大学四年很快就结束了，夏娟由于成绩突出，被家人安排进了泥河县邮局工作。李森挂科很多，差点连毕业证都没拿到，最后在省城一家汽车销售公司上班。两个人被夏娟家人强行分开，虽然夏娟也痛苦了一段时间，但毕竟毕业后不在一个地方工作，慢慢地感情就淡了。后来夏娟认识了秦闯，二人很快便结婚了。李森失恋后，像变了一个人一样，努力工作，努力赚钱。由于口才好，很快便成了汽车销售公司的销售冠军，赚了钱之后又自己开了家汽车销售公司，赶上那些年汽车销售形势好，李森又接连开了多家分店，成为同学中间的"佼佼者"。

　　李森生意做得很大，赚了很多钱，坐拥香车美女，但是这么多年一直不结婚。有的人说李森是对夏娟太痴情了，有的人说李森是花天酒地习惯了，不喜欢被束缚。但是每次同学问起，李森都会说自己只钟情于夏娟，这种话甚至传到了已为人母的夏娟耳朵里。对于李森的"不舍"，夏娟虽然觉得自己亏欠李森，但是已为人妻、为人母，并且秦闯对自己很好，生活也很知足，并不想和他有过多的联系。

　　泥河县建设工业园区后，李森主动回乡投资建设了茂森汽车配件产业园，也把自己事业的核心放在了家乡。回乡发展之后，李森知道夏娟结婚生子已成事实，所以并未主动和夏娟联系过，只是偶尔听到夏娟的消息，心里依旧有些不甘和郁闷。

有一次，在秦闯已经调任中兴市城区秦岭路派出所后，夏娟的高中同学突然起意，要组织一次聚会。夏娟因为要照顾孩子，起初并不同意参加，后来在闺密陈芳的软磨硬泡之下，才勉强同意。同学会上，夏娟看到李森也在，两个曾经的情人见面，场面格外尴尬。

"老同学，好久不见，现在更漂亮了。"李森为了打破尴尬气氛，笑着向夏娟说道。

"是啊，有些年数了，我现在都成黄脸婆了，哪里还漂亮，你现在才是更精神了。"夏娟甚至都有点不敢看李森，红着脸小声说道。

在高中同学的起哄下，李森和夏娟被强行安排坐在了一起。虽然夏娟有些尴尬，但是李森显得十分满意，不时给夏娟夹菜。有人来劝酒，李森也替夏娟挡掉了不少。高中同学长久未聚，大家都喝了不少酒，甚至有醉酒的同学调侃道："李森和夏娟看着真是天造地设的一对儿。"夏娟听了这话很难为情，连忙解释自己已经结婚，但有些醉意的李森却不辩解，听到这话只是笑了一下。

高中同学聚会，本来商定的是 AA 制，但是等到酒席快结束的时候，李森突然宣布："大家聚在一起不容易，我擅自做主，今晚的账已经结过了，并且我已经安排好了 KTV 包间，大家一定要尽兴。"听到这话，好多同学都夸赞李森，让坐在李森一旁的夏娟更加不自在了。

饭局结束，很多同学以家里有事为由不再去唱歌，夏娟也想赶紧回家，一是萌萌由父母看着，有点不放心；二是考虑到李森也在，更加想快点离开。但还没等走出饭店，夏娟便被陈芳拉住，陈芳说无论如何都不能让主角跑掉。KTV里剩下了一群醉酒的同学，只有李森和夏娟稍微好点，没有喝高。李森是久在酒场，酒量非凡；夏娟被李森照顾着，也没有喝多少。在唱歌时，李森特意为夏娟唱了陈奕迅的《十年》，夏娟莫名有些感动。在醉酒同学的撺掇下，竟然和李森合唱了《知心爱人》，并互相加了QQ，这一切都让李森激动不已。唱歌结束后，李森安排了车辆，并特意让自己的司机送陈芳和夏娟回家。坐在豪华奔驰里，略带醉意的夏娟竟然不由得想起了过去，她虽然很努力地在克制自己，但是还是控制不住自己的回忆，她的思绪已经回到了大学时期，回到了和李森在一起的纯真而又美好的时光。

　　回到家里，夏娟看到母亲已经搂着儿子睡着了，简单洗漱了一下便躺到床上，久久难以入睡。

　　"夏娟，今天见到你格外开心，你还是当初的模样，只是时间回不去了。"夏娟手机响起，是李森发来的信息。夏娟还没来得及把李森的QQ名"挪威的森林"备注改好。

　　夏娟一时不知道该如何回复才好，想了一阵儿才回复道："你变化挺大的，现在越来越帅气了。"

"怎么会，是越来越胖了吧，和你在一起更加是美女与野兽了。"李森调皮地回复道。

"对了，夏娟，以后可以经常请你吃饭吗？没有别的意思，就是朋友之间那种。"李森还没等到夏娟回复，便又连忙问道。

"不用啦，我都结婚了。"夏娟犹豫了很久，简单回复道。

"你想哪儿去了，就是做个朋友。"李森解释道。

夏娟同意了李森的请求，两个人从此之后隔三岔五便会在一起吃饭。最开始夏娟为了避免尴尬，还会拉着闺密陈芳一起，慢慢地随着吃饭次数越来越多，夏娟便经常和李森两个人吃饭。李森生意做得很大，也很有钱，每次都会订包间，所以即使在泥河县城，也很少有人会见到二人单独吃饭。

秦闯调任中兴市城区秦岭路派出所后，接手了金三黑社会性质组织案件，忙于工作也不怎么联系夏娟，甚至连萌萌在学校发生了那么大的事情都没有回来。随着对秦闯的失望，夏娟对李森的好感反而在逐步加深，李森也经常给夏娟买化妆品，还以叔叔的身份给萌萌买玩具，甚至还想送夏娟一台漂亮的马自达小轿车，但是被夏娟婉拒了。

夏娟和李森交往了两个多月后的一天，萌萌放假和姥姥姥爷一起出去旅游了，夏娟一个人在家，李森提出想让夏娟参观自己在省城买的别墅，并一起逛街。最开始夏娟还不同意，虽然对秦闯越来越失望，但是她不想做对不起秦闯的事。尽管她已经深深地被初恋李森的魅力吸引，但是她不想突破自己的底线。她明白，如果去了省城，可能自己都无法把持住自己了。

就在夏娟准备拒绝李森的时候，秦闯和夏娟在电话里因为家里的事情发生了争执。夏娟心里的天平彻底被秦闯推到了李森这一边。她答应了李森的请求，一起去省城玩两天放松放松心情。

再次回到上大学的省城，夏娟感慨城市的变化越来越大，自己俨然成了一身土味儿的乡下女人。李森带着夏娟逛商场，看电影，吃美食，还一起回到大学看了看。夏娟看着身边的李森，感慨万千。

到了傍晚时分，李森提出去自己在省城新区置办的别墅看看。最开始夏娟表示明天再去看，晚上一个人住在酒店就可以，但是李森说就是去家里看看一起吃个饭，然后再把夏娟送到酒店。在李森的再三请求之下，夏娟同意了。

夏娟刚到李森的别墅，立刻被这高贵的私人别墅震惊了。高高的栅栏，盘绕着妖艳的荆棘玫瑰，院子里摆放着名贵的沙发座椅，夕阳照来，斑驳的光影映照着院子的奢华。别墅主宅挑高的门厅和气派的大门，尽显主人的雍容华贵。别墅内部门廊和门厅向南北舒展，客厅、卧室设置落地大窗，室内室外装修风格交融，让夏娟叹为观止。更让夏娟感动的是，李森一早便让人做好了西餐，还摆放了烛台和红酒。

"夏小姐，请入座。"李森拉开椅子，调皮而又绅士地对夏娟说道。

"你咋这么隆重，我都不好意思了，你家实在是太土豪了，我从来没有见过这么奢华的装修。"夏娟虽然有些不好意思，但不忘表达自己的震撼之情。

"没什么，这边的别墅群里都是这么装修的。这些年赚了些钱，反正也一个人，就想着好好享受享受。"李森边帮夏娟切牛排边说。

"你这么成功，赶快找一个人呀，你的条件，多少人梦寐以求呀。"夏娟诚恳郑重地说道。

李森没有回答夏娟，而是打开了一瓶红酒，深情地看着夏娟，弄得夏娟满脸通红。夏娟看到李森倒的是拉菲，便赶紧推辞道："这酒太名贵了，让我喝浪费了，快别倒了。"

"不许这么说，在我心里，只有你是无价的。"李森一边向夏娟递红酒，一边说道。

夏娟也再没有推辞，两个人就这样深情地喝完了一整瓶红酒，夏娟带着醉意说道："豪宅看完了，我也该回去了。"

"好，在走之前，还想让你看看楼上的卧室。"李森一脸正经地说道。

"不用啦，我还是回去吧。"夏娟小声推辞了一下。

"就看一眼，看完送你回去。"李森继续正经地说道。

夏娟在李森的带领下，来到了二楼主卧。她被眼前的景象惊呆了，卧室床头挂的是夏娟当年上大学和李森的合影，卧室里随处可见夏娟的照片，卧室中间大床上洒满了夏娟最喜欢的玫瑰花瓣。

"你怎么……"还没等夏娟说完，李森突然抱起夏娟，吻了上去。

夏娟像是被电了一下，整个人都蒙了，两手垂直贴在身旁，任由李森狂吻，足足有5分钟。看夏娟丝毫没有拒绝，甚至缓缓地把手搂在了自己腰间，李森更加肆无忌惮了。他抱起夏娟放在了铺满玫瑰花瓣的床上，两个喝醉的人把这些年对彼此的感情全部宣泄在了身体上。

第二天醒来，李森搂着夏娟，吻了夏娟的额头说："宝贝儿，对不起，我太爱你了，昨晚没有控制住自己。""没事。"夏娟红着脸说。夏娟话音还没落地，李森便又吻到了夏娟的嘴唇上，夏娟主动把手搂在李森的脖子上，两个人立刻翻滚在一起。如同干柴遇到烈火，夏娟已经完全忘记了自己是个有老公的女人，秦闯也早已被抛在了九霄云外，此时她心里拥有的只有李森的爱意和身体。

在从省城回泥河县的路上，夏娟这才想起了自己的老公秦闯。出于防备，她把李森的手机号码改为了"邮局老李"，两个人像夫妻一样，一路欢声笑语地回到了泥河县城。

欲望的大门一旦打开，就很难关上。女人陷入深情，比男人还要投入，自从两人在省城睡在一起之后，他们便一发不可收。在李森的办公室，在泥河县的各大酒店，在李森的奔驰轿车后排座椅，甚至在夏娟的家里，到处都是李森和夏娟释放激情的地方。夏娟甚至想着赶快和秦闯离婚，投入情人李森温暖的怀抱。然而夏娟并不知道，坐拥香车美女的李森为什么会对自己如此用心，她无论如何也不会想到，自己已经深陷虎口，当年自己没有被李森得到的身体，现在已经被这个男人吻遍，并成了李森向同学、朋友炫耀的资本。

第四章　残月愁肠

窗外，一轮残月斜挂在树梢，静默地发出惨白的光，虚弱得好似大病初愈的病人。远山如墨，近树似黛，周遭的一切好似浸在牛乳中一般，昏昏沉沉，看不真切。此时，天上的星星倒显得越发清亮，冰冷的清晖在漆黑的夜空中弥散开来，透过阳台稀疏地洒在地板上。秦闯躺在地上仰望着天花板，陷入了沉思。他一晚上都在回想夏娟的一系列反常举动，再想想球球妈妈的欲言又止，越想越觉得不对劲儿，顿时感到头晕目眩，天昏地暗。是啊，哪个男人能够容许妻子的"不忠"，秦闯觉得自己头顶仿佛顶着绿油油的大草原，压得自己喘不过气。

一夜未眠，秦闯决定无论如何要去调查清楚事情的真相，即使是被戴了"绿帽子"，也要弄清楚帽子是谁给戴的。在弄清事实真相之前，秦闯不想把丑事弄得尽人皆知。秦闯先在家里看看有没有蛛丝马迹，可是他翻遍了家里所有地方，一切都很正常，起初坚定认为夏娟出轨的判断有了些许动摇。"难道真的是冤枉夏娟了不成，可是 QQ 里的消息记录又是怎么回事？"秦闯心里满是疑惑。

秦闯觉得很有必要把事情弄清楚，因此以家里东西在小区丢失为由，前往物业公司监控室查看近一个月的监控录像。可是物业公司告诉秦闯，小区的监控录像由于存储原因，只能看最近一周的。秦闯心想近一周自己基本都在家，便匆匆大致扫了几眼，小区的监控录像没有任何异常。

秦闯又到泥河县几个较大的酒店查看监控，他们都以保护隐私为由拒绝了。越是没有收获，秦闯的疑虑越是严重。秦闯觉得只能向泥河县公安局治安大队的老伙计晁勇求助了，晁勇是秦闯进入泥河县公安局的同批警察，如今已是泥河县公安局治安大队大队长。秦闯直接拨通了老伙计晁勇的电话："老晁，我有个事情想让你帮忙，电话里说不清楚。"晁勇见是老伙计秦闯的电话，忙说："老秦，你回来了？我安排个地方，咱好好叙叙旧。"秦闯哪里有心情叙旧，便直接说道："老晁，电话里不好说，我去办公室找你吧。"

来到晁勇办公室，秦闯直接说明了来意："老晁，我也是没法了，按说家丑不可外扬，你人品我信得过。是这样，我怀疑你嫂子外面有人了，想让你帮我调查核实。"

"老秦，你可别开玩笑，你和嫂子关系那么好，她怎么可能做对不起你的事，你多想了。"晁勇大吃一惊，安慰秦闯道。

"我看到 QQ 聊天记录了，就是想确认一下，不然心里总是觉得膈应。"秦闯说。

"老秦，这种捕风捉影的事情我劝你还是算了，以后把日子过好就行。"晁勇一个劲儿地安慰秦闯。

"老晁，你知道我的性格，眼里揉不得沙子，这个忙你必须帮。"秦闯语气坚定。

晁勇没法说服秦闯，只得答应了秦闯的请求。两人在晁勇办公室充分研判之后，决定先拿着夏娟多张不同照片到夏娟的单位泥河县邮局附近走访，附近的人说她经常被一个奔驰车接走，因为在县城奔驰车太显眼，有些人甚至还隐约记住了车牌号。于是，秦闯便对这辆车进行了盯梢。经过多日查看，秦闯发现奔驰车多次去向泥河县阳光假日酒店。随着怀疑一步一步得到印证，秦闯也在做着剧烈的思想斗争，一方面是希望夏娟没有出轨，另一方面又想打破砂锅看到底。最终，秦闯在泥河县阳光假日酒店查到了夏娟和陌生男人的多次开房记录，并且确定了那个陌生男人正是泥河县汽车配件产业园的老总李森。

秦闯一下子瘫坐在了酒店大厅的沙发上。虽然秦闯心里已经预判到妻子夏娟出轨了，但是当他确确实实看到证据的时候，内心还是崩溃了。他一时还是不能接受自己结发妻子出轨的事实，无论晁勇如何劝解，秦闯就静静地坐在那里，一言不发。

晁勇不放心秦闯，一直陪他坐在沙发上，也不知道如何劝解自己的好兄弟，就坐在那儿静静地等着。此时的秦闯羞耻、愤怒、沮丧，这些感情交织在一起，他想着如何挽回自己的尊严，他想着如何报复夏娟，他甚至想着如何杀掉李森。气氛沉闷了足足有一个小时。晁勇说道："老秦，作为兄弟，我说句实在话，日子要往前面看，千万不能钻牛角尖。"听到晁勇的劝解，已拿定主意的秦闯突然笑着说道："老晁，你放心吧，我能看开，女人如衣服，或许该换件新的了。"晁勇听了秦闯的话，先是一惊，然后半信半疑地把秦闯送回了家。

回家后，秦闯无比冷静。夏娟已经回来了，萌萌也在自己房间写作业，但是他不想和眼前这个女人说话。夏娟虽然觉得对不起秦闯，但是此刻已经被李森的"爱意"迷惑，也没有想和秦闯和好，就这样两个人冷战着，说话的对象仅有儿子萌萌。当然，上小学的萌萌还不能意识到此刻的家里发生了什么大事，只是感觉到自己的爸爸妈妈有些奇怪。

夜里，夏娟和萌萌已经熟睡，秦闯开着窗户坐在阳台，一个劲地抽烟。足足抽了两盒之后，已经是半夜12点了。秦闯缓缓站起来，去储物间拿出了早已准备好的绳子。此刻，看似平静的秦闯内心充满了愤怒，仇恨已经完全控制了秦闯的意志，他只想杀死这对奸夫淫妇。

秦闯拿着绳子走进卧室，这个曾经充满两个人欢声笑语的地方，竟然让秦闯觉得无比厌恶。他看到床上熟睡中的夏娟，还响起了微微的鼾声。秦闯觉得眼前这个女人如此丑陋，曾经的天使妻子变成了丑陋魔鬼。

当秦闯轻手轻脚走到床头，准备把绳子套在夏娟脖子上的时候，内心突然闪出一个念头："我为什么要先杀死夏娟，这样不是便宜了李森?! 我家破人亡，他却逍遥自在。"

秦闯伸出的手又缩了回来，他在做着剧烈的思想斗争，不是杀不杀夏娟，而是怎么最有效地报复李森和夏娟。秦闯心想："夏娟虽然可恶，但是没有李森的勾引，怎么可能变成这样? 如果杀死夏娟，自己肯定会被判死刑，那么可怜的儿子怎么办?"在经过一番剧烈的思想斗争之后，秦闯又悄悄地把绳子放进了储物间，回到阳台继续抽烟。直到月光渐渐退去，天空微微泛起蓝光，秦闯看了看表，已经是凌晨5点多了，便换了衣服走出家门。

夏娟早上起来，看到阳台扔满了烟头，竟然有些心疼秦闯。她想等一个合适的时间和秦闯办理离婚，她知道自己对不起丈夫，但是她已经陷入和李森的"爱情"不能自拔，此刻的夏娟一心只想和李森尽快结婚。

经过一夜的思索，被愤怒冲昏头脑的秦闯决定效仿《水浒传》中武松狮子楼杀死西门庆的做法去杀死李森，然后再来告诉夏娟，让夏娟磕头求饶。于是，秦闯买了一把锤子，准备用锤子砸死李森。秦闯先是跟踪李森，他发现李森每天固定会去几个地方，公司、家、夜宴酒吧，特别是夜宴酒吧，李森几乎每天都要去，并且很晚才会从那里出来，再让司机送他回家。

　　跟踪的第四天晚上，秦闯决定在李森喝醉后回家的路上动手。这天晚上，秦闯足足在夜宴酒吧门口守了4个小时，但迟迟没有看到李森从酒吧出来，也没有看到李森司机开车过来，秦闯内心觉得有些疑惑。直到深夜1点，秦闯看到李森搂着一个女人晃晃悠悠地从酒吧出来，秦闯顿时觉得无比愤怒，自己的妻子怎么就能被如此花天酒地的男人占有，他一定要杀死这个可恶的色狼。李森在酒吧门口和那个女人足足亲热了10多分钟，秦闯觉得这是自己这辈子最难熬的10多分钟，因为他看到李森和那个女人亲热，仿佛看到了自己的妻子夏娟和李森亲热，让他无比恶心。

　　李森和那个女人分别之后，司机迟迟没有开车出现，这让秦闯觉得放心不下，一直跟着李森走了几百米。深夜的泥河县城，死一般寂静，李森一直跟跟跄跄地走着，但并不是回家的方向，而是泥河县洗浴中心的方向。秦闯意识到李森想要做什么，他决定改变计划，不等李森快活完便结束他的性命。

　　李森在前面晃晃悠悠地走着，秦闯在后面东躲西藏地跟着，直到一个拐角楼下，秦闯觉得此处是监控死角，决定动手杀死李森。秦闯三步并作一步追了上来，从袖子里拿出了已经焐热的小锤，准备往李森的后脑砸去。就在准备发力的时候，秦闯犹豫了。他好像突然一下子清醒了过来，如同昏睡的人突然被叫醒了，他觉得自己的行为无比荒唐。就在秦闯犹豫的片刻，李森一个趔趄突然转过头来，看到了身后的秦闯。李森一下子被吓得六神无主，也没看到秦闯手中的锤子，只是大喊："你是谁？"秦闯一下子蒙了，也不知道怎么回答，猛地说出"李森吗？"这句话。李森一看对方认识自己，恐惧之下又问："你是谁？你怎么认识我？"秦闯下意识地说道："我是你客户，看着像你，想拍你一下，开个玩笑。"李森半信半疑地说道："我咋对你没印象，你这大半夜的吓死我了。"秦闯只好边往后退边说："不好意思啊，不好意思啊。"

　　秦闯几乎是逃走了。在逃走的路上，他恨透了此刻的自己。作为一名公安，怎么会干这种目无法纪的傻事？愤怒、羞耻、自责，秦闯全盘否定了自己。

　　秦闯回到家，已经是深夜 3 点钟，带着屈辱、疲惫和愤怒，他一觉睡了 5 个小时。夏娟做好早饭后，萌萌本来想叫醒爸爸吃饭却被夏娟拦住了。"妈妈，你这些天和爸爸怎么了？为什么不叫爸爸一起吃饭？"萌萌疑惑地问夏娟。

"爸爸太累了，你让他休息休息。"夏娟这么说完全是为了哄骗萌萌，自从和李森陷入婚外情之后，她烦透了秦闯，根本没有想过和秦闯同桌吃饭，她只是在等待着一个机会，和秦闯挑明态度，然后离婚，投向李森的怀抱。

夏娟和萌萌吃过早饭后，便送萌萌去上学了。秦闯一个人在家，躺在床上无神地看着天花板，看着空空的房子，他感觉人生失去了意义，一直到中午夏娟回来。平时萌萌中午一般在午托班吃饭，家里就剩下秦闯和夏娟。夏娟看到秦闯颓废的样子，打心眼里看不上，便轻蔑地说道："要不要吃饭？如果吃就做你的。"

秦闯依旧躺在那儿，并未理会夏娟。夏娟更加挑衅地说道："吃不吃倒是说句话，真是没用。"

秦闯一下子被激怒了，拼尽全身力气吼道："贱货，你去找有用的去。"

夏娟从来没被秦闯这么骂过，听到秦闯骂自己"贱货"，一下子"沸腾"了，便喊道："秦闯，你有种今天我们就去离婚。"

秦闯吼道："老子不会让你们这对狗男女这么容易得逞。"

夏娟也怒声大吼："窝囊废，除了骂人你还会什么，早晚都是离，你看看你那样子，活着还有什么意义！"夏娟说完便摔门而出，留下愤怒的秦闯气得面红耳赤，浑身发抖。

夏娟的言语彻底击垮了秦闯，秦闯心想："是啊，夏娟说得没错，自己不就是窝囊废吗？活着还有什么意义，倒真的不如死了算了，一干二净。"秦闯被愤怒的情绪控制后，径自来到泥河旁。他故意绕开人多的河滨公园，来到人迹罕至的泥河上游华新桥上，这也是泥河水位最高的地方。

下午3点左右，华新桥上行人很少，秦闯望了望四周，除了远处隐隐约约有几个垂钓者外，周围一片寂静，他心想就在泥河上了结自己的生命吧。当秦闯刚翻过桥护栏，准备往下跳的时候，突然听到远处传来一个老年人的喊声："小伙子，你准备干什么？"秦闯猛地转过头，并没有看到什么人。

"别找了，我在这里，我看你很久了。"正当秦闯继续四处张望的时候，一位70多岁的老人从桥头护栏边缓缓站起来，朝着秦闯走来。

"我是走累了，坐在桥头边歇歇，我看你很久了，你有什么想不开的，年轻人？以后的路还很长，可别一时想不开。"老人边走边语重心长地说。

"大爷，你误会了，我是想下去游个泳。"秦闯内心觉得自己的行为被老人看穿了，很丢人，但也不想解释那么多，便编了个瞎话骗老人。

老人显然没有相信秦闯的话，但是也没有拆穿："年轻人，这个地方水很深，并且下面有暗流，水性再好的人下去也没个踪影，每年捞上来的都是会浮水的。"

秦闯翻过桥栏杆，对老人说："大爷，谢谢你提醒，我不知道这里水深，看着水面怪平静的。"

秦闯和老人寒暄了几句，便匆匆离开了。他觉得自己真是太窝囊了，连自杀都是偷偷摸摸。秦闯往城区的方向走着，但他此刻不知道要往哪里去。他不想回到夏娟住着的家中，但他也不知道自己该往哪里去，一个人越想越痛苦，一直从下午走到晚上。看着泥河县的霓虹灯亮起，他更加觉得孤独痛苦，便在一家小卖部买了一瓶高度白酒，走着喝着，喝着走着。

略带醉意的秦闯，不时抬头望着夜空。他觉得自己仿佛就是离月亮最远的那颗忽亮忽暗的星，他无处可归，无路可走，此刻他心想着登上高处来看看这颗可怜的星星，不知不觉来到了一处写字楼下。他乘着电梯来到了28楼，也是最高层，他看到通往天台的门半掩着，便通过步梯来到了天台上，坐在天台上看那颗忽亮忽暗的星星。秦闯仿佛置身于浩渺的宇宙之中，他觉得那颗不起眼的星星就是自己，再联想自己的遭遇，突然又起了跳楼的念头。

秦闯心想："是啊，夏娟不是背叛了自己吗？不是说自己没用吗？跳河那么痛苦又被人发现了，此时此刻，在星星的指引下，自己来到了天台高处，空无一人，不正是上苍的旨意嘛，干脆一死了之。"

秦闯喝完了酒瓶中的最后一滴酒，起身来到了天台围栏边。风呼呼地吹，整个人轻飘飘的，往下一看，黑暗和灯光交错，死神仿佛张开怀抱在召唤他，就在秦闯准备纵身一跃的时候，他仿佛听到了萌萌的哭声。眼前突然出现萌萌被李森扔下楼的画面，他一下子酒醒了，后退一步绝望地摔倒在身后的天台上。这时，秦闯突然清醒过来，他扪心自问："我到底做错了什么？为什么要自杀？自杀后儿子怎么办？老家的父母怎么办？"自责着，秦闯扇了自己一个耳光，整个人顿时无比清醒。

秦闯从写字楼天台下来之后，急忙往家赶。刚到家门口他就听到了儿子萌萌的哭声，心急如焚的秦闯打开家门看到萌萌一个人站在客厅，揉着眼睛在哭。

"儿子，你怎么了？"秦闯抱着儿子，急切地问着。

"爸爸，你去哪里了？我好想你，我一个人在家好害怕。"萌萌带着哭腔扑到秦闯怀里。

"是爸爸不好，你怎么一个人在家？"秦闯内心十分愧疚。

"我也不知道，我睡觉前妈妈还在家，我醒了就不见了。"萌萌委屈地说。

"这个贱女人，肯定又去约会去了，真是不知廉耻，连儿子也不管不顾了。"正当秦闯愤怒地在心里骂夏娟的时候，外面响起了钥匙开门的声音，夏娟扶着一瘸一拐的母亲进了家门。

原来，秦闯误会了夏娟。秦闯回来的这一段时间，夏娟不间断地往娘家跑，并且每次回去仿佛一肚子心事，引起了夏娟母亲的怀疑。她这天晚上放心不下，便想来看看秦闯和夏娟，结果路上走得急，一不小心把脚给崴了，没办法便给女儿夏娟打电话。夏娟看着萌萌睡得很熟，便直接去接母亲了，没有想到萌萌起来上厕所见不到夏娟，便大哭了起来。

夏娟母亲看到秦闯抱着外孙萌萌，便关心地问道："闯，萌萌怎么了?"

"妈，没什么，萌萌一个人在家有些害怕。"秦闯对丈母娘态度一直很好，夏娟母亲并不知道自己女儿出轨的事情，秦闯也极力掩饰着内心的痛苦与愤怒。

在母亲面前，夏娟不得不和秦闯表现得十分恩爱，但两个人内心却互相嫌恶着。表面上的和谐幸福，甚至让幼小的萌萌都觉得有些反常，但是就是这样他们骗过了夏娟母亲的眼睛。由于夏娟父母家离得不远，当天晚上，秦闯和夏娟二人带着萌萌又把夏娟母亲送了回去。秦闯和夏娟两个人在打车送夏娟母亲回家的路上和返回的路上判若两人，让萌萌感到极大的反差，仿佛一切都是在演戏。

秦闯和夏娟继续冷战着。经历过自杀未遂的秦闯变得冷静了许多，他不想和夏娟有任何的言语和身体接触，而夏娟一心想着尽快让秦闯开口离婚，对于秦闯突然的冷静反倒是很不适应。沉迷在虚假爱情中的她一心想着找情人李森帮自己出主意，尽快和秦闯做个了断，然后投向李森的怀抱。

其实，夏娟哪里知道，李森给她的并不是"爱情"。自从夏娟和秦闯结婚后，痛苦万分的李森一心想着报复夏娟的薄情寡义和移情别恋。在泥河县投资，一方面是李森事业发展所需，其实另一方面也有回来报复夏娟的因素。随着李森生意越做越大，他报复夏娟的念头也越来越强烈，泥河县把李森的汽车配件产业园项目作为重大招商引资签约的时候，李森内心已经盘算好了如何报复夏娟。后面的同学聚会、参观别墅完全都是李森给夏娟设的"甜蜜陷阱"，就在夏娟享受着和李森在一起的美好时光的时候，哪能想到两个人每次在一起的镜头都被李森暗地里录了像，事后李森在录像里看着夏娟赤身裸体被自己玩弄，内心有一种说不出来的快感，是报复的得逞，也是"圆梦"的快感，李森甚至忍不住想向当年知晓两人爱情故事的同学炫耀一番。

李森除了夏娟之外，还包养着多个情妇。李森得到夏娟的身体之后，报复心得到满足，其实已经想着远离夏娟了，只是有时候玩腻了小姑娘，出于换换口味，继续享受着夏娟中年女人的成熟韵味。后来，李森知道秦闯回来了，出于继续报复秦闯和夏娟的想法，他给夏娟发了很多"宝贝，想你了"之类的肉麻信息。但每次当夏娟得空想见李森的时候，李森便会以各种理由躲着夏娟，让夏娟心里感到有些不安。李森自从被秦闯这个"陌生人"袭击未遂之后，更是提高了警惕，极力躲着夏娟。

自从出轨的丑事败露，夏娟便把李森当作了自己的救命稻草，紧紧抓在手中，这反而引起了李森对她的厌烦。而全然不知的夏娟，竟把这种厌烦推到了秦闯的身上，心里想着是秦闯的假期耽误了两人的"甜蜜爱情"，对秦闯经常恶语相向，更加激化了二人的矛盾。

夏娟越是对李森依赖，李森越是满足自豪。一天晚上，李森花天酒地之后，收到夏娟的留言："森，我好想你，很后悔当年没有珍惜你，以后我会尽自己的一切补偿你。"这条信息让带着醉意的李森感到大仇已报，畅快淋漓，便立马告诉了夏娟的闺密陈芳。

李森告诉陈芳："芳芳，你是我和夏娟当年爱情的见证者，我希望你继续做这个见证者，我现在不仅又得到了夏娟的心，还得到了她的身体，请欣赏图片。"

图片里，李森虽然把自己打了马赛克，但是依旧可以认得出来。陈芳大吃一惊，回道："李总，你可不要开玩笑，夏娟是我最好的姐妹，她已经有了家庭，你这么做，她还怎么做人?"

李森仿佛大仇得报一般，回道："我管她怎么做人，我只要自己快活，当年她背叛我，考虑过我怎么做人吗?"

陈芳有点替夏娟打抱不平："李森，你这样太过分了，我要告诉夏娟。"

李森看到陈芳如此，更加得意地回道："我就是要你告诉她，不要纠缠我了，我把她玩腻了。我从来都没有稀罕过残花败柳的她，哪天我不高兴了，我就把照片发同学群里，让她身败名裂。"

陈芳看到自己无法劝解疯狂的李森，但又不知道怎么开口和夏娟说，左右为难，矛盾了很长时间，最终出于姐妹情谊，陈芳还是打电话将事情告诉了夏娟。夏娟刚开始在电话里无论如何也不相信陈芳的话，直到陈芳把李森拍下的自己赤身裸体的照片发给她，夏娟才如同大梦初醒，瘫坐在了沙发上。

夏娟无论如何也不能接受李森是在玩弄自己的事实，便打电话过去，但无奈李森并不接电话，夏娟只好在 QQ 上问道："李森，陈芳说的是真的吗?你为什么要这么对我?"

李森看到夏娟的信息，并没有立即回复，而是等了一段时间，才回道："是真的，我们的爱情在你背叛我的时候就已经结束了!"

夏娟看到李森的回复，立即回道："那这几个月我们在一起，都是假的吗？"

　　李森回道："是的，我要让你尝尝背叛的滋味。"

　　夏娟痛苦极了，哀求道："森，我想见见你，好吗？"

　　李森冷酷地回复道："游戏结束了，我们没有必要再见面了！"

　　夏娟再回复的时候，发现自己已经被李森拉进了黑名单。痛苦万分的夏娟难以抑制自己的情绪，但又不想也无法向秦闯倾诉，她内心矛盾极了。她虽然被李森玩弄了，但却没有一个可以倾诉的人，她看着秦闯，心里又泛起了些许愧疚，但是这种愧疚也没有达到请求秦闯原谅自己的程度。

　　秦闯还没有从夏娟背叛自己的阴影中走出来，所以并没有觉察到夏娟情绪的变化。夏娟痛苦万分，却没有一个可以倾诉的对象，只好每天四处散步，以排解内心的痛苦和压抑。刚开始的几天，秦闯以为夏娟又出去和李森鬼混了，他觉得既生气又无奈。后来，气不过，他便偷偷跟踪夏娟，发现夏娟并没有去找李森，而是经常一个人在外游荡。

　　有一天晚上，夏娟把萌萌送到姥姥家后，又一个人出去散步。秦闯疑惑地在后面远远地跟着，夏娟散步的路线就是每次和李森约会的地点，她自己也说不上来为什么要去这些地方，或许是这些地方给了她一段快乐的时光，或许是潜意识里认为在这些地方能够遇到李森，她要当面问清楚他为什么这么对自己。

晚上 10 点，就当夏娟散步快要结束的时候，果然遇到了醉醺醺的李森，还没等夏娟质问李森为什么伤害自己，突然从绿化带里蹿出来两个蒙面男人，用刀分别架在两人脖子上将其拖进了绿化树林里。秦闯虽然在夏娟后面跟着，但是距离夏娟比较远，并没有注意到夏娟遇到李森并被人劫持，突然发现夏娟跟丢了，便四处张望着寻找。

原来，劫持夏娟的两个人是金三团伙畏罪潜逃的笑面虎和独眼龙。他们以前跟着"黑老大"金三的时候，风风火火，呼风唤雨，但是自从金三被捕之后，两个人便过上了东躲西藏、食不果腹的日子，心里充满了对以往生活的怀念和对秦闯的仇恨。

在笑面虎的谋划下，两个人虽然多次逃过了警方的缉捕，但两个人心里明白，躲得过初一躲不过十五，早晚都会被警察抓住。于是，在笑面虎的怂恿下，两个人决定在被抓住之前，让秦闯家破人亡，算是为大哥金三报仇，也算是在入狱前让秦闯为他们的团伙殉葬。

笑面虎和独眼龙了解到秦闯回家探亲之后，也偷偷跟着潜入了泥河县。两人对秦闯进行了认真的跟踪，发现秦闯好像变了一个人一样，时而萎靡不振，时而充满杀意。鉴于秦闯公安出身，身手了得，两个人不敢轻易

下手。但最近几天，秦闯却不见了踪影，反而秦闯的老婆夏娟经常四处散步，让他们看到了机会，两个人盘算着，在暗地里跟踪着夏娟。

笑面虎和独眼龙经过两天的跟踪，决定在夏娟散步回去必经的绿化林附近作案，一来此处到晚上行人稀少，二来此处距离治安监控摄像头比较远，笑面虎负责在绿化林望风，独眼龙具体作案。由于天色黑暗，两人误以为醉酒的李森便是秦闯，暗自窃喜大仇将报。二人得手之后，并没有意识到秦闯就跟在远处。秦闯没发现有人劫持了李森和夏娟，只是已经觉察到跟丢了夏娟。

两个人最初的计划是把秦闯夏娟夫妇直接杀死。当两人把李森和夏娟拖到树林的时候，独眼龙说道："虎哥，得手了，接下来怎么办？"

笑面虎说道："按原计划行事，直接杀了，咱兄弟死了也有垫背的了。"

独眼龙笑着说道："行，直接把姓秦的杀了，不过，他老婆你先让我快活快活吧，自从大哥出事之后，我再也没碰过女人。"独眼龙说着就想去解夏娟的衣服，夏娟虽然极力挣扎，但是无奈被捂得死死的，无法出声。

笑面虎有点生气地说："看看你那点出息，现在这个地方不安全，等到了咱住的那个安全的地方，你想怎么样都行。"

独眼龙哀求着说道："虎哥，我忍不住了，就一下，行不?"

笑面虎见独眼龙求自己,便答应道:"好吧,先把姓秦的弄死,这女的你别让她出声,我给你把风。"

独眼龙误以为醉醺醺的李森就是秦闯,连让李森说句话的机会都没有,便往李森肚子上捅了三刀。李森嘴里塞着毛巾,呜呜着倒在了血泊中。独眼龙迫不及待地解开了夏娟的外衣,准备去脱夏娟的裤子。就在此时,秦闯四处寻找跟丢的夏娟,听到了"呜呜呜"的声音。秦闯循声进入了小树林,笑面虎对着独眼龙说道:"快停下来,有人进来了。"

独眼龙还没得手,不耐烦地说道:"他妈的谁呀,坏老子好事。"

就在这时,夏娟口中的毛巾团掉了出来,大声喊道:"救命啊!"

秦闯听到夏娟的呼喊,也顾不得那么多,便喊道:"夏娟,我来了!你在哪里?"

笑面虎和独眼龙听到秦闯的声音,惊慌失措,赶紧捂着夏娟的嘴巴。夏娟听到秦闯的声音,仿佛落水的人抓到了一根救命稻草,之前和秦闯的百般矛盾早已忘到九霄云外。虽然独眼龙紧紧用毛巾捂着她的嘴巴,但是她依旧拼尽全身的力气发出了"呜呜呜"的声音。随着秦闯越来越近,独眼龙在惊慌之中又照着夏娟的胸口戳了几刀,和笑面虎两个人仓皇而逃。

秦闯赶到时看到夏娟和李森都躺在血泊之中。他再也顾不得两人之前的种种恩怨，急忙拨通了 120 急救电话和 110 报警电话。夏娟和李森被送到了泥河县人民医院急救病房，泥河县公安局刑侦大队警员在勘查完作案现场之后，也赶到了泥河县人民医院，见到是秦闯报警，深感意外，表示要尽快破案。

在急救室外，秦闯心急如焚，一个小时后，医生出来告诉秦闯，歹徒有一刀伤到了夏娟肺部，内脏出血严重，虽然目前进行了初步抢救，但由于伤情过重，县医院条件有限，建议转至省人民医院。李森腹部挨了三刀，伤及肾脏，好在抢救及时，保住了性命。秦闯顾不得多想其他，便同意了医生的建议，根据泥河县人民医院的安排，跟随夏娟转诊至中原省人民医院。

第二天上午 8 点，经过省人民医院外科专家会诊抢救，夏娟手术基本结束。医生告诉秦闯，由于夏娟出血过多，且严重伤及肺部，现在随时有生命危险。秦闯听后，顿时觉得天昏地暗。是啊，几天前，自己还对夏娟恨之入骨，甚至一度想了结她和自己的生命，但是此时看着结发妻子危在旦夕，之前的一切背叛仿佛都变得无足轻重了。

为了防止双方父母以及儿子萌萌悲伤过度，秦闯一直没有把夏娟出事的事情告诉他们，一个人默默在省城陪着昏迷中的妻子。秦闯看着戴着氧气罩的夏娟，心中五味杂陈。之前对夏娟的仇恨已经烟消云散，此时秦闯一心想着夏娟快点好起来。

秦闯一天一夜没有合眼地陪着夏娟，提心吊胆地看着仪器上的心率血压监测数值，一会儿叫护士换吊液，一会儿提醒护士监测数值的变化，一会儿去扶一下夏娟的吸氧罩。看着昏迷中的夏娟，秦闯握着夏娟的手，眼睛含泪地默默说道："娟，之前都是我不好，你快点好起来吧，我们一家人从此以后好好的。其实你不知道，我刚到泥河县工作，经人介绍，第一眼就看上了你，你漂亮、大方，谁见了都会喜欢的，可是我后来工作越来越忙，忽视了你的感受，一心想着努力上进，现在后悔极了。我现在明白了什么是幸福。幸福不是官位高低，更不是金钱多少，而是我们一家人能够在一起。"

秦闯继续默默地看着夏娟。就在这时，他发现夏娟的眼角流出了泪水，秦闯兴奋地去喊医生。主治大夫仔细检查过后告诉秦闯，现在夏娟虽然有苏醒征兆，但是仍然没有脱离危险期，如果内脏伤口感染，依旧会丧失生命，让秦闯做好心理准备。

夏娟苏醒之后，看到眼前的秦闯，联想起自己以前做的种种事情，眼角不禁流出了悔恨的泪水。她示意秦闯拿掉嘴上的氧气罩，但秦闯没有同意，夏娟便握着秦闯的手，两个人默默地凝视着，像患难夫妻，像生死之交，就这样凝视了足足 20 分钟，一直到夏娟再次睡着。

夏娟再次苏醒之后，医生告诉秦闯情况有所好转，如果夏娟有需求，可以短时间摘掉氧气罩进行简短交流。摘掉氧气罩，夏娟看着秦闯，眼角泛着泪花虚弱地说道："对……不……起。"

　　秦闯紧紧握着夏娟的手说道："都过去了，快点好起来。"

　　夏娟笑着点了点头，紧握着秦闯的手，迟迟不肯松开。看到夏娟情况有所好转，秦闯便把夏娟出事的事情告诉了夏娟父母，夏娟父母听到女儿出事的消息，顿时傻了眼，把萌萌送到了亲戚家里，便匆匆来到了省人民医院。

　　在医院病房外，秦闯简单告诉了岳父岳母夏娟出事的经过，而关于夏娟出轨的事情只字未提，他知道老人们经受不了这么多打击和刺激。秦闯一心照顾夏娟，忙得不可开交，虽然医生说根据夏娟的身体指标，感染征兆越来越明显，但秦闯看着夏娟好像在一点一点好转。他并不知道，夏娟是个倔强的女人，她在咬牙坚持着，想在清醒的时候多和秦闯说说话。

　　夏娟父母由于还要照顾萌萌，在万分不舍之中回到了泥河县，看着秦闯忙前忙后，夏娟拖着虚弱的声音说道："谢谢你。"

　　秦闯连忙强笑着说："你看你，老夫老妻了，说这些干什么。"

夏娟热泪盈眶："我对不起你。"

秦闯说道："又这么说，不许这么说了，我也有很多做得不对的地方。"

夏娟带着愧疚说道："我被骗了，伤害了你，我也得到了报应。"

看到秦闯一脸疑惑，夏娟便把这几个月李森骗自己的事情告诉了秦闯，希望秦闯原谅自己。

秦闯听了夏娟的话，丝毫没有怪罪夏娟的意思了，反而自责地紧握着夏娟的手说："娟，是我不好，是我不好。"

二人冰释前嫌之后，秦闯开始憧憬着夏娟病好之后他们要重新开始生活的美好情景。谁知，一天夜里，夏娟突然病情加重，最终没有在手术室抢救过来。主治医生向秦闯宣告了夏娟去世的消息，秦闯一下子瘫坐在了手术室外面，他再次感到自己的整个世界坍塌了。

在秦闯的安排下，夏娟被葬在了泥河县公墓。葬礼那天，夏娟父母、秦闯父母、儿子萌萌哭得死去活来，秦闯强忍着内心的悲痛暗自发誓，一定要找到杀人凶手。

一个月后，在泥河县公安局的高度重视下，通过现场物证提取，调阅案发现场监控录像，很快便锁定了笑面虎和独眼龙两个犯罪嫌疑人，夏娟案件得以成功侦破，笑面虎和独眼龙在中兴市一家宾馆落网。经过突击审讯，两人很快坦白。经中兴市公安局专案组研究决定，该案件和金三黑社会性质组织案件并案审理，当时正值扫黑除恶的关键时期，该案件很快便由中兴市检察院提起公诉，中兴市法院从快从重对案件进行审判，判处笑面虎、独眼龙死刑，由于金三牵扯的其他案件尚未侦破，暂时在中兴市看守所羁押，等所有案件侦破后，再行审判。

笑面虎和独眼龙落网后，秦闯来到夏娟墓地，告诉她犯人已经受到法律的惩罚，让她安息，并告诉夏娟每年的忌日他都会来这里看她，并会将儿子萌萌培养成人，希望夏娟在九泉之下保佑儿子健康平安。

自从夏娟被害后，萌萌就变得沉默寡言，不爱与人交往，这让秦闯非常担心。于是秦闯就把萌萌转学到了中兴市城区的光明寄宿制小学，一方面是因为秦闯工作忙，没有太多精力照顾儿子；另一方面也是想让他通过住校多与同学们交往，尽快走出心理阴影。

萌萌所在的光明小学一直有个好传统，就是邀请校外知名人士担任学校的德育顾问。秦闯的在职研究生同学金枝不仅是美容院老板、高级会计，还是中兴市的劳动模范、光明小学的心理顾问。在一次心理辅导中，金枝见到了秦闯的儿子萌萌。当时，金枝并不知道萌萌是秦闯的儿子。因为夏娟去世，加上是转校生，萌萌变得很不合群，不愿意与同学交流，同学们也很排斥他。

星期四下午，语文老师布置了一篇作文，题目是《我的母亲》，老师要求当堂交卷。临近下课的时候，同学们陆陆续续都交作业了，唯独萌萌无动于衷，一个字也没有写。语文老师并不知道萌萌的情况，便狠狠地批评了他一顿，萌萌也不辩解，只是默默地站在座位边。这时候，班上的调皮鬼小杰在后面喊了一句："秦萌妈妈早死了。"萌萌听到后，认为小杰是在取笑他，自尊心受到极大挫伤，便箭一般飞奔过去，和小杰厮打在了一起，语文老师怎么拉也拉不开。由于萌萌把小杰打得不轻，小杰父母来到学校更是不依不饶，认为自己儿子不过是说了句实话，就被打成这样，要求学校还小杰一个公道。

金枝了解到这一情况后，就把萌萌叫到心理辅导室。但无论金枝如何开导，萌萌始终不肯开口说话。当金枝提到"母亲"的时候，萌萌明显表现出了极度的不适，金枝觉得萌萌有严重的心理障碍，决定对萌萌进行家访。

通过向学校反映情况，金枝很快拿到了萌萌家长秦闯的联系方式，但是此刻金枝仍不知道萌萌的爸爸就是自己的熟人秦闯。

"萌萌爸爸，你好，我是萌萌的心理辅导老师金老师，有些情况需要向你了解一下。"

秦闯听到是萌萌老师的电话，心头一紧，以为萌萌在学校出了什么岔子，连忙问道："金老师，你好，是不是萌萌在学校发生了什么事情？"

金枝连忙解释道："不是的，萌萌爸爸，只是我在对萌萌进行心理辅导的时候，觉得萌萌有严重的心理障碍，所以想了解一下情况。"

听金枝这么一说，秦闯更加着急了："金老师，到底怎么了？"

金枝解释道："也没有什么大事，电话里也说不清楚，你看我能不能做一次家访？"

秦闯有些窘迫地说道："不好意思啊，金老师，我调到中兴市工作一年多，还没有买房，住在单位宿舍，所以把萌萌安排在了寄宿制学校。"

"没关系的，要是这样，你方便来学校一趟吗？"金枝谅解地说道。

秦闯当天下午就来到了萌萌的学校，在学校的心理辅导室见到了金枝。两个人都十分惊讶，金枝开口说道："老同学，怎么是你呀？我当时看到学校提供的家长联系人是秦先生，没有想到是你啊！"

秦闯也十分惊讶，问道："金枝，你怎么会在光明小学？"

就这样，金枝先向秦闯解释了光明小学的德育顾问制度，以及自己没有孩子，但是出于对孩子的喜欢，所以在光明小学担任特聘心理顾问。在金枝的询问下，秦闯也大致向金枝介绍了萌萌母亲的情况，金枝对秦闯和萌萌父子充满了同情和惋惜。秦闯知道儿子有心理障碍后，内心十分痛苦。金枝看到秦闯的忧虑，便主动承担起了对萌萌的心理辅导任务，这让秦闯感动万分。

自从答应帮萌萌做心理辅导后，金枝非常尽心，几乎每周都去学校开导萌萌。有时候秦闯因为案件忙需要到外地出差，周末回不来，金枝就把萌萌接到自己家里。几个月下来，萌萌慢慢接受了金枝，逐渐向金枝打开了心扉，性格也变得开朗了许多。

秦闯看到儿子的变化，十分高兴，执意要请金枝吃饭。金枝很爽快地答应了，但是强烈要求去夜市摊大排档吃饭，秦闯拗不过她，只得答应。金枝从小家庭环境优越，经常去高档饭店，所以很想尝试去夜市摊吃饭，她觉得和警察去夜市摊吃饭更是新鲜。

这天晚上，金枝打扮得十分漂亮，穿着性感漂亮的短裙，让秦闯眼前一亮。秦闯说："老同学，你都这么漂亮了还这么打扮，我们两个去夜市摊吃饭，你不怕流氓盯上你呀。"

金枝虽然一贯表现得都是大家闺秀，但是骨子里也有点叛逆，这么穿就是追求刺激，便笑着说道："怕什么，就是知道和大警官一起吃饭，才故意这么穿呢!"

金枝的风趣让秦闯无话可接，秦闯便换了话题问道："老同学，我还不知道你先生是谁呢，你结婚了没?"

金枝一下子被秦闯给问住了，她似乎有难言之隐，便打趣道："先不告诉你，一会儿看你喝酒的表现再说。"

在夜市摊上，秦闯点了烤鱼、烤羊肉串、烤外腰等一大堆烧烤。在金枝的强烈要求下，两人又要了一箱啤酒。

秦闯对金枝充满了好奇，便问道："现在酒也要了，该说说你自己了吧，我的经历那么惨可是全部告诉你了。"

金枝打开一瓶啤酒，笑着递给秦闯，说："喝了这瓶酒，我就告诉你。"

秦闯二话没说，举起酒瓶一饮而尽。

原来，金枝曾经有过一次短暂的婚姻，但后来丈夫离奇失踪，生死未卜，让金枝痛苦不已。

秦闯了解到金枝的悲惨经历后，内心充满了同情和惋惜。两个不幸的人坐在一起，都不知道如何去劝解对方，只好一瓶接着一瓶地喝酒，一直喝到了后半夜。

秦闯和金枝喝酒喝得昏天暗地，隔壁桌的几个中年男人一直盯着金枝的裙底看。金枝虽然喝醉了，但是还能感觉到邻桌几个男人不怀好意，借着酒劲儿，金枝扭头对邻桌喊道："看什么看，没见过女人啊？"

由于秦闯背对着邻桌，并没有注意到他们偷窥金枝。听到金枝这么一喊，有些吃惊，还没等秦闯反应过来，一个挑头的男人站了起来，拿着一瓶啤酒，龇牙咧嘴地说道："妹妹，你可不能乱冤枉人，你不看我们，怎么知道我们看你呀，再说你长得这么漂亮，看看怎么了？"

秦闯看这个男人光着膀子，身上还刺着文身，一看就不是善茬儿，便给金枝使了个眼色，但金枝并未理会，说道："臭流氓，再看眼珠子给你们挖出来。"

金枝以为激怒了那个男人，没想到对方居然没生气，反而死皮赖脸地说道："妹妹别生气，气大伤身，那样就不可爱了，来一起喝杯酒。"说话间，便用手中的酒瓶给金枝倒了一杯。

金枝看到对方一脸无赖模样，便借着酒劲儿，接过酒杯泼在了那个文身男人脸上，这下子对方被激怒了，拉着金枝的胳膊说道："妹妹，这可就是你的不是了，今天给哥哥洗洗脸，你可要给哥哥擦干净啦。"

秦闯一看势头不对，连忙拉开文身男说道："来，这杯酒我喝了，替俺妹子赔个不是。"

没想到文身男根本不领情，推开秦闯骂道："你算什么东西，必须要这小娘们儿喝。"说着便拽着金枝的胳膊往自己怀里拉。这时，邻桌的几个男人全都围了过来，替文身男出头。

秦闯一看阵势不妙，也顾不得自己的警察身份，一个过肩摔撂倒了文身男，金枝一个酒瓶子下去，摔在了文身男头上。围过来的邻桌男人见秦闯和金枝不好惹，有的赶紧去拉文身男人，有的过来拉着秦闯和金枝理论，甚至准备动手打秦闯。秦闯又一连撂倒了三个男人，对方也自知理亏，并且遇到了练家子，于是搀着受伤的文身男，扔下几句狠话便匆匆离开了。

秦闯也匆忙结了账，拉着金枝赶紧离开。路上，金枝哈哈大笑着对秦闯说："没想到秦大警官不仅人长得英俊，还这么能打啊！"

秦闯有些怪罪地说道："金枝，你还说呢，今晚你明知在夜市摊吃饭，还穿得这么性感。我身为警察，还带头打架，这要是传出去，可怎么了得？"

金枝突然止住了笑声，一本正经地说道："你刚才打架的样子好 Man（男人）。"

金枝突然这么一说，秦闯也不知道如何接话，金枝也陷入了沉默之中。就这样，两个人带着醉意在空旷的马路上走着，一直走到能拦着出租车的地方，秦闯先是把金枝送回了家，又自己打车回了单位宿舍。

在金枝的开导下，萌萌逐渐变得开朗起来，这让秦闯十分感激金枝。金枝在和秦闯的接触中，也慢慢被秦闯身上展现的男人魅力吸引。其实以前，金枝就对秦闯特别有好感，如今这种好感更加强烈了。

有一次晚上，秦闯正在派出所和同事小刘一起值班，突然接到了金枝的电话，金枝笑着问道："秦大所长，在哪里呢？"

秦闯如实回答道："在所里值班呢，金枝，有什么事情吗？"

"没有什么事情就不能打扰秦大所长了啊！"金枝调皮地说道。

"可以可以，当然可以，随时欢迎啊！"秦闯感激地答道。

"哈哈，我就在你们派出所门口。"金枝笑着说。

原来，为了给秦闯一个惊喜，金枝煲了鸡汤，没打招呼就直接来到了秦岭路派出所。

看着金枝提着保温饭盒站在门口，秦闯莫名地不知道该怎么说了。金枝开口说道："秦大所长不请我进去坐坐吗？"

秦闯这才反应过来，连忙说道："快请进，快请进。"

金枝进了派出所后，一直逼着秦闯和小刘把鸡汤喝完。俗话说，吃人嘴短。小刘平常就是个捣蛋鬼，因为说话直接经常被秦闯批评。喝完鸡汤后，小刘一脸正经地说："嫂子，鸡汤做得不错。"

"小刘，你胡说什么？"还没等金枝开口，秦闯便打断了小刘的话。

由于平时秦闯和派出所兄弟们感情很好，小刘接着说道："秦所，你激动什么，我就喊了句嫂子，你看你就对号入座了。"

金枝一下子脸色通红，不知道该说什么，秦闯赶紧斥责小刘："鸡汤也堵不上你的嘴啊，再说嘴给你封上。"

在尴尬的气氛中，秦闯觉得金枝好像有什么心事，便说："我看你今天也没开车，大晚上的你一个人也不安全，我送送你吧。”

还没等到金枝开口，小刘又抢话说道："就是就是，秦所你送送吧，我一个人值班都行。"

秦闯瞪了小刘一眼，说道："我就送送，一会儿就回来。"

出了秦岭路派出所，两个人延续着刚才小刘挑起的尴尬气氛，一直默不作声地走着，秦闯首先打破了沉默，说道："要不我们叫辆出租车吧！"

金枝推辞着说道："不用了，一起走走吧，晚上在外面走走挺舒服的。"

就这样，秦闯和金枝又走了一段路后，金枝说道："我能问一个不该问的问题吗？"

秦闯平静地说："怎么突然这么客气，有什么问题你尽管问。"

金枝犹豫了一下，问道："嫂子走了那么久了，你对以后怎么打算的呢？"

秦闯被金枝突如其来的问题弄得不知所措，吞吞吐吐地说道："还没往这方面想过，先一个人过下去吧。"

金枝也没有接话，走了一段距离，金枝又小声问道："你觉得我人怎么样啊？"

秦闯更加不知所措了："你很好，很好。"

金枝追问："怎么个好法呢，你觉得哪里好？"

秦闯有点腼腆地说道："哪里都好，漂亮、温柔、大方、有气质、有才华。"

秦闯心里感受到了金枝的情意，但是他经历过妻子背叛、被害等一系列变故之后，对金枝的爱意有些畏惧和退却了。于是，两个人就这样各自怀揣着自己的心事，静静走着。

在后来的一段时间里，金枝多次向秦闯示好，但是秦闯都没有正面回应，这让金枝内心十分恼火。她能看出来秦闯的无奈和对爱情的排斥，但是她也无能为力。

一天晚上，金枝一个人在酒吧借酒浇愁，一直喝到了后半夜。在回家的路上，不小心被电动车撞倒在了马路牙子上，摔得比较严重，电动车车主头也没回便逃走了，金枝没有办法，只好坐在地上向秦闯求助。

秦闯接到金枝的电话，很快赶到了现场。见金枝伤势不重，只是加上醉酒起不来了，便将金枝送到医院急诊室。医生进行了简单包扎，说并无大碍。

在送金枝回家的路上，金枝酒意未醒，秦闯有些心疼还有些担心地说道："金枝，你一个女孩子喝这么多酒，多危险呀，万一遇到坏人怎么办？"

金枝看到秦闯如此关心自己，感动地说道："闯哥，你这么关心我呀，你知道我为什么喝酒吗？"

秦闯一边开车一边关心地问道："为什么呀？"

金枝调皮地笑着说道："为了你呀，我喜欢你，你不知道吗？我知道你看不上我。"

秦闯没想到金枝会在这个时候向自己表白心意，虽然心里知道金枝对自己的情意，但还是大吃一惊，一个刹车停在了路边，坐在后排的金枝身子猛地往前倾了一下。

秦闯停车后，回过头吞吞吐吐对着金枝说道："金枝，我不是不喜欢你，你这么好，只是我没资格。"

没等秦闯说下去，金枝便打断了他，说道："狗屁没资格，两个人彼此喜欢就在一起，何必在意那么多。"

秦闯接着说道："可是我带着萌萌，我担心他……"

金枝看出了秦闯的顾虑，也没有接着往下说。秦闯把金枝送回了家，一路上心乱如麻。对金枝，他不是不喜欢，只是有着太多的顾虑。面对金枝一次又一次的暗示，甚至直接表白，秦闯觉得自己再难的案件都没有怕过，但是对于感情的事，他真的是手足无措，不知道该怎么办了。

自从上次醉酒表白之后，金枝没有再逼问过秦闯。她明白秦闯的顾虑，不想让自己心爱的人左右为难，但她对秦闯的感情越来越深了。而秦闯如果抛却顾虑，实际上对金枝也是充满了好感。

清明节前夕，光明小学组织召开春季运动会。萌萌在金枝的鼓励下，报了很多运动项目。在最后一天的跳远比赛中，由于没有调节好助跑步子，萌萌摔伤了右腿。经学校医务室初步诊断，萌萌右腿胫骨轻微骨折，需要到医院动手术，这可把秦闯和金枝吓了一跳。

在医院手术室外，金枝眼含泪花，愧疚地对秦闯说："对不起啊，都怪我，怂恿萌萌报了那么多项目，要是不报名就不会出意外了。马上就要小升初考试了，这可咋办啊？"

秦闯知道金枝早已把萌萌当作了自己的孩子看待，看着金枝着急的样子，便安慰道："怎么能怪你呢？如果不是你，萌萌现在还不知道会变成什么样子呢！再说了，男孩子从小到大，哪有不磕磕碰碰的？"

萌萌在医院的这几天，金枝几乎一刻也没有离开过。秦闯工作忙，全靠金枝在照顾萌萌，她不仅变着法做萌萌最爱吃的饭菜，还帮他辅导作业，秦闯看在眼里，感动在心里。

三天后，萌萌可以出院了，但是伤筋动骨一百天，这期间萌萌不能住在学校了，需要在家有人照顾。由于秦闯一直住在派出所宿舍，随时可能有紧急行动，不能全身心照顾萌萌，于是，金枝强烈要求萌萌住在自己家，秦闯只好感激地答应了。

金枝虽然没有做过母亲，但通过学习，在这三个月的时间里，简直做得比真的母亲还要出色，从衣食住行到作业辅导，金枝做得无微不至。最开始的时候，秦闯还有点不放心萌萌的学习。有一次在金枝家里，秦闯趁着金枝出去，偷偷问萌萌："儿子，在这里适应吗？爸爸让你受委屈了。"

让秦闯没想到的是，萌萌高兴地说："爸爸，我很适应，我很喜欢金枝阿姨，要是金枝阿姨一直在就好了。"

童言无忌，秦闯对金枝更加感激了，他对金枝所做的一切感动万分。"爸爸，等我考试完了，你要答应我送金枝阿姨一件大礼物。"

"你想送什么礼物呢?"秦闯笑着问儿子。

"不告诉你，等考试结束了再和你说。"萌萌故弄玄虚地笑着说。

"那好，不过你也要答应我一件事情，这段时间听金枝阿姨的话，好好学习，争取考一个好初中。"

"好的，那我们拉钩。"萌萌充满童真地说道。

父子俩就这样拉钩许诺，秦闯知道萌萌有现在的变化全是金枝的功劳。

在小升初考试前的一段日子里，金枝对萌萌的关心更加无微不至。萌萌最终也不负众望，一边康复身体，一边努力学习，最终以优异的成绩考进了中兴市重点中学。看到儿子在金枝的帮助下像变了一个人一样，秦闯由衷地感激金枝。拿到成绩单那天，秦闯几乎喜极而泣，紧紧握着金枝的手，很长时间才松开。

萌萌拉着秦闯的手调皮地说道："爸爸，你还记得要送金枝阿姨的大礼物吗?"

秦闯一下子抱起萌萌，激动地说道："记得记得，什么礼物爸爸都给买。"

"我不要你买礼物，我要你带着我和金枝阿姨一起去旅游。"萌萌笑着对秦闯说道。

金枝也笑了起来，问道："小萌萌，你想去哪里旅游呢?"

"去大理，去丽江，我早都想好了。"萌萌兴奋地回答道。

"可是爸爸这工作忙，不好请假啊!"秦闯有些忧虑地说道。

还没等萌萌开口，金枝便拍着秦闯笑着说道："老秦，既然答应了孩子，可不能在孩子面前食言哟!"

"就是，就是，就一周时间。爸爸，你就答应我们吧!"萌萌拉着秦闯的手哀求道。

三个人商定好时间，订好了往返昆明的机票，便欢声笑语地出发了。第一站是大理，三个人租车在洱海边玩了一天，一起欣赏"上关风、下关花，苍山雪、洱海月"的风花雪月之景，三个人像极了一家三口，享受着美好而又浪漫的幸福时光。秦闯订好了两个房间，晚上住在洱海边的双廊。本来是秦闯和萌萌住一个标间，金枝住大床房，可是萌萌非要和金枝住在标间，让秦闯睡大床房，秦闯只好听从了儿子的安排。他看着儿子越来越喜欢金枝，心里既高兴又担心。高兴的是儿子很久没有这么开心了，忧虑的是不知道以后怎么处理和金枝的关系，虽然现在两个人对彼此都充满了好感。

第二天，三个人又一起去了丽江，白天爬玉龙雪山，晚上一起逛了丽江古城。在古城的一米阳光酒吧里，秦闯和金枝喝了点酒，在酒吧气氛的烘托下，他们深情地看着对方。萌萌也看出了端倪，突然对着金枝说："金枝阿姨，你嫁给我爸爸吧，我爸这个人虽然是个工作狂，不解风情，但是他是个好男人。"

秦闯和金枝两个人被萌萌突如其来的话弄得目瞪口呆，他们没想到萌萌居然这么早熟。更令人难以想象的是，晚上萌萌一个人霸占了标间，还把门给反锁了，另一个大床房留给了秦闯和金枝。无论两个人怎么劝说，萌萌就是不给他俩开门。

一开始，秦闯睡在了沙发上，因为喝了酒，到后半夜的时候，秦闯上完卫生间却不自觉地爬到了金枝的床上。虽然什么也没有发生，但早上两个人还是尴尬极了。

金枝红着脸对秦闯说："除了前夫，我还没有和别的男人同床而眠过。"

秦闯开玩笑似的说："那我需要对你负责吗？"

金枝认真地说："需要，必须负责。"

云南之行结束后，秦闯和金枝的关系也更近了一步，虽然说不上是情侣，但绝对超越了一般的朋友关系。

在中兴市委进行换届时，中兴市副市长安民被省委任命为中兴市委常委、政法委书记，他刚一上任，就在中兴市政法系统进行了大刀阔斧的改革。重用年轻干部是安民书记主刀改革的重头戏，年轻有为的秦岭路派出所副所长秦闯很快进入了安民书记的视野。由于秦闯是正科级，而中兴市委政法委仅空缺了综治办主任一职，综治办主任正常为副处级，但按照惯例经常由政法委副书记兼任，自然而然被大家默认为正处级。经过深思熟虑，安民书记推荐让秦闯挂职为综治办主任，在中兴市引起了不小的轰动，大家纷纷议论一颗政治新星正在冉冉升起。

秦闯担任综治办主任之后，一心扑在工作上，很少顾及金枝的感受，金枝由于曲折的感情经历，变得敏感脆弱，她渴望秦闯能够给予自己无微不至的关怀，但此时的秦闯显然无法胜任她心目中的"王子"。

第五章　衔冤负屈

"你们男人没有一个好东西，我辛辛苦苦挣钱为了什么？不是为了砸水漂的，我想要一个稳定的家，你能给吗？从第一次聊天你就骗我，我容易吗？干吗骗我？"

秦闯被金枝突如其来的微信语音砸蒙了。

他又点开语音听了一遍，还是不明白金枝为什么对自己说这话。

秦闯在微信里回复道："金枝，你怎么了？"然后点击发送。金枝没有用文字回复，而是向秦闯发出视频邀请。

秦闯刚洗完澡，赤裸着上身，随手抓起沙发上的浴巾，将身子裹了起来，然后点了接听键。

金枝一脸迷瞪地出现在秦闯手机上。她满脸醉意地说："刚才……刚才……我发错了。嘿嘿，喝多了。你在干吗？"

秦闯关切地问道："在哪儿喝的？我送你回家。"

金枝摆摆手说："呵呵，看来，你挺在乎我的，我知道家。"

"好了，好了，说说你在哪？听话，别闹，我送你回家。"

"我就在家，不信你看。"金枝一边说，一边晃动着手机在客厅转了一圈，沙发、墙上的画、博物架、跑步机、窗台、一盆幸福树，"看到没有，我在家。"

秦闯总算放心了，没在外面就好。他对金枝说："上床睡觉，听到没有？"

金枝说："你说，我是你的女闺密不？"

秦闯说："你说是，就是。"

"呵呵，国庆节放假陪我，中不？"说着又哭了起来，"没人在乎我，我也想开了，我在乎我自己就行。没有男人我也照样活，男人没啥金贵的！你当他是人，他就是人，你当他是畜生，他就是畜生。"

秦闯听了很不是滋味，不过，他不想跟金枝争辩："说得对，说得对，喝点水，快去睡。"

"你让我把话说完。"话音刚落，金枝就从屏上消失了，紧接着"啪"的一声，手机扣在了地上，视频图像变成了天花板，但声音仍没有中断，"真他妈喝多了，手机都……都拿不稳。他妈的……"骂声渐弱。秦闯想，她平时看起来挺文静，说话张弛有度，怎么喝了酒变成这样，明天得好好嘲笑她下。

秦闯正想着，突然手机屏幕上出现一条腿，又白又粗。谁呀，这么胖，还伸着个脸？当脸变大的一刹那，秦闯认出是金枝，她正趔趄着身子弯腰去捡手机。幸好秦闯手疾眼快，赶紧用食指点向视频聊天的红色圆点。

更让秦闯脸红的是，他好像还看到了别的什么，但他不确定。他试着打开自己的前置摄像头，放到地上。不料，看到自己的腿比刚才视频里看到的还粗，也看到了白色短裤。他笑着捡起手机，觉得自己太无聊了，明天还是别嘲笑金枝了，免得让她回想起什么，俩人都尴尬。

有时秦闯加班，金枝替他点外卖，秦闯收到外卖也不客气，连谢都不说，打开视频，往办公桌上一横，让金枝看着他吃。有时同事们会问："聊得这么热乎，是跟哪个二嫂呀？"

起初秦闯会假装生气，说："去去去，别乱说，是同学。"

"不行，秦所长得请客。"

有时秦闯还真请客，跟同事们嘻嘻哈哈闹一番。

有一次，秦闯正和同事们吃饭，金枝发出视频邀请，同事们不依，非要看看秦闯的女同学长什么模样不可。秦闯觉得自己跟金枝之间也没什么，便说："看就看呗！"

几个脑袋同时出现在屏幕上，金枝热情地挥手："嗨！大家好，我叫金枝，是秦闯的女闺密。"

秦闯一听金枝这么说，忙关视频。以后，同事们一提"闺密又来视频了"，秦闯就投降。同事们闹归闹，但知道秦闯不是那种人，仅限办公室内，从不外传。

秦闯到政法委综治办后，总算摆脱了原先同事们的调侃。

天刚亮，秦闯的手机响了，一看是金枝打来的。他问金枝有什么事。

"昨天晚上咱们视频了对不对，我说过什么错话没有？"

"什么也没说，你喝醉了，嘟囔两句就睡了。"

"真的没说？"

"真的没说！"

"那，视频前我发的语音，你听没有？"

"听了，听不懂你在说什么。"

"我想给你解释一下，你别多想。"

"你还是别解释了，你解释了我才会多想。"

"那是我发给一个朋友的语音，不知道怎么发给你了。家家都有一本难念的经，我也不想给你解释那么多，你理解就行。"

"理解，理解。那我挂了。"

"挂吧！"

秦闯挂了电话，睡意全无，点开微信语音，又将那段话听了一遍，咋听咋不像是说给朋友的语音。

难道是金枝特意发给我的？想提醒我什么吗？也不对呀！去了云南之后，我们基本算是男女朋友了吧，何必再试探我呢？"噢——"秦闯忽然恍然大悟，她说是发给朋友的，是不是暗示想我了？

秦闯正胡思乱想着，手机又响了，拿起一看，还是金枝打来的。不会是又要解释那句话吧？秦闯边想边接通电话。

"秦闯，那句话，我又听了几遍。我喝醉了，我也听不懂我说那话是什么意思。你别在意。"

秦闯心想，这哪儿是我在意呀？是你在意。你为什么在意？肯定怕我听出什么。秦闯没有点破，他说："喝醉了都那样儿，有时我喝多了还断片哩，第二天怎么回的家都不知道。"

"不说这个了。我问一下，国庆节你有空没有，陪我逛逛街。"秦闯听了有点犹豫，自己刚到综治办，万一让新同事看到了，会不会影响不好？

"我得趁放假回老家看看父母。"

"就一天！抽一天的空儿，你总有吧！"

"要不，过了国庆节再说？"

"你这人怎么这么小气，就用你一天时间，看你那胆儿，又不是用一辈子。我一个女人都不怕，你怕什么？"

"这不是怕不怕的事，我确实没有时间。"

"就这么定了，假期第三天，中兴市丹尼斯广场不见不散。到时你要是没去约会，去上班了，我去政法委找你，就说我是你的女闺密，他们爱咋想咋想。"

"好，好，我去，我去。"

"早答应不就得了，非得让我掐你七寸！"

不是每一件事都能按照事先规划的进行，张庄村集体上访就是赶巧撞到了国庆。放假第三天头上，张庄村能动的机动车几乎全部出动。车牌杂，动力不一，尽管最前面拉有死人的那辆皮卡车刻意放慢了速度，但整个车队仍然浩浩荡荡地拉了一公里远。

起初，他们并没有打算去中兴市，而是想去天宇乡乡政府讨个说法。

最先到达乡政府的几辆车将大门一堵，有人站在车上嚷嚷："房子倒了，砸死人了，出来个活的。"

在办公室值班的是一个小青年。带班的副乡长两个小时前在电话里对他说："我家里有事，今天不去乡里，有事打电话。"带班领导不来，值班小青年松了一口气。

听到外面有动静，小青年探出头。几辆车堵在大门口，有几个人向他走来。他喊道："喂，你们几个是干什么的？"

"找你们书记，找你们乡长。"

"都放假了。有事过了节再来。"

"过了节，人都臭了。给他们打电话，让他们马上
过来。"

小青年朝大门口看了看，皮卡车上站着几个戴孝的
人。大过节的，这个时候给领导打电话，不是没事找事
吗？他顿了顿，说："想打，你打，反正我是不打。你
们有事可以去市信访局反映。"

话音一落，有人抓住他的衣领子吼道："说，打还
是不打？"

这时，旁边有人说道："算了吧！他当不了这个家。
走，咱们去市里，把事情闹大，闹到省里，闹到北京，
我不信没人管！"

"对！去市里！"

那几个人在大门口嘀咕了几句，丢下值班小青年便
走了。一会儿，车队后队变前队，浩浩荡荡重新上了路。

车队一走，小青年感到后怕，忙给带班的副乡长打
电话，结果电话忙音。又一连打了几个，还是忙音。他
又给乡长王付生打，王付生一听有人拉着死人上访，忙
问是哪个村的。小青年说不上来。乡长骂了一句："扯
淡！快去查。"

小青年说："上哪儿查呀！人走光了，拦都拦不住。"

"给我找人、找车追去！"

天宇乡党委书记龙玉泉接到电话时，正在中天路三

岔口。三岔口，顾名思义是三条路的交汇处，一条通往中兴市，一条通往南部景区，一条通往天宇乡。三岔口是上访车队去中兴市的必经路口。

不是龙玉泉有先见之明。龙玉泉趁国庆节假期，邀请省城朋友和市里领导来景区参观指导工作，他在三岔口是为了迎接他们。

龙玉泉在天宇乡任党委书记12年了，他不但该挪窝，还得往上挪。大家私下传，说他早该提副县了。早几年，龙玉泉说，不急，听从组织安排。这几年，他在暗地里谋划，提副县，进人大，弄个委员干干。

在这关键节点，出现群体性上访事件，是在他的前程前面刨了一个大坑，跳过去则活，落到坑里即便是爬出来，也是瘸着腿走路。

龙玉泉不该向给他打电话的人发火，可是他控制不住情绪，于是就训斥道："给我找人、找车去堵！"

给龙玉泉打电话的人是兴华煤矿的老板刘志远。

天宇乡地下蕴藏着丰富的煤矿资源。兴华煤矿最初是个国有小煤矿，20世纪90年代由于经营不善濒临倒闭。刘志远当时是市委办副主任，被任命为该矿党委书记。

刘志远在机关多年，写材料出身，深知国企病根，一上任就采取开源节流的策略，当年扭亏为盈，第二年上缴利税近百万，第三年便着手企业改制。

国有企业改制是应景之举，很快得到市委领导的支持，在常委会上兴华煤矿被列为全市重点改制试点企业。几个月后，中兴市兴华煤矿开采股份有限责任公司挂牌，董事长刘志远，同时兼任总经理。当时，力挺刘志远改制的市领导叫龙山。三年后，龙山在中原省省会开会结束回中兴市的途中出车祸身亡。

龙山是龙玉泉的父亲。

龙玉泉靠着父亲死后的余荫一步步坐到天宇乡党委书记的位置，便如断了线的风筝没有了方向和上升力量。人走茶凉，龙玉泉在私下里常骂，某某忘恩负义，若不是老爷子当年拉他一把，他哪有今天；某某是王八蛋，当年像狗一样跟在老爷子屁股后面，跟我称兄道弟，老爷子一走，我去找他，他竟然说不认识我。他骂这人不仁，他骂那人不义，唯独有一个人他不骂，这个人就是刘志远。

"玉泉老弟，这件事还得你出面协调才成。你放心，我已经通知了老于，他已经带人上路，估计很快会赶到三岔口。"

"好！好！好！"

龙玉泉挂了电话，环视四周。三岔口地势高，无论是站在山上，还是在水库坐船，稍有动静，立刻就能引起人们的注意，在这里拦截显然不合适。

龙玉泉思忖："前面两公里是柳村，得在那些上访者赶到柳村之前拦住他们。"

他低头看了一下手表，时间还来得及。他对同行的景区老总万胜才说："老万，我去处理一些事情，过一会儿客人一到，你直接领进景区，按事先安排好的行程进行。他们若是问起我，你就说我马上到。拜托了!"

上了车，龙玉泉边开车边打电话："老于，我是玉泉，正往柳村方向赶，我先拦住他们，尽量拖延时间。"

"好! 龙书记，15 分钟后我们就能赶到。"

龙玉泉和刘志远提到的老于，是天宇乡派出所所长于怀水。龙玉泉跟于怀水熟，是因为都是体制内的人，又管辖同一区域，不熟也得熟。刘志远跟于怀水熟，缘于彼此的利益关系。

按照建设平安村（社区）联防联控工作机制工作要求，天宇乡派出所与兴华煤矿在 3 年前建立联防联控合作机制，煤矿保安部的 15 名保安人员归派出所统一管理。遇到重大治安事件，派出所可以随时抽调煤矿保安人员补充警力。

刘志远是生意人，懂行市。采煤是暴利行业，稍有资本的人都想横插进来分杯羹，其中当然少不了一些小混混买空卖空，阻挠客户正常的购买和运煤秩序。跟派出所合作只有好处，没有坏处。

15 名保安人员统一配备警服和执勤装备，虽然没有臂章和胸徽、警号等，但是警帽一戴十分威武。刘志远觉得还不够，又出资在煤矿大门口盖了两间标准值勤房，挂牌"天宇乡派出所民警值勤点"，每月补助值勤民警生活费3000元。于怀水知道如何做，隔三岔五让所里的正规民警开着警车，在这里转转，喝杯茶，抽支烟。补助的生活费一部分用于改善所里伙食，一部分用于于怀水的个人开支。

张庄村村民上访，刘志远知道得这么清楚，就是从值勤点得到的消息。

最初有6个张庄村村民抬着被砸死的村民来煤矿索赔，被值勤点保安拦住。保安劝说他们返回，说他们会马上通知矿上，矿上会派人调查事情的原因。

其中一个村民说："还用调查吗？事情明摆着，煤矿把地掏空了，土地下陷才造成房子裂缝倒塌。"

"这需要有关部门认定才行，没有认定以前，你们可不能乱说。"

"又不是一家的房子有裂缝，这事我们找过矿上，矿上一直说马上处理。人活得好好的，现在被砸死，他们得偿命。"

"你们抬着死人上访，这是闹事，解决不了任何问题！"

"我们闹啥事了，人都死了，还不让我们说理！"

村民们抬尸硬闯。两个保安将警帽扶正，指着帽徽说："你们不听劝阻强行通过，就是扰乱社会治安，我们有权采取必要措施进行制止。"

"我们又没有犯法，你能咋着我们？来来来，你抓，把我们都抓起来。"其中一个村民向前冲了一步，歪着头，挺着胸，指着保安的鼻子说。

"请控制你的情绪，这里有监控，你将我撞倒，就是袭警。要知道你们是来处理问题的，不是来犯法的。你们觉得自己有理，可以通过司法程序解决，闹事绝对解决不了问题。"

向前冲一步的村民叫张家财，是死者张苟刺的侄子，其余几个村民是张姓族人。张苟刺63岁，弱智，无儿无女，是五保户，住在张庄村西边的山坡上，该山坡正处于塌陷区断面上。两年前由于房子出现裂缝，被乡政府列为危房改造户，建了新房，新房建在其侄张家财家的宅基地上。新房建好后，张苟刺搬过去住了几个晚上，但很快就又搬回到山坡上住。乡扶贫办和驻村帮扶工作队多次督促，让他下山，搬入新房。他说："新房有鬼。"村干部也劝说过，但他无论如何都不往下搬。

一开始，张庄村村民认为张苟刺的房子出现裂缝，是房子本身的质量问题。但很快，又有几家房子出现裂缝，大家这才注意到沿着山坡有一道裂痕，有人说发生地震了，张庄村正好位于地震带上。

否定这一说法的是一个高中生。他说这叫地陷，村民们这才想到是采煤将地下采空了，引起了地面下沉。于是，有十几户村民来到兴华煤矿，要求赔偿。煤矿方面也派人实地查看，说是局部引起的断裂，不影响村民们的正常生产生活。在乡政府的协调下，对于个别户房子存在的裂缝，煤矿将进行修补，同时每户补偿2000元。裂缝并不严重，得到实惠的农户也不再说什么，关于地陷的事，就此平息。

哪料想，半年后汛期来了，裂缝的长度进一步延伸，形成千亩以上的半个椭圆，在断面位置明显可以看到一高一低的断层。原本修好的房子又出现裂缝，又在原处裂开，不但如此，又新增了几十户。这下村民们坐不住了，再次来到煤矿要求赔偿，只不过这次要求更高，每户赔偿十万。

兴华煤矿仍然请乡里协调。乡里派出工作组给每家每户的房子拍照，村民们看到乡里这么积极，觉得问题很快会得到解决。两个月后，村民们派代表来到乡里，询问进展情况。乡里相关负责人告诉他们："正跟矿上协商，很快就会有结果。"

又过了两个月，还是不见动静，村民们又派代表去乡里。这次乡里明确回复：矿上已经承诺赔偿，只是数额较大，煤矿生意又不太好，等凑够了钱，一定发给村民。

村民们只好等，在等的过程中，又有几户的房子出现了墙裂，于是乡里重新派人登记造册。反反复复，不觉间一年过去，到了今年汛期，下沉面积超过两千多亩，直接造成张苟刺住的房子倒塌，且人被砸死。

刚才，保安一提"袭警"二字，张家财心里有点怯，他吃过这方面的亏。

张家财小时候放鞭炮炸烂了右脸，治愈后右脸上的肉缩成一团，成年后半张脸大，半张脸小，看起来吓人，没有女人愿意嫁给他。35 岁那年，他花 10 万块钱，从一个云南人手里买回一个从越南偷渡过来的女人。云南人这么说，他就这么信，因为那个女人说话他能听懂。女人跟他过了十几天，趁他不备，逃了出来。语言不通，路不熟，女人没走多远，就被张家财抓了回去。派出所接到群众举报，经过摸排，决定对那个女人进行解救。解救组带队的人是派出所副所长秦闯，在解救过程中，张家财手提菜刀冲上去进行阻挠。解救组在后退时，秦闯怕张家财伤到那个女人，挡在前面，结果自己的手臂被张家财砍伤。秦闯不顾伤势，身体一侧，猛地一冲，将张家财摁倒在地。女人被成功解救，张家财因袭警被拘留 15 天，落了个人财两空。

张家财对派出所的人又怕又恨，眼前的保安在他面前又吓又诈。他后退一步说："我惹不起，还躲不起嘛！总有说理的地方。"转过脸，他又说："这事没完，你们不替老百姓说话，还护着那些有钱人，我连你们派出所一块儿告。"

两个保安相视一笑。其中一个说："我们在文明执法。"

张家财一行回到村里，将情况一说，立刻引起村民们的愤恨。"不能让苟刺叔就这么不明不白地被砸死，咱得上访，得讨回一个说法。"于是，全村能动的车全部启动，能动的人全部上车，去乡里集体上访。

天宇乡值班小青年处置不当，又将上访者推到市里。于是上访车队直冲中兴市而去。

按照惯例，放假期间中兴市市委得安排人员值班，且由市委常委带队值班。当日值班的常委是政法委书记安民。值班电话一响，安民拿起电话。

"我找安书记。"

这是固定电话，对方指名道姓要找自己，说明对方是副科级以上干部。市委常委值班带班安排表，只下达到副科级以上干部。

安民书记回答："我是安民。"

"安书记，我是天宇乡乡长工付生，知道您在值班。首先我向您检讨，由于我们工作的疏忽……"

"请说重点。"

"噢！是这样的安书记，我向您汇报个紧急情况，天宇乡张庄村村民集体上访，估计两个小时后到达市委。"

"上访？快说一下具体情况。"

"我已经拦下一小部分村民，大部村民正往市区赶。据被拦下的村民说，张庄村土地大面积下沉，造成群众房屋裂缝，有一个叫张苟剌的，因家里房子裂缝过大，被倒塌的房子砸死。群众情绪激动，拉着死者，非要讨个说法。”

安书记立刻意识到这是一起突发的上访事件。放假期间，若不是因为特殊情况激起民愤，群众一般不会选择在这个节点集体上访。

“你是?”

“我是乡长王付生。”

安民在心里念叨着“王付生、王付生”的同时，快速回想自己是不是跟这个人接触过。可他怎么也想不起来，只觉得名字很陌生。

“你们书记叫什么?”

“龙玉泉。”

听到龙玉泉的名字，安民想起了龙山，紧跟着想起当年在中兴市流传的一句话，龙山的嘴，安民的眼，刘志远的大笔杆。

这是人们对中兴市三大才子的排名。年龄上，龙山1952年出生，刘志远1962年出生，安民1972年出生，三人依次相差10岁。按理说，刘志远应当排第二，安民排第三。将安民排在第二，自然有他的过人之处。

提起龙山的嘴，得从龙山年轻时说起。一次龙山住院，领导急需一篇讲话稿，他手不能写字，只好口述。工作人员根据他的口述录音，转换成文字，竟然挑不出一句废话。事后，领导称赞说，别人用手写，龙山用嘴也能写，真是奇才。自此以后，龙山在官场上顺风顺水。

安民成名，与刘志远有关。

安民进市委办时，人们已经叫刘志远大才子了，仅次于当年的龙山。一天，市委副书记接到通知，让他明天一早去中原省汇报工作。通知得太急，刘志远只好连夜赶写汇报材料，当时安民只是一名科员，领导不下班，他只能陪着。深夜两点，初稿写成，拿给副书记看，副书记很满意，让刘志远照此稿打印。打印，有专门的打字员，打字员每打完一页，刘志远便对安民说："看看吧年轻人，好好学习一下。"材料全部打印完，初稿归档，刘志远将打印好的汇报材料装入一个档案袋内，亲手放到副书记包中。

早晨出发时，副书记对刘志远说："你辛苦了一夜，回去好好休息一下，就让安民陪我去吧。"就这样，安民陪着副书记去了中原省。到中原省后，副书记这才发现自己拿错包了。但是汇报马上就要开始了，回去已经来不及。安民说："别急，给我一个小时，我将汇报材料写出来。"当天的汇报很顺利，回到中兴市，副书记将安民写的汇报材料与打印好的材料一对照，竟然一字不差。从此便流传出这么一句话，龙山的嘴，安民的眼，刘志远的大笔杆。

往事在安民的大脑里只是一闪，他在心里叹息，龙玉泉但凡有他父亲一半的能力，也不至于仍在乡镇。

安民问："龙玉泉呢，他人在哪儿？"

王付生停顿了一下，稍做思考："龙书记已经知道了这事，正跟我会合，我们会尽快商量，拿出一个应急方案。"

"人已经到了市区，还容得你们商量吗？你们马上派人，全力配合劝返工作。"

"好！马上派人，马上派人。"

"让龙玉泉随时跟我保持联系。不行，没时间了！让他现在就联系我。"

"好的，好的，我马上办。"

王付生挂断电话，点燃一支烟吸了两口，这才拨通龙玉泉的电话。

"龙书记，出事了。"

"你在哪里？电话怎么一直在通话中？"

"哦？"王付生甩出手中的大半截烟说，"张庄村集体上访，我正在追赶，已经拦下一小部分。"

"我是问，你的电话怎么一直在通话中？"

王付生慢慢吸了一口气，又慢慢呼出："安书记听说了群众上访的事，打电话问群众为什么会突然上访。"

"安书记，哪个安书记？"

"安民。"

"安民！他……"龙玉泉瞟了一眼手表，从上访车队出村，到现在才 40 分钟，难不成他能未卜先知？

龙玉泉问："他怎么说的？"

王付生说："他说我们是干什么吃的，人已经快进中兴市区了，还不知情。我回复说，龙书记和我正在劝阻，大部分已经返回，只有一小部分群众走得快，龙书记和我正在追赶。"

龙玉泉觉得王付生的回复很不妥当，太书生气了，应该说已经全部劝返。他在柳村前一公里处已经等了 5 分钟，只要见到那些上访者，他们一个都过不去，他不相信那些人敢开车从他身上压过去。

"对了，龙书记，安书记让你给他回个电话。"

"回电话？我不回。你跟他说，我正在群众中间做劝返工作。就是你刚才说的那一小部分群众。"

龙玉泉挂断电话，将手机在左手心里磕了两下，觉得不对劲，像是某个地方出了问题。当他看到远处闪着警灯的警车时，瞬间被一种不祥的预感笼罩。警车不该在他眼前出现。人呢？上访的人呢？龙玉泉扭头右望，自己开来的车孤寂地横在右车道上。

警车在龙玉泉面前停下，"吱吱"两声门响，于怀水从车上跳了下来，紧跟着 4 个民警。

于怀水笑着说："龙书记拦车的样子很彪悍。"

龙玉泉没有理他，铁青着脸望着前方。很快，他抬起手翻手机通讯录，找到一个号，按拨出键。电话通了，他说："安书记，我是龙玉泉。"

对方的语气很重："怎么到现在才回电话？你马上带人给我赶到迎宾大道，坚决不能让上访群众进入市区，要坚决防止由群访演变成重大群众事件。"

再往下，龙玉泉什么也听不到了，对方已经挂了电话。龙玉泉将目光扫向于怀水时，手机仍举在耳朵旁。

"于所长，咱们去迎宾大道。"

安民在接龙玉泉的电话之前，启动紧急事件处置预案，已按程序向市委上报。几分钟后，市公安、交警、信访、消防、医院等单位迅速派人赶往迎宾大道。

秦闯跟金枝正在逛街，电话响了，秦闯一看是安书记打来的，忙接通："喂，安书记！"

"秦闯，你在哪里？"

秦闯迅速扫视四周："我在丹尼斯。"

"你没出市区，那就好。你马上赶往迎宾大道，去处理一起群众集体上访事件。具体情况，你上车后再说。"

车在停车场，跑到得花费十分钟，开车去已经来不及。秦闯瞬间做出判断："我这就拦车，安书记先别挂电话。"

秦闯伸手拦出租车时，小声对金枝说："不能陪你逛街了，我有任务。"

金枝撇撇嘴，小声说："改天，你一定陪哟！"

秦闯忙点头。

"注意安全。"

秦闯虽说刚去了政法委综治办，但是仍然保持着警察的执业理念，所有工作，都是任务。因为任务需要全力以赴、精益求精地完成。

一辆出租车在秦闯身边停下，他拉门上车，对司机说："迎宾大道！"他看一下手机，通话还没有中断，还没等他开口说话，安民的声音传来："秦闯，市里已经启动紧急事件处置预案，我向市委推荐，由你担任这次群访事件处理小组的组长。你在派出所工作时处理过类似事件，你任组长我放心。"

"感谢安书记信任，感谢领导信任。"

"现在不说这个，说说你的想法。"

"迎宾大道有个待建广场，先将上访车队引导到那里，再进一步做劝访工作。"

"好呀！你的想法与市委的想法不谋而合。交警已经在迎宾大道拦住上访车队，并前后封路，有序引导车队进入广场。你到达后，集中精力应对上访群众，尽早劝返，工作组其他成员随后就到。"

秦闯说："请安书记放心，请市委放心……"

"好了，不多说了，注意方式方法，随时给我汇报进度。"

于怀水的警车在前面响着警笛，龙玉泉的轿车在后面急奔。龙玉泉仍在想上访车队是如何飞过三岔口的，突然他拍了一下自己的头，骂了一句："操！"而后他给乡长王付生挂电话，问王付生在哪里。

王付生说："我正尾随上访车队，他们三辆车并排行走，我超不过去。"

"你在哪里？"

"我在……"王付生看到前面的车队停了下来，将头伸出车窗外，"龙书记，我快到迎宾大道了。"

"他们是不是走张家岗，绕过了三岔口？"

"对，就是这样。"

30分钟前，王付生追上上访车队后，先是鸣笛，而后将头伸出车窗外，让他们停车。与车队并行一公里后，王付生突然加速，在小仙桥路口停下，将轿车挡在车队前面，迫使整个车队停下。车队从乡政府出发时，是后队变前队，拉有死人的皮卡车位于中间，王付生在车队最前方进行劝返时，皮卡车突然从小仙桥下路，等到王付生跑步过去时，上访车队已经下路大半。如今是村村通，从小仙桥走张家岗可越过三岔口，虽说路窄，但过这些农用车还是绰绰有余的。

王付生没有拦住全部上访车队，拦下一部分，也算是尽了力。可是，在龙玉泉看来，他拦还不如不拦。他想对王付生发火，又忍了下来。王付生两年前来任乡长，明摆着是要接任乡党委书记的位置。不是他不敢得罪王付生，是不敢得罪王付生身后的人。

龙玉泉在心里骂了一声，没好气地说："你就跟吧！跟到迎宾大道看情况再说。"

秦闯赶到迎宾大道时，上访的车队已经全部被劝到待建的广场空地。车辆横七竖八地停了一片，人三三两两地聚在一起，或站着或坐着，或一起抽烟或小声交谈。

秦闯让出租车司机尽量往前开。

出租车过来时，人们并没有在意，他们都在想着会有几个市领导来，或开几辆车。在他们的意识里，问题能不能得到一次性解决，就看领导重视不重视及前来解决问题的领导职务的高低。职务太低，拍不了板，跟他说得再多，他再同情，他还得汇报，还得听大领导的决定。问题一旦进入汇报程序，只有一个字——"等"。首先得等汇报人有空，其次得等领导有空，有些事在群众看来是天大的事，但在领导眼里它就不是事。

秦闯从出租车里下来，望了一下四周，十几个交警站在不同的路口，显然已经控制住了局面，在等待市里来人处理。秦闯没有多想，径直往人群中走，路过一个交警时，他边走边说："我是群访事件处理组组长，我先跟他们谈谈。"交警看了秦闯一眼，转过身，跟了秦闯两步，又快速转身去报告。

秦闯向人群走来时，人们保持原来的状态，该干什么干什么。但是，有一个人注意到了他，这个人就是张家财。

张家财找几个族人抬着张苟剌去煤矿，只是想让煤矿赔些钱。作为死者的亲侄，他是最大的受益者。到达乡政府时，他觉得这是村民们在给他声援，他还寻思着得到赔款后，是不是在出殡时将葬礼弄得热闹些，摆上十桌八桌，让乡亲们吃好喝够。但是，从乡政府出来在来中兴市的途中，他发现村民们之所以如此狂热，只是因为想借他叔叔张苟刺的死，将事情闹大，让全村人都能得到赔款。这么大的动静，几十辆车浩浩荡荡开往市区，不管结果如何，人们都会认定他是这次上访事件的发起者和组织者。他害怕过，恐惧过，但是秦闯出现时，他来了恨，脑子一热：上次，你把活人带走，弄得我人没人钱没钱，这次，你有本事就将死人弄走。

秦闯走到人群边缘，大声说："乡亲们，不要慌，我是政法委综治办主任秦闯，由我代表市委市政府，处理大家所反映的问题。"

秦闯的话音一落，人群里一阵骚动。

"他是谁？"

"他说他是什么主任？"

"不是说市长来接待我们吗？怎么来了一个主任？"

"对呀，交警让我们来这里，说是市长会亲自来处理。"

"我们是不是上当了，市长压根就不会来。"

"滚，让他滚，让市长来处理这事。"

…………

秦闯看到现场群众的情绪出现波动，知道必须马上控制局面。他看到前方十米左右的地方地势稍高，边往那边走边说："乡亲们，请安静！请相信党，相信政府。"

人群自动闪出一道缝。

地势稍高的地方放着张苟刺的尸体，张家财就站在旁边。秦闯走近后，看到地上摆着一个简易的木板，上面盖着棉被，立刻明白是死者尸体。他在木板前停住，想给死者家属说几句安慰的话。

正在这时，远处响起鸣笛声，此起彼伏，公安、消防、救护、信访等五六辆车向广场驶来，所有人的目光都盯向鸣笛的方向。

"不好！他们是不是来抓人的？"人群中有人喊道。顷刻间广场响起嗡嗡的交头接耳声。

"大家不要乱，我是综治办主任。听我说，公安、消防来这里是维持秩序的……"

张家财与秦闯原本隔着木板，大家的目光朝向笛声方向时，他已经在向秦闯走去。秦闯说话时他已经转到秦闯的左侧。

"开始抓人啦！"张家财大声喊。喊的同时，用力猛撞秦闯。秦闯想抬脚稳住身体，不料一脚踏在木板边上，只听"咔嚓"一声，一段木板被踏断。秦闯心知不好，正要退回，一记拳头从左侧袭来，重重地砸在他左脸颊上。他的头随之右摆，身体失去重心，左脚离地的同时来了个急转身，右手下意识地大弧度外扫，扫中木板对面的几个人身上后一下子落在木板左侧的地上，紧跟着他的左手落在木板右侧地上，身体悬着趴在死者上方。

"当官的打人了。"

"对死者大不敬。"

"打他!"

没容秦闯站直身子，拳脚已经落到他身上。

这边一打，外围的群众看不到里边的情况，便乱糟糟地往这边挤。刚到的公安、消防、信访等人听交警说，市委派来的群访事件处理组组长在里面，立即察觉他在里面出事了。

"救人要紧!"

一声令下，十几名交警、公安、消防人员快速往人群里冲。这一冲，上访人群更乱了，彼此挤拥，相互躲避，像狂风卷树叶般，向另一边退。有人被秦闯绊倒爬着跑，有人从秦闯身上跳过，有人从秦闯身上踏过……也就十几秒的时间，等到公安、消防人员冲过来时，秦闯已经趴在死者身上了。

秦闯被两名工作人员搀起向后退。退了几步后，秦闯制止他们，说自己很清醒，让他们后退。然后他站直身子，挥着手大声说："大家都别乱，听我说。"他一步一步往前挪，头发蓬乱，嘴角流着血。他每挪一步，人群就静一分，等到全部都静下来后，他指着自己大声说："我是谁?"

众人都看着他，上访群众、交警、公安及前来处理问题的工作人员表情各异。

"我是政法委综治办主任，是来给大家处理问题的。乡亲们啊，你们要是觉得闹事能解决问题，打人能解决问题，那就来吧，继续打我，我不怕。乡亲们啊，不能再闹了，听我说，好不好？"秦闯指着脚下的木板，"这里还躺着死者的遗体。"说到这里，秦闯弯下腰——混乱中盖在死者身上的棉被被拖到地上，露出死者半个身体——将棉被拉起，重新盖在死者身上。

直腰时，秦闯顿了一下，嘴里"嘶"了一声，然后缓缓直起。两名医护人员见状，忙跑过去。没等他们跑近，秦闯举起右手，医护人员立刻止步。秦闯知道此时是做上访群众思想工作的最佳时机，这样的机会抓不住，后面的工作就更难做。

"乡亲们啊，天塌不下来，只要我们坐下来谈，没有解决不了的问题。上级派我来给大家处理问题，是对我的信任，也是对乡亲们的信任。任何事情总有一个开始，我跟大家一起回去，回到村里，有什么问题咱坐下来协商好不好？"

秦闯转回头，问身后的工作人员："天宇乡的干部来了没有？"

"来了，来了。"

龙玉泉和王付生从人群中挤了出来。

"来了就好，马上给乡亲们准备水、方便面、面包一类的食品。"

"好！我们马上办。"

"乡亲们啊，等水和食物来了，大家先垫垫肚子，然后咱们一起回去。"

这时，从上访人群里走出一男一女，女的拉着男的手，两人岁数50靠上。他们来到秦闯面前，双膝跪下，喊道："恩人呀，今天终于找到你了。"秦闯一愣，不明白怎么回事，但是对方双双跪地，就是不起来。这可使不得，他忙躬身搀扶，突然，他伸在半空的手不动了，身子慢慢前倾、慢慢前倾，跪在地上的男女忙伸手去托，没有托住，秦闯倒在了地上。

两名医护人员快步跑来，随即展开担架，将秦闯抬到上面。这时人们才发现秦闯满脸是汗，腰部有血。解开衣服一看，腹部有一处创伤。"可能肋骨断了。"其中一名医护人员说，"得马上送医院。"

秦闯低声对身边的工作人员说："不能去，现在不能去！得先让上访群众离开。"

刚才跪地的男子对秦闯说："你放心，我们马上回村。"男子说完，对着上访的人群大声喊道："张庄村的老少爷们，我，张疙瘩，今天给大家说说心里话。地上躺的人，是我的恩人，他救过我的命，我找了他3年都没有找到。今天他却被打断肋骨躺在这里。他是谁呀？他

是来给我们处理事情的人啊，我信得过这位领导，他能搭救一个不相识的人，也就是我，一个老实巴交的农村人。我相信，我们村的事，一定能够得到公正的处理。老少爷们啊，我们得将心比心。"张疙瘩说着泪流满面。

一些群众听了这番话，低下了头。

有人说："走吧！先回去。"

有人说："张疙瘩一天也说不了三句话，今天的话，说得有道理。"

还有人说："这事弄得有些过了，回去等等再说！"

人群开始松动，朝各自的车走去。

这时，张疙瘩拉住女人的手，重新跪下，说："恩人呀，您好好养伤，我们回去了。"

3年前的一天，秦闯去天宇乡办案，途中一个女人拦车，哭着说她和当家的卖瓜回家，不知道咋的了，她当家的突然倒地抽搐。由于离公路远，偶尔路过的车不敢停，叫人没人，叫车没车。秦闯下车一看，二话没说，救人要紧，直接送他们去了医院。医生诊断说是急性盲肠炎，需要马上手术。女人手里只有卖瓜的几百元钱，秦闯垫付了剩余的1500元手术费，就匆忙离开了。事后一直忙着办案，等他想起这件事时，半个月已经过去。因为这事，夏娟还说过他，说他做好事，不留名，这个家迟早要败光。

秦闯想到这里暗叹，今天这事儿，若不是张疙瘩，还真不好办。

秦闯坚持留在现场，看着上访群众陆续上车离开后，这才说："去医院吧！"其实他即使不说这句话，医护人员也早就等不及了。

村民集体上访事件发生在国庆期间，中兴市是旅游城市，来这里的游客很多。当天晚上，秦闯头发蓬乱、嘴角流着血的图片被人发在微信朋友圈，图片下方配有一行文字："被上访群众殴打的官员。"

该图片以惊人的速度传播，紧跟着不同版本的现场打斗情节铺天盖地。

"当官的动手打人，以一抵十，最后寡不敌众。"

"中兴接访员，踏尸战群雄。"

"官老爷说废话，上访者送耳刮。"

"当官不为民做主，当众挨打又出丑。"

"劝访粗暴不讲理，上访群众送厚礼。"

…………

微信群里也在讨论。

"挨打的是谁？"

"有人说叫秦闯。"

"为什么打他？"

…………

金枝一个人逛了一天，提着几大包衣服，天快黑时才回家。她一进屋，东西往门口一搁，踢开鞋，光脚跑去喝水。喝完水，往沙发上一躺。躺了几秒，又坐起来，走到门口，从包里取出手机，懒洋洋地边走边翻。她看到了那张网传的照片，小声嘀咕："谁呀？办事这么不靠谱。"再仔细一看，觉得这人面熟，当她认出是秦闯时，骂了一句："作死哩，敢打他！"接下来，她的疲劳仿佛一扫而光，穿鞋、提包、关门，一气呵成。

秦闯的病房里站了几个人，他们在安慰秦闯。金枝推门进来，直奔秦闯病床。

"让我看看伤到哪儿了！"

秦闯看到金枝，既感动又不安："你怎么来了？"

"伤成这样，我能不来吗？"

"没那么严重，我这不是好好的？"

"谁这么大胆，不想活了。"

众人一看家属来了，纷纷告辞。其中一个人还特意嘱托："嫂子来了，我们就放心了，好好照顾秦主任。"

金枝听了一愣神，又忙笑着说："谢谢！我替秦闯谢谢大家，等秦闯出院了，我请领导们到家里坐。"

众人一出病室，金枝迫不及待地问秦闯："刚才那人挺好的，他是谁呀？"

"天宇乡党委书记龙玉泉。"

"这个人会说话，能当县长。"

秦闯苦笑一下，心想，叫你一声嫂子，看把你美得。

第二天下午，政法委书记安民走进病房时心事重重，一下子像是老了几岁。秦闯忙直起身，安民一把按住，说："躺着吧！你是功臣，一根肋骨钉了支架，省里领导都知道了。"

"我处置不力，请安书记批评。"

"何止是批评这么简单。你呀你，说说当时的情况。"

秦闯详细述说了事情的经过。

"刚才紧急召开了常委会，上面要追查这次事件的责任人，我说的不是指上访，是劝访中的打人事件。

"省里某领导的关注点是，前去劝访的综治办主任为什么会挨打？是态度问题，还是不作为问题？特别批示，要以此事件为契机，狠下心、硬碰硬整治基层干部中存在的形式主义和官僚主义问题。这次你的综治办主任职务恐怕我是保不住了。"

因为对张庄村集体上访事件处置不力，给市委市政府工作造成被动，市委常委会建议暂停秦闯群访事件处理小组组长、综治办主任的职务，接受工作组调查。同时，免去当天值班的副乡长职务，对天宇乡党委书记龙玉泉和乡长王付生进行诚勉谈话。

安民十分清楚秦闯处理问题的能力，在接访中出现打人事件，绝对不应该发生，这里面一定有原因。而且，让秦闯担任群访事件处理小组组长职务，是他极力推荐的，若是秦闯有问题，他有失查连带责任。如果此时停了秦闯的职务，就等于让秦闯间接地承担了这次事件的全部责任。因为集体上访事件造成了较大影响，总得有人承担。但如果这样做，不但毁了秦闯的前程，同时也毁掉了一个有作为的好干部。

鉴于以上考虑，安民当即在常委会上提出市纪委监委最近出台的容错纠错机制工作意见，他说："为了保障干部的干事创业积极性，最近我们市出台了容错纠错的相关规定。我们不能喊空话，要客观评价和对待工作中出现失误的党员干部。我们要有'敢容'的担当、'真容'的胸怀，为真正干事者撑腰，给他们'戴罪立功'的机会，让他们轻装上阵，更好地开展今后的工作。我们不要光盯着秦闯被打事件造成的影响，我们应该看看秦闯被打后，如何临危不惧、果断阻止事件的进一步恶化，同时又积极劝返上访群众。我建议在调查组没下结论之前，仍由秦闯担任群访事件处理小组组长职务。"

常委会采用了安民同志的建议。

安民对秦闯说："刚才我问了一下大夫，你一个星期后可以下床，我托人从省城给你定制了一辆轮椅，估计3天后就能送到。"

秦闯明白了安民书记的意思，是让他忍辱负重，带伤工作。他想都没想就答应了。

"谢谢安书记的信任，我会尽快投入工作。"

"伤筋动骨一百天，我只给你7天，7天啊！"

秦闯能体会出安书记的无奈，安慰他说："我这身体皮着哩，放心吧！不过，你还得送给我一样东西。"

"还需要什么？请讲！"

"羽毛扇。"

"羽毛扇？"

"有了羽毛扇，我可以坐在轮椅上运筹帷幄。"

两人哈哈大笑。

安民："你别说，我还真给你备了羽毛扇。"

原来，常委会结束后，安民去了组织部干部科，调取了所有与张庄村相关联的副科级以上干部的名单，共6人，他从中选出3人。分别是：人大办公室副主任张灵，张庄村人，父母健在；住建局副局长张才，张庄村人，父母健在；信访局副局长钱二辉，张庄村女婿，岳父岳母健在。由这3人任副组长，配合秦闯工作。另外，安民又从各乡镇办和局委抽调了10名家是张庄村的工作人员。工作人员抽调完毕后，第一时间入驻张庄村，一是动员和安抚各自家人，劝他们不要再上访；二是配合调查并处理此次群访问题。

秦闯说："安书记考虑得真周到，这哪是羽毛扇呀，这是一支精锐部队。"

"煤矿开采造成地面下沉，直接导致张苟刺被砸身亡。这里面涉及方方面面的问题，至少也存在相关部门监管不力的问题，调查的过程就是处理的过程，调查和处理要同步进行，不能把二者分开。"安民书记认真地说。

安民书记走后，秦闯陷入沉思，他在想调查和处理的逻辑关系。

金枝看到秦闯在劝访时不但被打，还谣言四起，就跟在省报社当记者的同学赵肖平打了电话。

"赵记，最近忙什么哩?"

"金大老板咋想起来给我打电话了?"

"有个事想请你帮忙，我这边有一个朋友在处理群众上访事件时，被不明真相的人打了。"

"是不是'中兴接访员踏尸战群雄，当官不为民做主，当众挨打又出丑'的那个姓秦的?"

"那是网上谣传，真实情况不是这样。你可以来打听打听，秦主任行得正，立得直，一心为群众办事。"

"因采煤引发的土地沉陷，致使群众上访，这是一个新闻点，我正有意去中兴市做深度采访。"

"那可太好了，来时的一切费用包在我身上，保你住好、喝好、玩好。"

"什么性质的朋友呀，让你这么上心?"

"我一生中遇到的最好的人。好了，来了再细说，这件事拜托了。"

第二天，赵肖平果然来到了中兴市。

第六章　罪恶黑金

在党政联席会上，龙玉泉和王付生第一次发生争吵。一开始，龙玉泉只是提了提那天的事，毕竟是商量处理上访事件的专题会，也就那么随口一说，说有人自作主张，才造成眼下的困局。他这句话有三层理解，一可以指当天的值班青年，二可以指孤身前往的秦闯，三可以指王付生。

王付生听了，觉得龙玉泉在有意暗示，这一切的过错都是他王付生造成的。于是王付生顶了一句"蚀把米"。

别人没有反应过来，龙玉泉反应过来了。"蚀把米"的前一部分是"偷鸡不成"，指他这次辛辛苦苦布的局，被上访群众给搅乱了。不但没有在领导们面前露脸，反而丢了个大人。龙玉泉觉得这是挖苦，哼了一声说："有人漏气。"

"漏气"的前两个字是"跑风"。王付生先向安民书记汇报，后来才给龙玉泉通气，这是越级报，又叫"跑风"。

王付生说："上访也是民主。"

"看来，有人在支持上访。"

"我拦下三分之一的上访群众，有些人拦住几个？"

"如果不是有人在小仙桥拦他们，他们无论如何都不会下路，还有脸说。"

"我拦他们错了吗？我追上他们不拦才叫错。当时你在哪里？我打你手机，为什么打不通？"

"当时我就在柳村，前面有我，后面有派出所的于所长马上赶到，我不相信他们敢从我身上撵过去。喂，你什么时间给我打的电话？"

王付生掏出手机，打开通话记录，转着圈给大家看。大家没有动，也没有躲，似看，也似没看。

副书记打了个圆场说："这是一起突发事件，我分管民政和扶贫，死者是贫困户，是我的工作没有做好，我向党委做检讨。我建议乡里成立工作组，由龙书记任组长，王乡长、我，还有乡人大主席任副组长，下设一个办公室，办公室设在……"副书记看着纪委书记，接着说："设在你屋吧！由我任办公室主任，主抓全面工作，你负责协调工作。"

大家对副书记的提议没有异议，于是很快散会。

晚上，王付生和于怀水在大湾农家院边喝边聊。

于怀水说："你不该跟龙玉泉撕破脸。"

王付生放下酒杯拍着桌子说："他欺人太甚，我这是让他知道，有些事并不是他说了算。"

于怀水说："听我一句劝，只要他不插手河道的事，他想咋干就让他咋干。"

王付生说："他顾不上了，这次上访够他忙的了。"

于怀水问："你估计他这次会翻不？"

王付生说："翻不翻，得看那个姓秦的劲儿往哪儿使。"

于怀水说："姓秦的狠，肋骨被打断，肚皮被扎破，硬挺了十几分钟，真狠哪！"

王付生说："他在矿区派出所干过所长。"

于怀水笑了笑说："跟我是同行，难怪那么狠。他在矿区干过，那他对矿上的事很清楚了。"

王付生说："过去清楚，现在就未必。这小子走运啊，不几年去分局任副局长，转眼又去政法委综治办当主任。"

于怀水说："从副局长到综治办主任，这是明升暗降呀！"

王付生摇摇头，说道："对别人来说是，对他来说不是。"

于怀水问："这里面有说头？"

王付生说："他是安民看中的人，欣赏的就是他一个'闯'字。在处理上访问题上，你也看到了，仅仅是劝返，你就说他狠！在扫黑除恶上，他是不要命啊！"

于怀水问："这么说，姓龙的这次准翻。"

王付生说："我突然在想，我跟姓龙的对着干，是不是太早了。如果姓秦的只处理上访问题，不管别的，我公开跟姓龙的叫板，对咱有利。如果姓秦的盯上矿沙的事，会不会连咱们一块儿查。要不，咱停一段时间。"

于怀水说："现在的石子、矿沙是按斤卖呀，特别是沙，咱是河沙，盖楼少不了啊！"

王付生说："我怕姓龙的将矛头往咱这一边引。对了，河道上的那个河北人可靠吗？"

于怀水说："我没跟他见过面，他只负责河道施工，别人问他，他也说不出来什么。再说了，跟他签整修河道施工合同的人也不是咱，只要工钱给得及时，他不会想到合同是假的。"

王付生说："还是小心些好，没事别跟我联系。"

于怀水说："我懂！"

同一时间，龙玉泉和刘志远在龙山寺喝茶。

龙玉泉喜欢这里，是因为他父亲姓龙名山，同时他父亲的骨灰就埋在后山。刘志远喜欢这里，是因为龙山没有出车祸以前，带他来过这里，他见龙山常来，就翻修了寺庙，同时在寺庙的右侧盖了五间厢房，独立成院。龙山死后，刘志远将这里改造成私人会所，凡是能出入这个小院的人，都是些有头有脸的。

龙玉泉第一次来这儿是在 3 年前，那时龙玉泉跟刘志远已经达成伙伴关系。在此之前，尽管刘志远跟龙玉泉称兄道弟，常在一起吃喝，但在刘志远看来，龙玉泉还不入流。

随着环境污染问题越来越严重，中央出台了严厉举措，防治环境污染。污染防治中有一项是"远离雾霾世界，还我蓝天白云"。于是，一夜之间全国各地取消蜂窝煤作为燃料，取缔中小燃煤污染企业，煤的需求量骤减，煤价直线下滑，煤矿开采业陷入低迷。个别煤矿为了生存，由原来的边采边填充，变成了只采不填充。

那天，龙玉泉去兴华煤矿张庄矿点找刘志远散心。兴华煤矿有三个矿点，张庄矿点最早开采，半露天半井掘，另两个靠近山边，井掘式开采。龙玉泉看到早期的露天矿坑里堆积着大量的矿石，以为是煤矸石，走近时才发现是石灰石。

见到刘志远后，龙玉泉问刘志远从哪儿来那么多矿石。刘志远诉苦说："现在开采难呀！大部分煤层处于石灰岩中，由一个煤层延伸到另一层先得穿过 500 到 1000 米的石灰岩，这些石灰石怎么办？先运出来堆着，以后作为回填材料，再弄进去。"

龙玉泉听后好久没说话，他在看刘志远办公桌上摆放的黑色铁牛。铁牛身上泛着光，做用力前冲状。前天龙玉泉参加市里环境污染治理工作会，会议缘于中央电视台播放的当地某县河道采沙导致河道千疮百孔，造成当地生态环境急剧恶化。新闻播出的第二天，省领导震怒，批示各地取缔一切河道采沙作业，并对中小河道开展专项污染治理。中兴市接到批示后，迅速出台专项治理方案，提出了"三个禁止"：禁止河道采沙活动，对全市所有河道逐一排查；禁止河沙运输和销售，对所有县乡道路两侧河沙超市一律关闭；禁止采石场开采，关闭所有碎石、石粉加工企业。龙玉泉想，这些都禁止了，建筑工地该怎么办？正在修建的高速路怎么办？乡村道路村村通怎么进行？全部停工吗？显然不可能。

刘志远说："龙书记来我这里，不是为了看铁牛吧？"

龙玉泉笑了，问："这些石灰石每天运出来多少？"

刘志远说："100 吨左右。"

接下来，龙玉泉说出了自己的想法。刘志远听后，说："不妥吧！"

龙玉泉心里十分恼怒，但是依旧尽量克制住了自己的情绪，靠近刘志远低声细语。但龙玉泉以为的"密谈"，却被刘志远在办公室早已备好的微型摄像机录了下来。

几天后，张庄村村民堵住了兴华煤矿张庄矿点东门的路，说是路上过大车，尘土飞扬，环境污染严重，严重影响村民们的身体健康。龙玉泉主动出面调解，兴华煤矿积极配合，给张庄村村委捐赠了一台价值 5 万元的洒水车，堵路的事就此平息。

半个月后，龙玉泉与刘志远达成合作关系，刘志远这才将龙玉泉带到这里。从此，空闲时，二人就来此喝茶、聊天。

在党政联席会上，龙玉泉跟王付生争吵的事，刘志远已经听说。龙玉泉说："去寺里喝茶吧！"龙玉泉不说"龙山寺"，只说"寺"。刘志远知道龙玉泉不是为了喝茶，也不是说他跟王付生的争吵，是说群众上访的事。

二人坐定后，谈话从王付生说起。

龙玉泉说："王付生就是个小人，他以为我不知道他借整修河道的机会卖砂石，借群众上访的机会给我使绊子。"

刘志远说："这都是小事，不用跟他一般见识。"

龙玉泉说："从他去乡里的第一天，我就知道他来干什么，我不走，他永远接不成。"

3年前龙玉泉就该挪地方了，龙玉泉一挪，王付生顺势就能接任了乡党委书记。但是，龙玉泉不挪，因为他跟刘志远有了业务关系。没有业务关系以前，龙玉泉托人送礼想挪；有了业务关系以后，他托人送礼留任。龙玉泉觉得职务再升一级又能如何，不如借机捞钱来得实惠。挣了3年的钱，龙玉泉的想法又变了，挣再多的钱，不如职务再升一级。张庄村土地沉陷，加剧了他的这一想法，该收手时就收手。于是，他托人活动，先升副县，再进人大。

刘志远说："你这一走，他不就接成了？"

龙玉泉说："我知道你巴不得我走，我走了，你也就心静了。"

刘志远说："正说王付生，你扯我干什么？既然扯我，我还是那句话，将你的设备推进矿井埋了，一切麻烦我来解决。"

龙玉泉不想听刘志远说这事，就转换话题，说："现场打人的事，是你安排的吧！"

刘志远说："怎么会呢？事件闹大对我有什么好处？我第一时间通知你阻访，就是不想让事情闹大。"

龙玉泉说："按说上访归上访，可是这一打人性质就变了。"

刘志远说："今天下午，我听说那个叫秦闯的仍担任此次群访事件处理小组的组长，这个人可不好打交道。"

龙玉泉说："那就让他处理好了，因煤矿开采引起的土地沉陷，在全国有很多家，也不是只有兴华煤矿张庄矿点。"

刘志远说："话是这么说，就怕他盯上别的什么地方。"

龙玉泉直了直身子，说："你别拐弯抹角提醒我，怕啥！"

秦闯收到安民送来的轮椅时，也看到了金枝送来的省报。一篇《被打的是人，疼的是煤矿》的文章发表在报纸的第4版，正是金枝同学赵肖平写的。文章结构还是老一套，是什么、为什么、怎么办。是什么，写打人的经过；为什么，写上访的原因；怎么办，写煤矿产业如何走良性发展道路。特别是第三部分，秦闯一连看了几遍。

秦闯说："太及时了！站位高，分析透彻。"

金枝说："那当然了，省报记者水平能差吗？"

秦闯笑着说："不但为我正了名，还为如何解决这次群众上访指明了方向。"

金枝说："他只是从理论上进行分析，是否行得通，还得靠你去实践。"

秦闯说："看来，我得提前出院了。"

金枝说："你不要命了？我不准你出院。"

秦闯说："为了我的事，安民书记顶着很大的压力，你旁边的轮椅就是他送来的。"

"我就是不准你出院。别人不心疼，我还心疼呢！"话一出口，金枝便觉得不妥，红着脸，瞟了秦闯一眼。秦闯木愣着脸，正在想事。金枝一跺脚，哼了一声，转身走了。

工作组与乡、村干部在张庄村村室开会，秦闯坐着轮椅出现在现场，所有人都惊呆了。为了防止别人说闲话，金枝穿着护士服陪同照顾。

秦闯自嘲说："大家开会也不通知我，我不请自来了，若有冒犯，请大家多多担待。"

人大办公室副主任张灵说："我们本该去医院看看你，想着等工作捋出头绪再去也不迟，顺便也给你汇报一下工作。你这一来，我们既高兴也担心，高兴的是我们做事有了主心骨，担心的是你伤势那么重，万一有什么事，在座的各位可都担待不起。"

"是呀！是呀！你这是在逼着我们夜不能寐啊！"信访局副局长钱二辉说。钱二辉在公安局刑侦科工作过，在侦破金三犯罪团伙行动中，跟秦闯联过手。特别是在抓捕金三手下眼镜蛇的过程中，他跟秦闯蹲坑三天三夜，守株待兔，最终成功将眼镜蛇诱捕归案。

秦闯听出钱二辉话中的含义，笑着说："恰恰相反，我这么急着来，就是想让钱局长睡个安稳觉。"

住建局副局长张才跟钱二辉熟，跟秦闯是第一次见面，他说："秦主任这时出现，是倒逼责任落实，我们是诚惶诚恐。"

秦闯转入正题，说："大家不必客气，先说说村里的情况。"

村民们的情绪还算稳定，说到煤矿赔偿问题，村民们的要求并不统一，有的农户房子受损严重，有的房子并没有裂缝，如何赔、赔偿的标准没有形成初步意见。

会议结束后，钱二辉单独留了下来，说是跟秦闯叙旧。钱二辉是张庄村女婿，跟张灵和张才不同，有些事，他得给秦闯交个底。

"有几个年轻人失踪了，明摆着与'踩踏'有关。"钱二辉不说与"打"有关，因为省报上写的是"踩踏"。

秦闯是警校科班出身，被人踢断肋骨，他自己都觉得脸红。他始终想不通为什么有人会突然对他出手，连征兆都没有，下手还重。他想过，可能是死者家属打的。可是，人被砸死，又不是他秦闯造成的，打煤矿老板也不能打他呀，跟他过不去干什么。所以有人问他肋骨是怎么断的，他没敢说是有人踢的，只说是人群乱闹时被踩踏的。

秦闯说："有人心虚了。如果他们不跑，咱还真不知道现场有谁。"

钱二辉说："这几个人，是抓还是不抓?"

秦闯知道此时抓人不妥，村民的情绪刚刚稳定，万一再弄出事来就麻烦了。看来这次被打，只能当是吃亏买教训了。于是他对钱二辉说："你去这几家转转，让他们都回来吧，承认一下错误就算了。"

钱二辉说："我已经摸过底了，据他们父母说，他们确实动手打了。"

秦闯问："谁第一个动的手。"

钱二辉说："他们说是你先动的手。"

听到这句话，秦闯骂了一句："胡扯!"

钱二辉说："若不是因为这句话，我早让人把他们抓了。"

秦闯摸摸自己的左脸颊，又摸了摸右肋，显然是同一人所为，就说："你去问问他们各自站的位置。"

钱二辉说："你还是要追究……"

秦闯说："我不是追究，有一个人下手太重，有暴力倾向，整个事件就是他挑起来的，我怕这个人再兴风作浪。"

钱二辉说："若是这样的话，不急，让他自己跳出来。"

秦闯说："蹲坑！"

钱二辉说："蹲坑！"

说罢，二人对视一笑。

第二天，秦闯仍由金枝推车，张灵、钱二辉、张才三人陪同，一起来到兴华煤矿见刘志远。

煤矿的总部原来在张庄矿点，3年前搬到了占山沟。刘志远很热情，对他们的到来表示欢迎。说到土地沉陷，刘志远直言不讳，承认是煤矿开采造成的。谈到如何解决张庄村的问题时，刘志远只有6个字：关闭张庄矿点。问其原因，刘志远通知财务室搬来两纸箱账本，说近3年来煤矿勉强维持生存，能给近400名职工按时发放工资就不错了，往来账目都记得很清楚，出多少煤，卖给谁，卖什么价格，上面都有，都有据可查。刘志远的意思很明确，兴华煤矿已经承担不起对张庄村受损房子的赔偿。紧接着刘志远又说，可以动员村民搬迁，这是早晚的事。

搬迁？秦闯认为这是异想天开，搬迁就能阻止土地沉陷？

金枝让张灵陪她去卫生间。回来后，张灵说："难得来一次煤矿，不如去外面转转。"

金枝说："我哪儿也不去，就在刘总这里喝茶，你们去转吧，我在这里等着。"

金枝对财务最在行，秦闯明白她的意思，就说："这是刘总的地盘，刘总不陪着，有什么好转的。"

刘志远瞟了一眼穿护士服的金枝，对大家说："只要不怕变成黑人，你们天天来转都行。"

秦闯一行出门后，金枝迅速翻看那些账本。秦闯他们回来时，金枝在沙发上睡着了。在回张庄村的路上，金枝说："兴华煤矿的采煤量 3 年来降低了 1/3，我打电话问了一下火车站，外销运煤车皮数也比往年少了 1/3，但是成本却增长了 1/3。"

张灵说："在矿区转时，刘志远提到过去是露天开采，产量高成本低，现在是掘井作业，产量低成本高，会不会是这个原因？"

秦闯说："煤矿业不景气是大趋势。兴华煤矿一方面承担着近 400 名职工的就业问题，另一方面又得为张庄村受损农户负责，更为重要的是得为矿区附近的生态负责。我建议咱们分头走访调查，张灵主任负责兴华煤矿经营方面的调查，钱局长负责张庄村周边村民受损情况调查，张局长负责生态方面的调查，我和金枝负责土地沉陷原因的调查。"

第二天早上，秦闯打金枝的电话，没人接。过了一会儿又打，还是没人接。秦闯于是又给综治办的王刚打电话，让王刚陪他去张庄村。

秦闯在张庄村里转时，收到金枝发来的短信，说她有急事，去省城了。秦闯没有多想，猜测着她办完事，会马上回来。

张疙料听说秦闯在村里，一路小跑来请秦闯到家里坐坐。看到张疙料一脸真诚，秦闯盛情难却，便说："那就打扰了。"

张疙料在前面引路，工刚推着轮椅。村道很整洁，跟周边的村子相比，这个村算是富村，秦闯不由得感叹："成也煤矿，败也煤矿。"

张疙料听到秦闯说煤矿，回过头说："前些年村里有一半的农户都有车，往外地送煤很挣钱。这几年不行了，煤拉到外面没人要，弄不好还赔钱。"

秦闯问："老张，你家有车没有？"

张疙料笑了，说："先前买过一辆四轮，后来又卖了。嘿嘿，我弄不成，只好在煤矿附近干小活儿。"

"现在还干吗？"

"干！碎石子哩！一天合一百多块，不累，就是有些脏。"

说者无心，听者有意。秦闯问："碎石子干什么？"

"卖呀！"

"煤矿改卖石子了？"

"不是煤矿，是张庄村包村干部宋合友弄的。"

"煤矿产石头？"

"都是开矿废石，满矿坑都是，直接碎就行。"

"你在那里干多长时间了？"

"有3年了吧！中间还停了半个月，客户说石质没有以前的好。说来也巧，正好有条井道废弃了，里面全是石头，也是以前采煤时的废石。"

到张疙料家时，他老伴秦娥正在杀鸡，说是中午请恩人吃饭。秦闯说："别恩人来恩人去的，我姓秦，叫我小秦好了。"

秦娥说："这可使不得，你是大领导，我们农村人没有见过世面，只知道谁待我们好，我们就待谁好。"

秦闯笑了，说："我们工作组来村里，吃老乡家的饭，传出去影响不好。"

秦娥说："你姓秦，我也姓秦，当弟弟的在姐姐家吃饭，碍他们什么事了？听我的，中午就在这里吃，尝尝农村地锅鸡。"说到这里，秦娥冲着张疙料喊："你这个木头疙瘩，咋不说话呢？"

张疙料也不生气，呵呵笑着说："要不，我去炖鸡，你陪着恩人说话。"

"那你还不快去！"

秦娥回头对秦闯说："别见笑，这个家要不是我跑前跑后，日子就没法过。早些年，他跟人家一块儿也拉煤外出，他不会吆喝，人家的煤卖了，他呢？咋拉出去的他咋拉回来。没办法，车一卖，跟着别人下死力。"

秦闯笑笑，问："今天老张怎么没有去干活呢？"

秦娥说："停了，张苟刺被砸死后，就停了。就是不停，我也不想让老张去了。"

"因为啥？"

秦娥说："听老张说，天沟出现过滑坡，不过那是一条废沟，他们的碎石机在沟的这边。砸死张苟刺那天，他们拣石的井道塌了一条，要不是连天下雨，井里有水，说不定还闷人哩。"

对于采煤引起的土地沉陷，秦闯查过资料，张庄村附近的沉陷应该是滑坡引起的。不过，他不能确定。

吃过饭，张疙料带着秦闯去了他们碎石的地方，又去了张苟刺被砸死的地方。晚上，秦闯向安民书记汇报了自己的所见所闻，同时建议纪委监委对天宇乡张庄村包村干部宋合友进行谈话。

汇报完，秦闯再次给金枝打电话，却是关机。

第二天晚上，秦闯还没有吃饭，接到兴华煤矿老板刘志远的电话。刘志远在电话里问前天陪他去煤矿的那个医护是谁。秦闯实话实说："她叫金枝，不是什么医护。"

刘志远问："是你朋友？"

秦闯说："是大学同学。"

刘志远说："既然是同学，那我就直说了。她从我这里拿走一个光盘，请秦主任帮忙要回来。"

秦闯说："会有这事？"

刘志远说："错不了。这样吧，一会儿，我派人去接你，事关重大，咱们见面再说。"秦闯本想拒绝，后来一想，见见刘志远也好，顺便聊聊煤矿上的事。于是说："好吧！"

在刘志远办公室，秦闯看完回放的监控，沉默不语。那天，金枝看完账本，在屋里转了一圈，不知怎么的，就注意上了刘志远办公桌上摆放的铜色相架。她拿起来翻看了一下，等她放下相架后，手里多了一个光盘，随后她将光盘放入自己包里。整个过程也就一分多钟。

"就是这个相架。"刘志远指着秦闯身边的一个相架说。其实秦闯已经注意到了。

刘志远接着说："这是我从非洲一个小国带回来的纯手工铜艺，当地人叫它'纱缔'。'纱缔'有个秘密，里面能存放东西，开关设计得非常精巧。"

刘志远说着，拿起相架演示，只见相架一分为二。刘志远合上后，递给秦闯。秦闯接过，相架约有两斤重，竟然找不出中间的缝隙，四周很光滑。正面是刘志远跟某领导的合影，背面是立体的山水画。秦闯禁不住赞叹："好工艺！"

刘志远说："在那个国家，船代表着友谊，开关就是船。好了，不说这个了。让秦主任过来，是想请秦主任帮忙，追回那个光盘。"

秦闯说："那天我们离开这里以后，我就跟金枝分手了。第二天，我给金枝打电话，她没有接，后来她给我回了一个短信，再后来就关机了。"秦闯拿出手机，找到那条短信给刘志远看。

秦闯问："光盘里是商业秘密吗？"

刘志远说："算不上！不过，关乎一个人的政治前途。当然，也关乎我的清白。"

正在和刘志远对话的时候，秦闯的手机响了。秦闯一看是安民书记打来的，就站起来，走出几步，背对着刘志远接通了电话。

"龙玉泉被人杀了。"

秦闯一时没有回过神来。

安民的声音很沉重。"今天上午市纪委监委第一审查调查室对宋合友进行谈话。龙玉泉知道后，去纪委监委找第一审查调查室的主管领导，打听为什么对宋合友谈话。主管领导说，是办别的案，证实一个口供。随后龙玉泉就离开了，这还不到 12 个小时，没想到他被人杀了。龙玉泉是正科级干部，市委常委研究后，将此案列为'一号案'。据宋合友交代，在煤矿开碎石厂的幕后人是龙玉泉……"

听到这里，秦闯猛然转身，只见刘志远站在几米远的地方，侧身望着窗外，右手拿着铜相架，左手在轻轻地抚摸。

龙玉泉的父亲龙山，曾是刘志远的老领导，秦闯早有耳闻。龙玉泉与刘志远走得近，这很正常，但是龙玉泉在刘志远的煤矿内开碎石厂就不正常了，更不正常的是龙玉泉突然被杀。

"……喂，秦闯，你在听吗?"

"我在听。"秦闯的声音有些颤抖。

正在这时，突然响起一阵清脆的铃声，让寂静的办公室更加寂静了。是刘志远的手机在响。

刘志远转过身，走到桌旁，接通电话，先是"嗯"了一声，接着"啊"了一下，然后慢慢放下手机，目光紧盯秦闯的双眼。

"……市里已经成立'一号案'专案组，鉴于'一号案'与土地沉陷有关，市委常委会决定，一案一访合一，市公安局局长留升任专案组组长，你任副组长。免去你政法委综治办主任职务，任中兴市新区公安局副局长。"安民书记在电话那边继续说着。

新区公安局是正县级单位，秦闯由综治办主任转任新区公安局副局长，不算降职使用，但秦闯此时却高兴不起来。

"我在兴华煤矿刘志远的办公室，有事明天再说吧。"说完，不等安民书记回话，秦闯已经挂断了电话。

刘志远苦笑着说："秦主任请回吧！龙玉泉死了，找不找金枝无所谓，那个光盘已经不能对任何人造成威胁了。"

秦闯听出刘志远话中有话，问："能说一下光盘里的内容吗？"

刘志远自顾自地说："我早就想到了会有这么一天，但没想到这一天来得这么突然。人为财死，鸟为食亡啊。"

刘志远走近书架，从一本书里取出几页纸，缓缓走向秦闯："这两份材料，替我转交市委。"说完用同样的节奏向门口走去。

秦闯快速翻看，共4页，仅看标题，秦闯便明白了里面的内容。秦闯急呼："刘总留步！"

刘志远停了一下，说："公道自在人间。后面的事，由新任的董事长处理。"说完，径直出了办公室。

秦闯重新低下头，一份是张庄村集体搬迁方案，主要内容是，张庄村213户，213套现住房已经完工，每套面积 213 平方米，统一格式，上下两层。另一份是构建采煤沉陷区生命共同体格局报告，主要内容是炸毁张庄矿点下面的所有废弃井道，加速土地下沉，由兴华煤矿投资，实施该区域生态重建工程。

3 天后，中兴市召开常委会，听取"一号案"专案组工作汇报。

室内的光线暗了，投影屏幕亮了，上面依次出现从不同角度、部位、地点拍摄的各种图片。

秦闯指着图片，给在座的常委们一一分析：

——现场比较紊乱，有搏斗的痕迹；死者龙玉泉身上有两处本人无法形成的立即致命伤，分别是左胸部和颈后 1/3 处。

——从这张图片可以看出，死者伤口不规整，系笨重凶器造成；血迹分布较紊乱，现场发现其他人的手印、脚印等痕迹。

——基上表明，死者死亡原因系他杀，死亡时间 7 日 18 点左右，发现时间 7 日 19 点 13 分。

——从这些图片可以看出现场有翻找的痕迹。死者生前于 7 日下午 3 点到 5 点，分别从不同银行、不同网点提取现金，额度高达 80 万元，这笔钱却不知去向，初步判断凶犯的杀人动机系图财害命。

——现场勘验门窗无撬动痕迹，说明死者与凶犯相识。从现场提取的血迹分析，凶犯在行凶时受伤。

室内灯光打开，图片颜色变浅。

秦闯接着说："对此专案组迅速展开大范围排查。8日下午，接群众举报，举报人说张庄村村民张家财曾在他的诊所包扎过伤口，由于伤口部位奇特，他随口问了一句，怎么伤着胳膊肘呢？张家财回答，砍柴脚滑受的伤。专案组赶到张家财家核实时，张家财已经离开。此时赶往诊所的民警报告，张家财去诊所之前包扎的血布条已经找到，经对比，与现场留下的血迹类型吻合。18时，张家财在省城车站被抓，专案组将其连夜押回并突审。张家财对杀害龙玉泉的犯罪过程供认不讳。据张家财供述，因土地沉陷，其叔张苟刺的房子倒塌，发现其叔死后，张家财约上族人，去煤矿要求赔偿。途中遇民警拦截，回村后利用煤矿一直不解决村里房子裂缝问题的不满情绪，煽动村民去天宇乡政府上访，后去中兴市上访。途中被交警拦截，上访车队被集中到迎宾大道待建广场。请领导们看一段审问现场同期声。"

室内灯光关闭，投影屏幕上，张家财坐在审问室。

"我不知道他叫什么，只知道他是个警察。他一下出租车，我就认出了他。我恨他！

"几年前，我花 10 万从一个云南人手里买回一个从越南偷渡过来的女人。这个女人跑过一次，被我找了回来。不知道怎么回事，派出所知道了这事，就来解救那个女人。就是他救走了的那个女人，还说我袭警，拘留了我15天，让我落个人财两空。

"他在人群里喊，我是什么综治办的。我问旁边的人，综治办是干什么的？旁边的人说，跟咱乡刘黑子一样。刘黑子我认识，他常去我们张庄村瞎转，我们还喝过酒，他啥事也不管。我想他跟刘黑子一样也是综治办的，不是什么民警了，打他也不算袭警。

"我给身边的人说，这个人不像是好人，逞什么强，找打哩，看准了机会，咱'怼'他。我正愁没机会，他朝我站的地方走来。就这样，我趁他不备，打了他，其他人也跟着打。打完后，我才知道他是领导，打他比袭警更严重。

"我就在外面躲了几天，听说没有人查打人的事，我就偷偷跑了回去，没进家门，看到我们村的张疙料带着他在村里转，我想这下完了，得逃走。

"我没有钱，本想借着张苟刺的死，弄些钱，结果钱没有弄到，还犯了事。我瞎逛时，看到龙玉泉进了银行，出来时提着袋子，鼓鼓的，不用问他提的肯定是钱。我听别人说过，煤矿的碎石厂有他一份，我想他肯定有钱，于是就想从他身上弄些钱，然后离开这里。

"我知道龙玉泉在翠竹小区住，就打听着找到龙玉泉的家。在接近龙玉泉家的时候，我看到有人提着一个大袋子出来，不知道搞什么，但是更让我觉得龙玉泉家有好东西。于是我敲敲门，龙玉泉问我是干什么的。我说我是张庄村的，有人还想上访，我来给他说一声。他打开门，进屋后，我趁他不备，用斧子直接将他打倒，逼他说出钱在哪儿。他说家里没钱。我说我看见你取钱了。他说，是取钱了，钱刚刚让人拿走。我不相信，用眼四处看。我没想杀他，他趁我不注意喊了一声，想往外跑。我追过去，又给他一斧子。他就来夺我的斧子，夺的过程中，伤到了我的胳膊。接下来，我又给他一斧子，他倒地不动了。见他不动，我就在几个房间找，只找到800多块钱。

"我不敢停，顺手找了一件上衣穿上。受伤的胳膊一直流血，我想马上就要坐车走了，不包扎一下路上更麻烦，就去了附近的诊所包扎。上车后，我就后悔了，不该用我的身份证买票。果然，在省城一下车，就有人堵住了我。"

室内灯光打开，投影屏幕变白。

秦闯说："让各位领导看这段视频，不是证明我被张家财等人打了有多冤枉，而是说明龙玉泉的死因可以定案。只有龙玉泉的死因定案，达成共识，才能继续汇报因龙玉泉的死而引发的其他事。请问各位领导对龙玉泉的死，还存在什么疑问没有？"

常委们互相望望。

市委书记安民看了一圈，见众人摇头或摆手。他说："没有疑问，请秦闯同志接着汇报。"

秦闯点点头，说："专案组在龙玉泉的上衣口袋里发现一个光盘，光盘录制时间是 3 年前。大家请看投影。"

室内灯光关闭，投影屏幕上出现一个银色光盘。

"这是一个子母盘，厚度跟普通光盘一样。子盘上的内容，只要是拿到该光盘的人，放入电脑光驱，都能读到，母盘就不一样了。子母盘在国外常用于情报之间的传递，市公安局信息科已经成功将该盘分离，请各位领导先看子盘上的内容。子盘内容时长 4 分 26 秒。"

投影屏幕上的画面消失，两个人影出现在画面中，接着是二人的一段对话。

龙玉泉：我就要那些矿石，对你来说是废品。

刘志远：（摇摇头）你缺钱的话，我给可以给你，但请你不要插手矿上的事。这是 30 万，你拿去用，花完了可以再来拿。（刘志远打开皮箱，皮箱里是成捆的现金）

龙玉泉：（猛拍一下桌子）我是来谈合作的，不是来要饭的。

刘志远：你父亲当年对我有知遇之恩，他若活着，绝不会同意你这样干。

龙玉泉：你别拿老爷子压我，你就说合作还是不合作。

刘志远：我每年春节都去看你的母亲，同时留下两万元钱，那些钱都是干净钱。都说煤老板黑，但是我不黑，这都得益于你父亲当年的教诲。

龙玉泉：你有三个矿点，我能堵张庄矿点的门，就能堵其他的门。有本事，你去告我。

刘志远：我不会告你，只是请你三思。

龙玉泉：我的三思是，你今天所拥有的一切，都是老爷子所赐。

刘志远：这我承认。正因为如此，我才劝你，放弃你不理智的想法。那些石头碎碎确实可以用于建筑，为什么非要盯上它呢？你可以开碎石厂，光明正大地干呀！

龙玉泉：轮不到你来劝我，我比你懂政策。

刘志远：我得尽到做人的本分。

龙玉泉：你听听这是谁在说话。

谈话声突然中断，显然此段做了技术处理。（只见龙玉泉一步一步向刘志远走近。刘志远一开始坐着听，满不在乎，几秒钟后，他的脸色越来越难看，最后，他坐不住了，慢慢站了起来，望着窗外。）整个画面持续一分多钟。很快，画面重新恢复声音。

刘志远：那好吧！我们合作，但是有一个条件。

龙玉泉：这就对了，说说看。

刘志远：张庄矿点，我全部租给你，包括里面的煤，每月租金100万。

龙玉泉：你把我当傻子了！由一个煤层延伸到另一层必得穿过500到1000米的石灰岩，前几天你亲口说的。也就是说，目前张庄矿还没打通那500到1000米厚的岩层，换句话说，张庄村现在没有煤可采。既然没煤可采，包括里面的煤干什么？每月我出 30 万，就这么着。

刘志远：你现在是正科级干部，按资历，能马上提副县，为什么要为钱跟自己赌呢？

龙玉泉：你不会是想拿这事去纪委举报我吧！

刘志远：不会。没有老爷子，就没有今天的我。

龙玉泉：你是怕这个吧？（龙玉泉晃晃手里的东西，刘志远无奈地叹息一声。）既然你同意将张庄矿点租给我，我给你交个底，国家禁止河道挖沙，禁止采石场开采，你知道中兴市有多少建筑工地不，你知道中兴市有多少路要修建不，你知道有多少大型施工项目不，未来缺什么？缺石砂建筑材料。张庄矿点就是一把伞，煤车就是通行证，煤车能到的地方，石砂就能到。

刘志远：（摇摇头）公道自在人间。

投影画面消失，很快出现新的画面。

刘志远出现在画面里，他坐在一张空桌之后，派头跟新闻发布会一样，说：

"子盘上的内容，你们已经看到，我同时刻录母盘，是想说几句公道话。早在半年前，这个半年前是指龙玉泉没有租借张庄矿点之前的半年，煤矿技术人员发现张庄矿点有下沉迹象，控制下沉已经不可能。我和几个主要负责人沟通后，大家一致认为，张庄矿点垂直方向已经没有煤源，四周的煤源，均隔着 500 米到 1000 米厚的岩石层，既然张庄矿点有下沉迹象，不如弃而不用。

"兴华煤矿有三个矿点，按照开采时间依次是张庄矿点、马尾山矿点、占山沟矿点。张庄矿点最初是露天开采，后改为井掘。马尾山矿点和占山沟矿点是井掘式开采。马尾山矿点开采采用国家级标准，占山沟矿点开采采用国际化标准。这也是这么多年来，兴华煤矿没有发生一次矿难事故的原因。既然要弃张庄矿点，那就弃彻底。于是，我们将矿总部搬离张庄矿点，迁址到占山沟矿点。随后着手研究张庄矿点弃矿后生态重建项目。

"也就是在这个时候，龙玉泉找到我，想将矿区存放的矿石做进一步利用加工建筑石材。我不想让他插手矿里的事，怕影响弃矿后生态重建项目实施。后来，迫于我当年做的一件错事，我同意了。随后，我立即调整张庄矿点弃矿后生态重建工作，用时间赢时间。即在张庄矿点附近出现大面积土地沉陷以前，为附近的村民赢得整体搬迁时的住房建设。我计划用3年时间完成。

"我犯过错，当年为了煤矿能顺利改制，我给龙山送过礼。龙玉泉手里拿的录音，就是证据。但是，龙山没有收我送的礼，只送给我一句话，为人民多办些事，公道自在人间。送礼时，龙玉泉就在现场，没想到，他录了音。

"历史不会重演。马尾山矿点和占山沟矿点不会造成土地下陷，因为这两个矿在开采煤的同时，已经采用

'分层剥离、交错回填'重构模式。

"我们再回过头来看看龙玉泉租用张庄矿点经营石砂建筑材料的事。龙玉泉违反了党规党纪，他违反的背后，有很多让人反思的东西。正如龙玉泉说的，那么多的施工项目能不能停？其实每个人心里都很清楚，不会停。那么，大量的石砂建筑材料又来自哪里呢？'龙玉泉'不止一个。

"我刻录子盘，是想在龙玉泉私欲无法控制时，交给纪委处理，不让他越陷越深。同时录下这段视频作为母盘，是想若真有一天在张庄矿点附近出现大面积土地沉陷，可以证明不是龙玉泉非法加工建筑石材造成的，是煤矿开采造成的。"

投影画面消失的同时，室内灯光亮起。

工作人员给常委们发放材料。发放完后，秦闯说："刘志远在 3 年前录制光盘，就是为了说明下面两件事，各位领导面前的材料，是 3 天前也就是龙玉泉被害的当天，刘志远委托我转交市委的材料的复印件。一份是张庄村集体搬迁方案，一份是构建采煤沉陷区生命共同体格局报告。这是 3 年前他承诺的生态重建项目实施方案。"

几分钟后，常委们陆续抬起头，相互交流看法。经过短时间的讨论，市委书记安民说："龙玉泉的问题，就不要公开了。刘志远不愧是咱市领头的企业家，他提出的张庄村集体搬迁方案和构建采煤沉陷区生命共同体格局报告，都是治本之策，可以尽快实施。"

安民见秦闯仍站在原来的地方，问道："秦闯，还有其他要汇报的吗？"

秦闯说："还有几个疑点，专案组还没有来得及核实。"

"说说看。"安民说。

秦闯说："一是子母光盘一直在刘志远手里，有一次被金枝无意中取走，后来怎么会在龙玉泉身上出现呢？二是龙玉泉从银行里取出的80万现金哪里去了？三是据凶犯张家财交代，他去龙玉泉家时，远远地看到有人提着一个大袋子从龙玉泉家走出，这个人又是谁呢？"

秦闯说完，大家相互观望，显然这三个问题并不简单。

市委书记对公安局局长留升说："主案已经告破，专案组成员可以撤回一部分，毕竟各项工作都很忙，但是案中的疑点也得调查清楚。秦闯熟悉整个案情，剩下的扫尾工作，我看就交给秦闯负责吧。"

留升笑着说："我完全赞同。我这个组长，也就是挂个名，协调一下各部门，具体工作都是秦闯他们干的。"

安民又对秦闯说："再辛苦几天，等案件全部结束了，我亲自送你去新区公安局，不然你们的王局长又该说怪话了，他可是我的老师呀！"

秦闯不知道说什么好，看到安民书记向他摆手，他明白，安书记让他下去。他向安民书记点头一笑，转身走下汇报台。

这几天，虽说秦闯带伤工作，可是让他感到累的不是身体，而是精神。在回去的路上，秦闯思考着金枝、钱、陌生人三者之间有什么关联。金枝没什么说的，进修研究生时就认识，跟自己无话不说。想起金枝，秦闯觉得很怪，自己可以3天不跟金枝联系，但是金枝不会3天不联系他。秦闯拿出手机，打金枝的手机，仍在关机中。

秦闯不安起来，什么事那么要紧，连手机也关了？突然，秦闯叫了一声不好，他想到了子母光盘。子母光盘被金枝取走，后来又在龙玉泉身上出现，难道那个陌生人是金枝？

秦闯进一步推理，刘志远刻录子盘，是想在龙玉泉私欲无法控制时交给纪委处理。金枝看到子盘上的内容，觉得这是胁迫龙玉泉，借此向龙玉泉索取金钱的机会。龙玉泉正为提副县、进人大上下打点，他肯定不希望光盘内容公布于众，他会买下光盘。于是，双方进行一场私下交易，并且交易成功。龙玉泉拿到了光盘，金枝拿走了80万现金。这应该是个很圆满的结局，不料，张家财意外出现，杀死了龙玉泉，掩盖了交易真相。

秦闯对自己的推理摇头，凭他对金枝的了解，金枝不是这样的人。可是金枝这段时间又去哪里了呢？很快，秦闯又想，万一是金枝干的，自己该怎么做呢？

秦闯既陷入案情当中，又陷入情感旋涡。俗话说，干一行，爱一行，多年的警察生涯，让秦闯犯了职业病，对什么都怀疑，对什么都推理。然而，他这次面对的是自己的好友金枝，他希望自己推错了，希望此事与金枝无关。

面对情与法，他选择法。一旦有了决定，他将所有焦点都聚集到金枝身上。回想他在省城进修研究生时认识的金枝，回想他在金牛山龙山寺遇到的金枝，回想金枝对儿子萌萌的无微不至，回想跟他聊天时无拘无束的金枝，回想庆贺他调去政法委综治办跟他拥抱的金枝，回想自己被上访群众打后焦急关切他的金枝，回想推着他去张庄矿点满脸是汗的金枝……

越想，他觉得对金枝知道得越少；越想，金枝越神秘。他竟然不知道金枝多大了，再婚没有，在哪儿居住，他居然和这样一个身份不明的女人相处得火热，难道自己一开始就陷入了情感饥渴陷阱？

秦闯正胡思乱想时，专案组小陈打来电话："秦局长，我们查看了龙玉泉家附近的所有监控录像，正对龙玉泉家路口的监控头坏了近一个月了，另外一处监控头只拍到了那人的侧面，我们将图像进行放大处理，是一男子，年龄看不出来。"

"龙玉泉的通话记录查了没有？"

"查过了，近 4 天内跟他联系的人有 13 个，我们逐一进行排查，有两个号码最可疑，我们往回打，对方一直不接。"

"机主是谁，查过没有？"

"一个叫宋合友，另一个……另一个叫金枝。"小陈说到金枝时，声音小了些许。

听到金枝的名字，秦闯的大脑嗡嗡作响。他"噢"了一声，站直不动。从内心来说，他不希望金枝有什么事，于是将焦点集中到宋合友身上。宋合友是天宇乡张庄村包村干部，龙玉泉让他负责煤矿内的碎石经营，可见他们的关系不一般。

秦闯设想，宋合友杀龙玉泉完全有可能，可以将一切责任推到龙玉泉身上；可是宋合友没杀龙玉泉，龙玉泉是被张家财杀害的。那么，宋合友跟龙玉泉联系是想干什么？

秦闯进一步推理，纪委工作人员找宋合友谈话，谈话结束后，宋合友将这一情况报告给龙玉泉，龙玉泉希望宋合友远走高飞，让纪委查无对证，于是给宋合友准备80万现金。宋合友去龙玉泉家取完钱，在离开的过程中，被前去龙玉泉家谋财的张家财无意中看到。

这一分析，秦闯在闪念之间完成，他随即说："小陈，马上带人去宋合友家。他若在家，就问问他跟龙玉泉通话时说了些什么，若企图逃跑，当场抓捕。若不在家，立即展开搜捕。"

小陈说："是！马上行动！"

秦闯挂断电话，长出了一口气，希望自己的判断与事实一样，这样金枝就能摆脱一切嫌疑了。

突然一辆电动车在他身后来了个急刹车，"吱"的一声，吓得他忙往路边的花坛躲。

"你这丫头，看把你舅舅吓得。"

秦闯很纳闷，自己没姐没妹，这舅舅一说从何而来？只见从电动车后座上下来一人，摘下头盔，笑着说："我看着像你，走过去了，又让丫头拐了回来，果然是你。"

秦闯一看是秦娥，上前一步说："这么晚了，大姐来城里干什么？"

"来接丫头。她一听说张庄地陷了，不放心我和你哥，非回来看看，好不容易坐上了末班车。我一想，她下车了咋回张庄哩，就骑着电车来接她。"秦娥说着，回头对女儿说："快下车，喊舅舅，他可是咱家的大恩人，要不是他，你爸的骨头都烂了。"

秦闯说："都是过去的事了，当着孩子的面，提它干啥？"

女孩两腿支着电动车，一听这话，抬腿下来，支好车，取下头盔，走到秦闯前面，腰一弯，规规矩矩地叫了一声："舅舅好！"

女孩抬起头时，秦闯一愣，长得真是漂亮。秦闯自觉失态，笑着说："大姐，你怎么有一个这么漂亮的女儿？"

秦娥说："哈哈，等月梅大学毕业了，就去找你要工作，看看你这当舅的是不是真心。"

"妈，你乱说个啥，现在是凡进必考，何况我还不想进机关拿死工资哩！嘿嘿，到时舅舅给我找两个工程干干，就够我一辈子花了。"月梅说着，调皮地举起两个小拳头，抿嘴一笑。

秦闯也笑了，指着月梅对秦娥说："看看，我这小外甥女胃口大呀！不指望我帮忙呀。"

秦娥说："这丫头疯惯了，我和老张没多少文化，以后你可得替我们多管教管教她。"

秦闯说："现在的大学生，想法超前哩，我脑袋里的东西，都快跟不上时代发展了。"

月梅说："就是！就是！舅舅这话，我爱听。以后舅舅学习上遇到什么难题了，就找我，我包教包会，嘿嘿！自家人学费好商量，一万两万不嫌少，十万八万不嫌多。"

秦娥抬手做打状，说："你这丫头，刚上两天大学就学会逗能了。刚认识舅舅就想讹诈舅舅。"

秦闯说："我看月梅挺好，见人没有生疏感，是干大事的好苗。"说完，转脸问月梅："在哪儿上大学？"

月梅说："省财经政法大学，新闻学专业，牛吧？舅舅将来当了市领导，让我进宣传部，我保证将舅舅的大名宣传得妇孺皆知、家喻户晓、名扬四海、天下无敌、脚踩大地、头顶蓝天……"

秦闯忙举手制止，说道：“好好好，我求你了，让我回到人间吧！”

“那好吧！”月梅说完右眼一挤，嘴一噘，笑着说，“那舅舅是不是得谢谢我呀！停停停，让我想想怎么谢。嗯——”她双眼咕噜咕噜转着，突然将脸转向母亲秦娥，透着怪笑。

月梅单纯、天真、活泼，不知不觉冲散了秦闯这几天以来的精神压力，血脉骤然顺畅，这个年龄段的女孩最想干什么，秦闯多少懂得，便说：“走，吃饭去，看看能不能堵上你的巧嘴。”

月梅高兴地跳起来：“舅舅好聪明啊！”

秦娥一听忙阻止：“你这丫头真不懂事，舅舅哪有时间陪你吃饭？走走走，咱回去。”

秦闯说：“没关系，月梅刚下车，又是跟我第一次见面，我应当接个风。”话音刚落，电话响了，秦闯一看，是小陈打来的。

“喂，秦局长！”

“情况怎么样？”

“宋合友在家，问他跟龙玉泉的通话内容，他说龙玉泉死了，他也没有什么可隐瞒的。他跟龙玉泉的通话，他录了音。通话内容大致是，龙玉泉问宋合友给纪委说了什么，宋合友回答没有提他的事。龙玉泉告诉宋合友，若是纪委再跟他谈话，就说这一切都是刘志远安排的，他在为刘志远打工。我们问宋合友为什么要录音，宋合友说他信不过龙玉泉，怕龙玉泉将一切责任推到他身上。"

秦闯的心猛地一沉，说："留下一个人观察宋合友的动向，其余人员撤吧！大家都累了，去老地方吃碗烩面。嗯——"

小陈问："秦局长，还有什么事？"

秦娥趁着秦闯通电话，催促月梅快走，月梅很不情愿地上了电车，秦娥也跟着上车，坐稳后，秦娥小声对秦闯说："秦老弟，我们回去了，你忙吧！"

秦闯忙挥手，让她们下车。秦娥推了一下月梅，说："走！"

月梅双脚撑地，用力一蹬，电车滑行。月梅回头说："舅舅，你欠我一顿饭，别忘了！"

秦闯见电车已经启动，便不再强留，回应说："记得！记得！"

小陈说："秦局长，你这会儿是不是有事儿，要不，我过一会儿再打。"

秦闯说："不用再打，就一句话，明天你带两个人，查查……呃，查查金枝的下落。"

小陈以前在秦闯手下干过，人机灵，干事踏实，成立专案组时，秦闯指名抽调他。小陈知道秦闯跟金枝的关系，便说："放心吧秦局长，我有分寸，有什么情况，我会及时报告。"

在没有找到确凿的证据之前，秦闯不想闹得沸沸扬扬，将金枝与犯罪嫌疑人扯在一起。

龙玉泉被杀，王付生接替龙玉泉主持天宇乡全面工作，虽说没有正式任命，但全乡上下都认为这是迟早的事。王付生很谨慎，他通知于怀水，专心修河道，其他的事全部停下。

于怀水问："停多长时间？"

王付生说："收手，再不收手就是找死，龙玉泉就是榜样。"

于怀水说："太可惜了。"

王付生说："是命重要，还是钱重要？能提前将屁股擦干净就不错了。"

于怀水说："我这就安排。"

王付生心里很清楚，这颗"雷"不排，早晚会危及他的政治前途。

王付生主持全面工作，第一件事是动员张庄村搬迁。他亲自走家串户，了解搬迁困难，掌握搬迁中遇到的问题。

秦闯在张庄村遇到王付生，二人寒暄几句后，一同走访。

秦闯去张庄村是针对张庄村群访的事。他得走访群众，询问用集体搬迁来解决这次土地沉陷引起的上访问题，群众是否满意。而且他得形成书面材料，报告这次群访事件的处理结果。

张庄村村民对秦闯的到来很热情，特别是打过秦闯的那几个人的家长，拉着秦闯的手，说秦主任大人有大量，不计前嫌，给孩子们网开一面，孩子们知道错了，十分珍惜秦主任给他们的悔过自新的机会。

秦闯说："知错就改就好。"

王付生说："现在不能喊秦主任了，得喊秦局长。秦局长紧急处理了咱这次上访，使上访没有造成更大的社会危害和损失，更是妥善解决了土地沉陷问题，荣升中兴市城市新区公安局副局长。咱这次集体搬迁，就是秦局长在市里争取来的，咱们得感谢秦局长。"

秦闯挥挥手，忙纠正说："任副局长是正常工作调动，咱这次集体搬迁，得感谢市委、市政府，得感谢乡亲们的支持和理解，得感谢乡党委、乡政府积极宣传动员，主动解决搬迁中遇到的困难和问题，更得感谢兴华煤矿老板刘志远为我们提供免费的安置房。"

王付生说："以后大家遇到困难，可以直接找我，我解决不了，可以找秦局长。但是，有一条要求就是，不能上访。"

现场的村民异口同声道："不上访了，有你们这些好领导，我们还上访个啥？等搬迁过了，我们送锦旗。"

一句"好领导"，让王付生热血沸腾，他决定明天去纪委，主动承认过去的错误。

第七章　连环命案

农历三月廿三，是街上逢集的日子。秦闯任职的新城区正在急速扩张，其中有一个跑马村是为数不多的农村，也是秦闯分包的重点偏远村，这里的村民依旧保持着赶集的习惯。跑马村的李老栓为了小晌午时能去街上赶集，一大早就打开了羊圈门。"黑子"一见羊儿们撒了欢儿向外跑，也从窝里一跃而起，跟了上去。

日头已露出半个红红的脸。风刮了一夜，跑马河滩上的青草果然没有露水，这回不怕羊吃露水草了。老栓靠着柳树，笑眯眯地看着羊儿们一头扎进河滩，埋头吃草。"黑子"摇着尾巴，在羊群里钻来钻去。

"黑子，出来，别捣乱。"老栓呵斥道。"黑子"冲他摇摇尾巴，乖乖地从羊群里出来，无聊地顺水往下游到芦苇荡里去撵野鸭了。

忽然，"黑子"猛地从芦苇丛里蹿了出来，狂吠着朝着老栓冲来，把他吓了一跳。"黑子，叫个啥？野鸭子会飞会跑会浮水，你会逮得住？""黑子"没有像往常一样停下，而是更加急切地边叫边扒老栓的裤腿儿，像是要把老栓往下游引。"看见啥了？鸭窝？有鸭蛋吗？"老栓也有点兴奋，跟着"黑子"往芦苇荡里去看。

走得越近，"黑子"汪汪得越厉害，李老栓终于觉出这狗吠声太不同于往日。"有蛇？"他莫名打了个激灵，腿有点软。"黑子"继续一个劲儿地扯着他的裤腿儿，直往水里带。李老栓知道那儿水很深，又念着羊群，就止了步。只见芦苇过人头高，稠得不透风，有些还横七竖八歪在水里，却不是自然的斜倒状态，像是被什么扒倒的。再顺着往里看，只见水面上浮着一个绿白条纹的大编织袋子，由于掉了颜色，乍一看跟芦苇叶子差不多。

李老栓初以为是谁丢的垃圾袋，又一琢磨，不对，自上头开始治理河道以后，早没人往河里倒垃圾了，哪儿来的垃圾袋？再说，这地方水深草密，平时人迹罕至，即使扔，也扔不到这里啊？难道是……李老栓又一激灵，后背一阵发凉。正犯怵间，"黑子"又冲着袋子汪汪直叫，李老栓硬着头皮，定睛一看，袋子缝隙处，赫然露出一只脚！他只觉得眼前一黑，瘫坐在了地上。"黑子"仿佛觉出主人的不对劲，呼哧呼哧从水里跑了过来，伸出舌头去舔李老栓，"呜呜"低叫。李老栓被"黑子"唤醒后，试了几试，颤颤巍巍地起来，对"黑子"说了

句"黑子，看好羊群"后，就连跑带爬地往村里去了。

胜子家住在跑马村南头，离河近些。胜子媳妇一早起来做饭，屋里引火的穰柴烧完了，就喊胜子去抱些。胜子掐灭叼着的烟，去往山墙头的柴火垛。抬头看见老栓脸色煞白，慌慌张张从河里跑回来，惊诧道："栓叔，你这是咋了？羊丢了？"老栓话都说不囫囵了："河里……河里……有人……"说着，继续跑。

胜子想拦没拦住："有人？河里？谁跳河了？"他大惊，转身回院，从廊檐下拿了绳子和长杆，对着灶房说了一声就往河里跑。胜子媳妇一听，顾不得做饭，也跟了出来，胜子说："你再去叫几个人，要会水的。"老栓却一路跌跌撞撞，直往街上派出所奔。

李记胡辣汤的香味儿已飘了半条街。秦闯刚值完夜班，两眼通红。他伸个懒腰，准备活动活动筋骨，打算交接班后就去喝胡辣汤，再来一笼包子，两根油条。一忙起来，午饭又是没个准点儿，早饭得吃得瓷实点儿，才顶响儿。

他这里正思忖着，冷不防"嗵"的一声，有人撞到门口墙上。秦闯疾步过去，把人扶了起来，竟是跑马村的老栓。只见他面如土色，浑身哆嗦，秦闯惊道："老栓叔，咋是你？你这是咋了？"

老栓语无伦次："有人……有人……""叔，有人欺负你了？"秦闯扶老栓到所里。老栓摇摇头："河里……河里……黑子……有人……"秦闯听得一头雾水："叔，别慌，黑子咋了？黑子咬到谁了？在河里咬的？慢慢说，慢慢说。"秦闯给老栓倒了杯温水，递给老栓，老栓双手去接，仍是抖得洒了一地，勉强喝了一口，呛得一阵猛咳。秦闯忙帮他拍了拍背："叔，不慌，不慌，慢慢说，慢慢说。"老栓好容易止了咳，这才断断续续说出了发生的事。

秦闯一听，眉头紧蹙，一把抓起警服、车钥匙，边给刑侦大队打电话，并往市局汇报，边扶着老栓，叫上陈强和墩子，往跑马河赶。

当秦闯驱车鸣笛赶到时，跑马河滩上已聚了很多人。人们一看警察来了，赶紧让开一条路。胜子满头大汗，赶紧从人群里出来了。"秦局长，我看老栓叔跑回村，当成有人跳河了，跑过来救，不见有人，找半天，谁知道这儿有个袋子，露着人脚，怕是死人了。不知道啥情况，大伙儿都不敢动。"

秦闯边听边招呼着陈强和墩子遣散人群，拉起了警戒线。村民哪里肯回去？不少人不敢靠前，在岸上走来走去，不时踮脚，探着脖子，远远地观望。

市公安局接到秦闯的汇报后，高度重视，市局常务副局长带领刑侦支队、消防和法医等也迅速赶赴现场，分为现场勘查组、现场访问组、行动技术组、重要线索查证组等多个小组，分头展开了细致的工作。

尸体很快被打捞上来，拍照、采集指纹、现场访问……一切都在有条不紊地进行着。

秦闯带上白色手套，拉开了那个编织袋，尸体抛下水的时间应该不是很长，肉体还没有腐烂。当他看到死者面部时，大吃一惊，居然是金枝！他揉揉眼睛，再定神看，尽管尸体已无血色，面目扭曲，但他仍十分确定就是金枝。只见她两眼瞪得大大的，半张着口，死前应是惊恐状态，也像是心有冤屈，死不瞑目。衣服被扯得七零八碎，两手腕处皆是瘀青，有擦伤痕，像是手镯类首饰被粗暴掠取造成的，没有耳坠，但耳孔处有被刮的血迹，脖子上有被项链或细绳勒过的痕迹。脸上、身上有烟头烫过的伤痕，脖子上缠着胭脂红色薄纱巾，一只脚光着，另一只脚上穿着白色高跟凉鞋，有生前强烈挣扎搏斗的迹象。从尸体看，死者生前曾与人发生关系，但并没有检测到罪犯的精斑。

闻讯赶来的金枝妈妈看到女儿惨不忍睹的样子，大喊一声"我可怜的妮儿啊"后，当场昏倒在地，现场医务人员急忙施救。

岸上的群众仍不肯散去，看到金枝妈昏倒在地，基本猜测到了死者身份，大家或指指点点，或拿着手机偷偷拍照，现场气氛很紧张。

经过市、区法医和技术人员的紧张工作，警方得出结论，死者死亡时间在头天夜里9点左右，死亡原因系被丝巾勒住脖子并捂住口鼻，窒息而死。从现场看，跑马河不是第一案发地，犯罪嫌疑人将金枝强奸杀死后，抛尸至跑马河的芦苇荡里，并对跑马河现场进行了清理，伪造并破坏作案现场。只有指纹、脚印、血液才是追查凶手最有力的现场痕迹证据，然而，由于跑马河有多人参与搜寻，河滩上并没有提取到有价值的指纹和脚印。

警方初步将此案定性为强奸杀人案件。

5月的阳光已有些燥意，人的情绪上也易添烦躁。因街上逢集，路上车辆较多。返回局里的路上，墩子开着车，秦闯看着徐徐流动的车流，内心突然有点触动，喉咙莫名有一点梗梗的，像塞了一团棉花，不由得轻叹了一声。墩子看他一眼："秦哥，看你眼里都有血丝了，累了吧？"秦闯摇了摇头，没有说话。

由于是重大命案，市公安局要求立即成立专案组。中兴市新区公安局局长王忠信、副局长秦闯分别被任为命案破解刑侦队正、副队长，李壮、墩子、小李等为骨干成员，具体办案。

通过对尸体的进一步鉴定发现，死者生前遭遇轮奸，金枝的指甲缝里残留有挣扎时抓破的皮肤组织。资料报请上级后，录入公安部DNA数据库，遗憾的是暂未比对出对案件有价值的信息。

专案组召开会议，对案情做了分析，研讨侦破方案。

杀人案,从杀人动机上,一般分为情杀、仇杀、财杀、色杀、政治等原因,警方围绕这些进行了逐一调查,不放过任何蛛丝马迹。王局长对侦破工作做安排部署,要求只有四个字:命案必破。

接下来的专案组办公室里,每个人脸上都写着紧张和忙碌。这样大的命案,是社会舆论关注的热点问题,上头抓得紧,群众盯得紧,在大家的心里,弦都是绷着的。

由于案发地周边没有监控,且案发时夜已黑,环境太暗,现场没有目击证人,警方只能根据死者的社会关系一一进行排查。

金枝母亲说,女儿头天打了电话,说第二天是母亲节,要回来陪她。10号中午时,她做好了午饭等着,谁知金枝又打来电话,说有事情走不开,晚上再回,结果晚上也没回。11号早饭后,还没等她给女儿打电话问情况,就接到了警察的电话,说女儿出了事。说这些的时候,金枝母亲的眼泪跟断了线的珠子似的,就没停过。"我可怜的妮儿啊!上辈子造了啥孽了生到俺家,她爹那个不是人的东西,把她给毁了。我也对不起她,是我拖累了她,要不是我,她现在说不定在大城市里孩子都有了,她是挂念着我,才放弃了大城市回来的,是我害了她……"说到最后,几乎又要断过气去。

秦闯带人去了凤凰美容医院。

网络时代，金枝出事的事分分钟尽人皆知。玻璃大门两侧柱子上的"低眉垂首不自信，丰胸美臀好运来"依旧闪闪发光，可店门口已没有迎宾小姐，店内也没有客人，一派萧条景象。前台坐着一名身穿工作服、绾着发髻的女子，面容俏丽，神情木然。

看到穿着警服的秦闯带着警察进门，那女子一惊，可还是不由自主地把"欢迎光临"脱口而出。秦闯认出该女子是店里的老员工陈暖芳，陈暖芳也认出了秦闯。她知道秦闯和老板金枝的事。今天秦闯以这样的身份来，她有点不知所措。

前台大厅里，秦闯开门见山，说明来意，基本信息问过之后，便开始了关于金枝案情的问询，小李记录。

秦闯："你在店里负责什么业务？"

陈暖芳："我是这个店的店长，平时她不在店里，我帮她打理店。"

秦闯："你最后一次见到金枝是什么时候？"

陈暖芳："是5月9号。"

秦闯："你确定是5月9号？"

陈暖芳："确定，因为她那天说了第二天10号是母亲节，她要回趟家陪陪她妈。"

秦闯："金枝经常在店里吗？"

陈暖芳："不经常，除了这个美容院，她还开着一个健身房。不过，她以前几乎每天都来，这些年，不知咋回事，她有些变了，对生意不如以前上心了，常跟那些有钱的女人一起喝酒打牌，唱歌跳舞，出入高档会所。那天是有个新客户，开着奔驰跑车来的，一看就是有钱人，说是她的朋友，我不敢怠慢，特地给她打电话来接待的。"

秦闯："那个客户留有资料吗？"

"有，叫袁安娜。"陈暖芳说着，起身去柜台里找客户资料，递给秦闯。

秦闯接过来，看了一眼，转手给小李，接着问："这家店的经营情况怎么样？店里的财务情况你了解吗？"

陈暖芳："也就那样，多是些老客户，新客户发展不起来，不如前些年。每天前台财务的收支明细我都要签字的。"

秦闯："你不是说金枝接触的都是有钱人吗？那些人都不来店里做美容？"

陈暖芳："那些人都是有钱好面子的，嫌我们店面小，不够有名气，来这里做美容有点跌份儿，不过她们有时会让我们帮她们团购一些化妆品，比她们单买便宜。"

小李插了句话："不是有钱人吗？还在乎这个？"

陈暖芳看了他一眼，说："你不了解，跟她好的那些人整天啥事儿不干，就是个吃喝玩乐，我知道的有好几个都是被人包养的，这个袁安娜就是被一个五六十岁的老头包养着的。有的包着包着被抛弃了，就断了财路，可大手大脚花钱的习惯断不了，又好面子，互相攀比，外观上看着开豪车，穿金戴银，实际上是空架子，兜里没钱。没钱也要打肿脸充胖子，怕来我们店里做美容别人看见了笑话她，有名气的店里又消费不起了，就偷偷从我们这儿团购些化妆品用，嘴上说的不在乎钱，实际上算账时抠得很。"

秦闯想起金枝曾跟自己说过陈暖芳十分可靠，她们俩无话不谈，就问道："你跟金枝除了老板跟员工关系外，私人感情怎样？"

陈暖芳："金枝算是我的恩人，在我最困难的时候帮助过我，我们俩不仅是老板跟员工的关系，更是无话不谈的闺密，像亲姊妹一样的。"

秦闯："那据你所知，金枝有没有男朋友？"

陈暖芳深深看了他一眼，见秦闯神色坦然，便道："据我所知，这几年好像没有。不是没有人追求她，不知道都不中意还是咋的，直到现在，逢场作戏的除外，看不出她有真正的男朋友。"末了，又解释般地添上一句："你应该能理解，我们这行，为了生意，尤其是健身房那块儿，有时候不得不半真半假，逢场作戏。"

秦闯："连逢场作戏都带上，那她有没有可能树立情敌？"

陈暖芳："没听她说过，如果有，我应该能感觉到。

她虽然不常来店里，但喝醉的时候不少，一醉就给我打电话，一打电话没个一两个钟头都不会挂断，啥都说，但从没听她说过这方面的事情。"

秦闯："金枝出事了，这个店怎么办？"

陈暖芳："我也不知道，店里现在是一个客人也没有了，员工都吓坏了，纷纷要了工资辞工了。金枝爸爸坐牢后，她爹养的那个小三时不时地抱着孩子，到她妈那儿要房要钱的，闹个不停。她妈整天心力交瘁，金枝的死对她打击更大，整个人都癔症了。家里也没个扛事儿的人，怪可怜的，我就先在这儿守着。"

秦闯叹了口气："今天先到这里，你把店里的客户资料和财务资料分别给我们一份，有事情再联系你，你有啥线索及时跟我们联系。"

十多天过去了，秦闯忙得脚不沾地。从陈暖芳反映的情况看，初步可以排除情杀。秦闯又把可能与金枝生意有利益竞争的人挨个排查了一遍，他甚至调取了金三案的卷宗，从中查找金三当年得罪过的人，推测会不会存在他们把恨意转嫁到金枝头上的可能性。结果耗费了好大精力，逐个筛查了一遍，仍没有发现有价值的线索，仇杀也基本排除。

他跑了三家银行，调取了金枝两家店的财务交易情况以及金枝的个人账户支出情况。在其中一张银行卡账户上有了重大发现，从5月10号晚上7点10分到8点，金枝那张卡内的100多万元，从中北省简阳市某银行分三笔转到三个指定账户上。经查证，这三个账户分别隶属于中北省鹤山市的三个不同县区。

就在秦闯准备向市局汇报，申请去中北省调查时，一个自称来自中北省简阳市华安县李店乡柳树沟村的村民跑到派出所，说自己家的麦地被人破坏了，场面有点可疑。他听说了跑马村的案子，不知道是不是跟这个有关，特来汇报。中北省和中原省是邻省，柳树沟村位于两省交界处，行政划分上分属两省，实际上柳树沟村离中兴市更近，村里人办事、赶集、买东西大都来这边。

一行人驱车来到该村民的麦地田埂边。秦闯从包里拿出几双脚套，大家套上后进入了现场，发现地上有许多纷乱的脚印，细看是多个人的脚印。由此顺藤摸瓜，顺着脚印往里走，发现了一只白色高跟凉鞋，跟金枝尸体上的正是一双，秦闯把鞋跟、鞋面、鞋底都拍了照。跟着脚印出了麦田，是一座山坡，翻过坡，有一条没有水的干深沟，由于沟深林密，这里几乎人迹罕至。在深沟底部的大片青草地上，有躺压蹬踢的痕迹。可以推断，这里应该是金枝被害的第一案发现场，负责痕迹勘验的小张从现场采集到一些脚印和毛发，但没有发现有效的指纹信息。至此，基本可以认定为抢劫强奸杀人案。

夜深了，秦闯还在办公室里一遍一遍地梳理着线索，电脑桌面上的那个人物关系图，几乎都要被他盯出洞来了。他按了按太阳穴，扭了扭僵硬的脖子。

窗外的夜，一片寂静。从灯光笼罩的房间里看出去，那片黑暗有一种幽幽的凉，盯得久了，像一个无边无际的黑洞，会吸人灵魂一般。秦闯抬头看了眼墙上，已是凌晨3:05，他决定在沙发上和衣眯会儿。

关了灯，房间里一片漆黑。安静的窗外，月华洒下，染白了窗台。天空的颜色被模糊了，高大的树影被撕裂，投在窗户上，变成一种很诡异的图案……猛一看像个黑乎乎的人影，五官轮廓鲜明，甚至可辨出鼻子、眼睛和嘴巴来。可看得久了，还是树影。明明很困，秦闯却难以入眠，脑海里恍恍惚惚，浮现出和金枝的往事。

最初，他相信了金枝说的，当年在学校时就对他产生了好感，只是碍于女孩子的自尊，羞于表达。金枝还说，小时候特别崇拜警察叔叔，下决心长大一定要嫁给警察，谁知造化弄人，她被迫嫁给了唐支书的儿了，又沦落到如今的孤家寡人。或许都有一段坎坷不幸的婚姻经历，二人有点惺惺相惜，秦闯慢慢地不那么排斥金枝了。可是，随着交往的深入，他发现，金枝原来是金三的女儿，并且总是有意无意地打听金三的案子。在案子未破之前透露案情进展，这是警察工作的大忌。他提醒了金枝几次，似乎不奏效。出于职业敏感，他几次试探后，很快就发现，金枝接近自己的目的并不单纯，并且又卷入了龙玉泉的案子，这是绝对不可原谅的，掺和了利益的感情不叫爱情。在秦闯眼里，感情和工作绝不能混为一谈。谁知，金枝居然落得这样的下场。

他再也睡不着，干脆拿了钥匙，再次驱车来到跑马河。

早上 5 点 30 分，仍然是跑马河最静谧的时刻。河面上，银白色的薄雾飘荡着。薄雾下，水银般一浪一浪交叠着的，是不透亮的河水在静静拍击着河堤。天灰蒙蒙的，空气中，有微微清甜，又夹杂微微的腥味。

雾霭渐渐散去，远山渐渐显露真容，跑马河和天空也抖落掉灰白色的帷幕，呈现出一派纯净的碧蓝。一两只野鸭顺着水流，嬉闹着渐行渐远，消失在远方的河面上。

向北看，缕缕炊烟，像画笔，在蓝色的天空中勾勒出跑马村的轮廓。渐渐地，有拖拉机声响起，狗叫声一阵阵传来，盖住了鸡鸣。渐渐地，村头地里，有人影晃动。对其他人来说，这是新一天的开始，而对秦闯，这还是昨夜的尾声。当一开始面临突发事件涌上的情绪以及痛苦和激动统统过去后，人还是理性的动物。他布满血丝的眼里，有疲惫的倦意，更有此案必破的坚定决心。

秦闯掐灭烟头，驱车回到所里。两笼包子、两碗胡辣汤一口气下肚后，满血复活。

会议室里，王局长主持会议，秦闯汇报案件进展情况，秦闯说了金枝银行卡在出事当晚被取走 100 多万的事情，并建议跟中北省简阳市警方取得联系，协助调查此案。

"秦局，秦局，有情况。"办事员小航来不及敲门，急匆匆地冲进会议室，"刚接到110指挥中心转过来的消息，说泥河阳村有人报警，徐清林承包的果园里，停了一辆可疑的奔驰跑车，干活的工人觉着不对劲，就打了110。"

会议被迫中断，报请局里后，专案组出动所有警力，火速赶往泥河阳村，对现场进行警戒包围，就地排查所有可疑人员。

工人说，花期已过，果子还未成熟，蔬果的活儿也已干完，园里现在没啥活儿，除了獾兔鸟雀，几乎没人来。他也是隔十天半月才来一趟，看看哪里有草，打打除草剂。半月前，他来干活时，没有那辆车，今天来时，见有辆车，敲敲车门，没人应声，觉得可疑，才报了警。

那辆黑色的轿车停在果园深处的水泥小道上，小道依山势而修，曲曲弯弯，加上树叶繁茂，如果不走近，很难从外面直接看到果园里的汽车。

走近汽车时，秦闯考虑到这几天温度闷热，预感情况可能不妙，于是给每个人都发了口罩。小张用专业工具撬开车门。由于温度高，车内空间狭小，车窗密闭，车门打开的一刹那，冲天的恶臭连老刑警李壮都没忍住，跑到一边不停呕吐。小李更是隔着口罩捂住口鼻向后猛退了好几步，疾步跑向远处的树底下，扶着树，弯下腰，摘下口罩……

车里，是一具女子的尸体，已腐烂，有着超过 20 年工作经验的、业务熟练的市局法医科科长兰天明，戴着厚厚的黑框眼镜，开始检验尸体。

秦闯调整一下呼吸，戴上口罩，走近探身看了看。死者 26 岁上下，蜷在后座上，目测身高大约 168 厘米，体型苗条，穿米白色短袖连衣裙，从衣服到鞋子，都是国际品牌。胸口有直径 10 厘米大小的深红色血迹。死者衣着完好，甚至绾起的发髻都没有散开，现场也没有打斗的痕迹。兰天明用镊子从女子头发里镊出了一根卷曲的头发，有一寸多长，明显不是死者的。把现场血样等所有东西装进证物袋后，他站了起来，面向秦闯。

"是他杀。"兰天明推回滑到鼻尖处的眼镜，十分肯定地说，"从现场遗留的痕迹看，受害者应该死于一周前；从衣物完好程度看，没有被性侵，不过最终认定还需要进一步的专业尸检。身上有三处刺伤。肩部一处，腹部一处，第三处在左胸斜下方，是最致命的，离胸骨几厘米。凶器不是市面上常用的水果刀，比较窄长，一尺左右，从肋骨间隙穿过，直刺心脏。"

秦闯扭头揉揉鼻子，平息下呼吸，看着兰天明："当场就死了吗？"

"大概不超过两分钟，伤到了冠状动脉，出血后压迫心脏，引起了心包膜填塞。"

根据手腕处的几处瘀伤、脖子里的细细的勒痕以及耳垂上的划伤看，死者生前身上应该戴有首饰，在案发后被人取走。

车上有一个女士挎包和一个玫红色长方形钱包，是同一国际知名品牌。钱包没有放在挎包里，里面没有现金、银行卡和身份证，只有一张驾驶证和凤凰美容医院的 VIP 会员证散落在车上，两张证件上的照片为同一人，名叫袁安娜，烫发，丹凤眼，左唇角一指处有一颗黑痣。

袁安娜？秦闯脑子里一闪，这不是金枝出事前一天见的那个客户吗？再仔细看照片，和陈暖芳提供的客户资料上的果然是同一个人。两个要好的朋友在一个月内先后被害？这其中有着什么关联？

秦闯不顾冲鼻的气味，再次往车里细寻。在座位跟脚垫间的缝里，他只觉得金光一闪，把头伸近一看，发现有一枚项链接头处的扣环。

现场有模糊的男性脚印，汽车方向盘、车把手、车身等处均未发现他人指纹，车左前方，有明显的摩托车剐蹭痕迹。在离车 200 米左右，小路的一侧有棵桂花树，树皮被擦破，树下有摩托车轮印。是否跟案件有关，不得而知。如果有关，白天撞到树的可能性不大，案发时间应该是晚上甚至是半夜。

一案未结一案又起，大家心里都憋着闷气。回程的路上，车里没有一个人说话。如此嚣张的气焰，如此丧心病狂的作案手段，分明是狂妄地对警方下了挑战书！

秦闯似乎看到那些恶魔正躲在阴暗处，冲着他挑衅地发出阴阴的笑。他握了握拳头，额上的青筋鼓了起来。

回到队上，对尸体进一步鉴定，和现场推断一致。警方初步判定为抢劫杀人案。

秦闯和王忠信局长一起去了市局。由于案情重大，市局向省厅作了汇报，省厅派来刑侦专家，指导侦破工作。专案组扩大了阵容。组长依然是张局长，魏副局长依旧任副组长兼行动总指挥长，专案组成员包括中兴市局刑侦支队支队长石方远、市局法医科科长兰天明、市局治安科科长韩尚军、市局刑侦大队副队长杨明生和新区公安局局长王忠信、副局长秦闯，还有刑警李壮、墩子、小李等。

张局长说："一个月内发生两起重大恶性命案，对社会造成的恶劣影响及给市民带来的恐慌可想而知。全市上下几乎都知道又发生了凶案，几乎所有人都在议论这两起凶杀案，议论中难免会有许多更加恐怖的想象和评论，这将对我市形象造成严重的不良影响。以上人员是经过局里连夜协商并上报省厅后确定的，秦闯同志办案经验丰富，对前一案件非常熟悉，前期也做了大量工作，是专案组的核心骨干成员，接下来可能更辛苦。其他成员也要齐心协力，团结合作，全力以赴侦破案件，给被害人及其家属一个交代，也给省厅及全市人民一个交代。"

接下来的一整天，秦闯都很忙碌。

没有第一时间在现场抓捕凶手的机会，案件侦破只能回到传统的侦破套路，通过现场痕迹勘验和对受害人外围关系的排查来寻找凶手，而现场勘验的结果只是认定了死者的身份情况，并不能提供关于嫌疑人的更多信息。

刑侦工作的琐碎繁杂，没有亲历过的人根本无法想象。案件重大，涉事人员较多，即使带上省厅及市局刑侦队的人手过来协同处置，也很紧张。于是秦闯不得不再次向市局请求增派人员，这样总算可以腾出身来。秦闯强制好几个一宿没合眼的同事回家休息，但他像个铁人似的，持续坚守在一线，成为整个案件的主心骨。

"不是让你回去休息？怎么还不走？"一大早，魏副局长看见秦闯依然精神抖擞地坐在办公室里，完全不能理解，上上下下打量他，"你小子，在搞什么鬼？"

秦闯腰板挺得笔直，举起胳膊敬了个礼："我不困。"魏副局长看了他一眼，嗯了一声，摆摆手示意他坐下："大家碰碰头，说一下情况。秦闯，你来组织案情分析。"

秦闯点头坐下，打开了PPT，屏幕上的一张张照片和数据资料，见证着数字化办公的科学与高效。

根据证件信息，经过一天一夜的梳理摸排，终于弄清了死者的情况。

袁安娜原名袁娜，有一个小她3岁的弟弟叫袁杰。家里很穷，母亲常年身体有病，父亲在附近一煤矿当矿工。袁娜15岁那年，矿上发生了透水事故，当时父亲在井下，没能被救上来。由于没有买保险，也没跟矿上签订劳务合同，出事后，矿上看她家小门小户，亲戚中也没啥能扛事儿的人，就给了一点钱草草了事。母亲深知自己的病情，想把仅有的一些赔款留给两个孩子，就拒绝治疗，一年后撒手而去。袁娜直接从初三退了学，打工挣钱，供养弟弟。弟弟高中毕业后，没考上本科，袁娜咬着牙把弟弟送到了省外的一所专科学校上学。

　　为了供养弟弟，袁娜利用自己姣好的容貌，很顺利地在一家高档会所找到了服务员的工作。为了显得时尚，加上心里十分祈求安宁，就在名字中间加了个"安"字。后来，她利用工作机会认识了一个地产商胡德旺，50多岁，丧偶。虽然二人关系并不正大光明，但袁安娜不在乎这些，总算是告别了苦日子，从此过上了锦衣玉食的生活。

　　弟弟上学期间，跟同班一位当地女孩儿谈了恋爱，但对方家里只有一个女儿，不肯让女儿远嫁，倒是愿意让袁杰做上门女婿。毕业时，袁杰在是去是留上作了难。袁安娜本就不想让弟弟知道自己和那位地产商的事情，怕他跟着丢人，就鼓励弟弟入赘到了女方家。

　　袁安娜听人说，上门女婿地位低，想到弟弟又是外地人，怕是会受委屈，就常常给弟弟寄钱，以经济基础换得家庭地位。后来，袁杰夫妻想在当地接手一家中型超市，钱不凑手，她果断给弟弟拿出了一半的本钱。袁杰问她哪儿来那么多钱，她说自己跟朋友合伙做生意，赚了些钱。袁杰对姐姐一向信任，也没有多想。

由于距离太远，除了父母忌日，弟弟一般很少回来，但二人感情很好，平时多是电话联系，对于袁安娜的交往圈子以及与地产商的事情，弟弟几乎不知。听到姐姐的噩耗，袁杰迅速赶了回来。这才得知姐姐为自己付出的一切，袁杰既痛又恨，七尺男儿放声痛哭，连连恳求警方严惩凶手。

于是，警方对胡德旺展开调查。看得出，胡德旺对袁安娜遭遇的不幸很伤心。他说，安娜比他女儿还小两岁，他最开始接触到安娜，觉得这是个挺好的姑娘，二人虽然是那种关系，但他常常会不由自主地把安娜当作孩子一样。他自己也搞不清楚，他对安娜，是父女情还是男女情。

他也承认，安娜在那种高档消费的地方工作一段时间后，交往的人复杂，耳濡目染，变得爱打扮，喜买奢侈品，不停跟他要钱要房要车。察觉安娜的变化后，胡德旺打消了曾一度想给安娜名分的想法。安娜倒也不在意这些，她说，两人年龄相差太大，如果结婚，说出去人家笑话。

二人就这样各取所需，不明不白地过着。袁安娜自从傍上他以后，也不再工作，一味地吃喝玩乐，并美其名曰"享受人生"。由于对胡德旺绝对的经济依赖，所以，袁安娜对他还是很忠诚的；胡德旺除了袁安娜，也没有关系暧昧的其他异性朋友。

半个月前，胡德旺在外地出差，袁安娜给胡德旺打电话又要钱，他说等出差回来再商量，安娜一听"再商量"三个字就不高兴了，开始跟他使小性子，不接电话不回信息。这么久没联系，他以为是安娜还怄气，没想到是出了事。胡德旺叹了口气："如果当时给她转了钱是不是就有可能避免出事？早知道这样，不如当时就给她转钱了。除了有些虚荣贪玩，安娜不算坏女人。"警方又问他是否知道金枝，他说，是安娜在牌桌上认识的朋友，常和安娜一起玩。

警方通过对胡德旺交通、住宿、活动轨迹等信息进行查询，基本证实他没有说谎。

结合金枝被取走的 100 多万的情况，秦闯又去了银行。果然，袁安娜名下两个银行账户上合起来约 60 万，通过袁安娜自己的手机银行分别转到了三个银行账户。让秦闯感到吃惊的是，这些钱居然是转到了与金枝案相同的三个账户。

办公室里。一连抽了三根烟后，秦闯忽然对埋头整理卷宗的李壮说："最近发生的两个案子，你总结出相似点没有？"

李壮一怔，抬起头："相似点？"秦闯拿起桌子上的打火机，伸手去取李壮耳朵上夹的那根帝豪，说："死者都是单身女性，生活富裕，爱慕虚荣。时间都在夜里，案发地和抛尸地都在不同地方，都是抢劫杀人，死者卡里的钱最后都转入了相同的账户。"

李壮一拍脑袋："秦队，你这么一说，还真的是这样，难道是同一团伙？"秦闯猛吸一口烟，看着眼前缠缠绕绕的烟雾，徐徐说道："你准备下材料，我去找石队长，给市局汇报，向中北省鹤山市警方请求协助办案。"

从市局回来后，专案组召开碰头会，石队长主持传达了市局的指示精神，已与鹤山警方取得联系，对方同意协助办案。市局决定把此案与金枝案两起同类案件进行并案侦查。

秦闯带李壮和墩子去了中北省鹤山市，双方见面后，鹤山市公安局派从简阳市刚调过来的刑侦队副队长陈继年做协助工作。他们调取了三个银行账户的相关信息。结果一出来，秦闯愣住了。

三个账户分属鹤山市三个不同县区的三个孤寡老人，都是村里的五保户。其中两名都是 70 多岁的老太太，另一名大爷 81 岁，虽然年事已高，但生活尚能自理，所以不愿去镇上的敬老院。这样的人怎么可能做出那么大的案子？其中定有蹊跷。

三个老人分别居住在交通闭塞的山区，鹤山市 100

多万人口，山区面积大，三个县区间相距百十里地。秦闯和鹤山警方一行人马不停蹄奔波了整整三天，终于有了收获。这三个人虽然居住地相距上百里，且互不相识，但他们有个共同的干儿子，名叫霍大海，而这个霍大海，是相邻的简阳市人。

"霍大海？"陈继年一愣，这个名字怎么有点耳熟？作为职业刑警，陈继年脑海里立刻闪过一张黑色圆脸，此人厚唇小眼，满脸胡须，瘦瘦的，好像是他两年前还在简阳市公安局工作时接触过的一个报案人。无论怎样都难以联系到一起的人，到底是怎样扯上关系的呢？

陈继年立刻拿出手机，给简阳市警队的老同事打电话。与此同时，霍大海的干娘之一方老太说起了往事。

6年前，她和老伴去省城医院看病。老伴去排队挂号，她在大厅里等，大厅里人很多，长条凳上坐满了人。忽然，她一阵眩晕，就要倒下时，一只大手从旁边扶住了她，是一个年轻的男人，男人把她搀到长条凳旁，另一个比她年轻点的老太太站起来，让了座，男人又去茶水房给她倒了杯热水。老伴回来后，十分感激，交谈中得知，让座的老太太是这个男人的母亲，男人也是带母亲看病的。方老太感叹道："有个儿子真好啊！不像我们，一辈子无儿无女，离省城又远，昨天一大早我们都出门了，倒了好几趟车，才到城里。到这儿就迷方向了，找不到医院，摸到半夜，才找到医院，饭没吃好，晚上又在大厅里凑合一宿，今天觉着更难受了。年纪大了，看个病难啊！"

男人看俩老人可怜，就主动帮他们缴费、拿药。等看完病，方老太拉着他的手，感动得直掉泪："真是个好娃儿啊！你妈妈真有福气！"他憨憨地笑道："如二老不嫌弃，我给你们当干儿子。"就这样，看个病，认了个干儿子。这个干儿子，就是霍大海。

由于离得远，其实他们来往并不多。霍大海到处打工，有时候在鹤山市干活时，会抽空来看看。老伴去世后，方老太成了一个人。霍大海买了辆摩托车后，来看她的次数多了起来。方老太对这个儿子很信任，把银行卡都交给他代为管理，他来一回，把吃的用的买得足足的。霍大海手里不富裕，但无论买什么，从来都是如实报账，一点都不贪占她的钱。

方老太说，每月发的钱都是固定的，但发钱时间不大固定，有时候是月底，有时候会拖到下个月初。两年前的一天，他急匆匆赶来，说想用她的名字办张手机卡，上头再往卡上打钱时可以收到短信提醒。在她眼里，干儿子办的都是正事，就很顺当地给了他。至于身份证一直没有还回来的事，她也没放心上，反正啥事都是干儿子替她办的。

另两位老人认霍大海为干儿子的经历也是惊人地相似。时间都是在两年前，赶集回来的路上，霍大海骑着摩托车刚好碰见，主动载他们回家，连续路上碰见几回后，双方都觉得有缘分，便认了干爹干娘。他也像帮方老太一样，取得了干爹干娘深深的信任，用同样的方法拿走了两位老人的身份证，至今未还。

陈继年很快也得到反馈：两年前，这个霍大海曾经去公安局报案，说自己的妻子赵小燕失踪了。由于活不见人，死不见尸，至今仍是迟迟未破的陈年旧案。

怎么都是两年前？如果说认识方老太算是偶然的缘分，那么认后面两位老人为干爹干娘的事，刻意为之的成分就太大了。利用三个老人的身份证办三张手机卡，这件事跟霍大海的妻子失踪有什么关系吗？

陈继年又联系通信公司，对三个老人是否在两年前办过手机卡的事情进行查证，发现老人们名下除了目前一直在用的手机卡外，并没有第二个手机卡。这说明，霍大海拿走身份证并不是为了办新手机卡，只是为了要身份证而已。他一下子拿走三个身份证，是要干什么？

事关重大，他们迅速跟领导作了汇报，并与当地派出所取得联系，加强对老人周边的关注。同时，叮嘱三位老人，对警察的此次走访务必保密，这是公民的义务。三个老人隐约觉得警察不会平白无故来调查，便连连点头，保证绝对不外说。

临走时，方老太突然问道："大海没啥事儿吧？那可是个好孩子。"

秦闯说："我们只是调查一些事而已，目前不能确定谁有事谁没事，一切都要靠证据说话。"方老太一听，心里不安起来："警察大人，大海是个好娃儿，他要是犯了错，一定是不得已了，您行行好，给他个改过的机会吧！"

秦闯赶紧说："我不是说霍大海犯了错，这只是正常的走访调查。"方老太这才放下心来。

返回中北省鹤山市公安局，秦闯再次与简阳市警方取得联系，针对案件交流了看法，这个霍大海，一定有问题。

针对下一步的侦破工作，鹤山市警方表示，将全力配合，简阳市警方也重启两年前对赵小燕失踪案的调查。警方把霍大海作为头号嫌疑人纳入了侦查视线。

返回中兴市后，秦闯向市局作了汇报。秦闯此行，收获很大。

虽然秦闯只是副局长，但他是什么样的警察，市局领导都清楚得很。他妻子的事，已经是众所周知。张局长至今还记得，几年前有个案子，犯罪嫌疑人背景很深，先是托熟人拉关系用物质收买他，看他不为所动，就威胁恐吓。秦闯岂是吓大的？嫌疑人也是久经沙场，一看秦闯骨头太硬，一招不成，另想一招从上边入手，干预案子。这下可激怒了秦闯，去市局开会时他直接跟人干起来了，闹得极不愉快。秦闯也真是个狠角色，为避免工作受阻，干脆一不做二不休，直接把事儿捅到了省里，引起了不小的震动。这中间水有多深，外人不得而知，而秦闯此举，掀起的惊涛骇浪，让不少人知道了"秦闯"这个铁骨铮铮的名字，也让整个系统见识了他的雷厉风行。他查案，无论涉及谁，绝不会妥协，一定要一查到底。张局长说，这才像是秦闯能干出来的事儿。这也是他放手把案子交给秦闯的原因。

接下来，秦闯又进入了不分昼夜的工作模式。不在其位，不知其累。从那天早上跑马河发现金枝的尸体开始，整个刑侦队都在忙，现在又出了袁安娜的案子，简直是雪上加霜。案件的影响力越大，社会关注度越高，自下而上的压力也就越大。在科学技术快速发展的今天，现代人对破案的精细程度要求更高了。但凡有一个地方无法解释，就会有人来挑刺。在系统内部，虽然大家都能理解彼此工作的不易，但人命关天，来不得半点马虎，稍有疏忽，问责事小，单是对社会就没法交代。

破案，不是只要了解了情况就行的，还得把每一个结论都落实到证据上。没有证据，就无法定性与定罪，哪怕犯罪嫌疑人就在面前，也拿人家没有办法。就像现在，虽然知道霍大海有重大作案嫌疑，但在找到充足的证据之前，仅凭他拿了三个老人的身份证、三个老人领取低保的银行卡和转账记录，还不具备对他实施抓捕行动的充分条件。

他也知道，虽然不能直接抓捕霍大海，但也到了把目光盯向他的时候了。秦闯心里非常清楚，霍大海即将浮出水面，立刻把这家伙抓来硬审也不是不可以，可他们是团伙作案，抓一个人容易，端掉一个团伙，那可真不是闹着玩儿的，必须得有铁证。他做了十多年警察，知道在没有弄清真相之前，什么情况都有可能发生，而他最不愿意看到的就是侦破团伙案时有漏网之鱼。

而这一切的压力和工作，都需要他们无声承受和细心处理。

破案人员目前掌握的，除了一个霍大海和他的干爹干娘们，其他都是死人，而他的干爹干娘显然没有作案动机和能力。即便可以通过物证来推测事情的起因、经过、结果，但到底没有人证口述来得真实，也更能还原案件现场。

石队长派秦闯带人去霍大海的老家岭口村，乔装暗访，虽没见到霍大海，但也得到了关于霍大海的一些重要情况。

霍大海，男，现年31岁，简阳市陆岩县岭安乡岭口村人，妻子赵小燕两年前失踪，撇下一子，现在5岁多，霍大海常年在外打工，孩子跟奶奶一起生活。

村里人对霍大海的评价倒是不坏，对他的不幸遭遇也深表同情。自妻子赵小燕失踪后，他把孩子托给母亲照顾，一个人常年在外打工，听说好像在外面也找到门路了，成了建筑队的包工头，把村里几个年轻人都带出去了。这几个人都忙得很，一年也不见回来两回，只往家里打钱，听说每次都打可多钱。

霍大海更是不常回来，即使回来，也不回自己家住，一般是去他妈那院，孩子是他妈照顾着。听他妈说有时候晚上回来，早上就走了。

和他妈住邻居的一个老大爷说："大海那孩子不赖啊，去年我刚好碰见他回来，又是递烟又是递茶的，还给我捎了瓶酒。这孩子挣到钱了，路子也宽，能办事。上回我托他给孩儿他娘买个玉镯子，他买的可称老婆子的心了。他还给带回一个比街上金店里便宜得多的金项链，老婆子也给买下了，等儿媳妇回来，给她戴。"

秦闯听到这里，表现出很感兴趣的样子："是吗？啥项链啊？我瞅瞅行不？合适的话我能不能托他也给我媳妇买个？"那位老大爷把项链拿了出来，秦闯一看接头处新换的扣环，心里便明白了，笑着说："我拍个照，回去叫我媳妇看看，中意了，我再来请您老人家的面子。"老大爷被抬举得眉开眼笑，忙道："好说！都好说！"

但是，当问到关于赵小燕的事时，老大爷顿时拉下了脸，眼神有些戒备，说话也躲躲闪闪，不便出口的样子。有位直性子大嫂说的几句话引起了秦闯的注意。她说："你们也是找她的？真是越不要脸越有人找，跑丢就对了，不跑丢更叫大海没脸在庄上混哩！就她那些事……"话没说完，就被另一个年轻媳妇拽走了。秦闯隐约听得那年轻媳妇说了句："你咋啥话都对外人说哩？你知道他们都是啥人？"

秦闯看问不出啥了，就改变了方向，去当地街上闲逛。一天下来，收获还是不小的。霍大海的妻子赵小燕长得很漂亮，但作风不正，在城里当服务员时，跟城里一个老头勾扯上了，后被霍大海发现，俩人生了场大气。赵小燕一气之下，撇下孩子跟人跑了，霍大海找了好长时间，没找到，就报了案，但案子至今还悬着。

不知怎的，秦闯忽然有了个大胆的假想，赵小燕会不会已经不在人世了？他对自己突然冒出的想法吓了一跳，但定下神来，联想到金枝、袁安娜和赵小燕的相似之处，再结合霍大海这两年一趟自己家都不回，也是太反常。想到这里，他更加坚定了这个想法。

与此同时，墩子在一家修车铺也有了发现。有人曾在这家修车铺换摩托车前挡泥板，留在修车铺的旧挡泥板上的剐蹭痕迹很可疑，取回后勘验，残留有桂花树表皮碎屑和黑色汽车漆，跟果园里的桂花树和袁安娜车上的剐蹭痕迹吻合。修车铺老板说，啥样子记不准了，他印象最深的是，那人的头发是自来卷儿。

正在这时，简阳警方也传来好消息，说在抓聚众赌博时抓到一个叫吴来顺的人，这个人跟霍大海邻村。在审讯中，吴来顺为戴罪立功，向警方反映有个叫孙要鹏的人和自己一起喝酒时，失口说出在中兴市曾经与人合伙抢劫一个富婆，强奸后又勒死了她的事。他还说干这行要有门道，把目光盯向那些漂亮的单身富婆，录下不雅视频，逼其乖乖交钱，这些人一般都不敢报案，如果实在不配合，干脆灭口。他们老大说了，这些女人都是不要脸的人，都该杀。警方问这个老大是谁，吴来顺说孙要鹏没有告诉他。

命案终于有了线索，他们立即答复简阳警方，如果此人说的是实情，那么他口中的孙要鹏可能参与了金枝命案或者跟命案的嫌疑人有接触，就从吴来顺这里作为突破口，引蛇出洞。

没过不久，简阳市警方也传来消息，吴来顺与孙要鹏联系上了，佯装要跟他们混，孙要鹏起初没答应，说要老大同意才行。吴来顺按照警方要求，多次恳求，孙要鹏就带他见了老大，正是霍大海。村里人口中的包工头霍大海，实际上只是一个沉默寡言的普通建筑工人，他带出来的几个同村人，也都在同一个工地干活。

所有的证据都渐渐集中到了霍大海身上。秦闯一行回到专案组，跟魏副局长和石队长等作了汇报，市局立刻通过电话向省里汇报案件的重大进展，在省厅的协调下，三地警方联合办案，一面抓捕霍大海，一面对霍大海家进行布控搜查。

有了吴来顺的配合，霍大海团伙的抓捕工作很顺利。

该团伙除了孙要鹏，还有两个人，其中有个叫大傻的，是烫发头。

霍大海被抓后，秦闯一行到他家去调查。大门被打开，因久不住人，院子里荒草没膝，青石板上是厚厚的落叶，石缝间隙长满了绿油油的青草。屋门打开的那一刻，一股刺鼻的霉味儿冲了出来。

客厅不算太乱，只是灰尘很厚，石队长、王局长和秦闯等几个人头上、身上都被蜘蛛网粘了个遍。客厅电视柜旁边，有一张一家三口的彩色照片。尽管满是灰尘，仍可看出照片上的霍大海微笑着，怀里抱着几个月大的孩子，和一个女子并肩站立。霍大海中等身材，瘦瘦的，黑色圆脸，厚唇小眼，脸上布满刚刚刮过胡子的青印。而女子长得很漂亮，如果单从相貌上讲，两人是不大般配。

兰科长戴着警用手套，打开了冰箱，里面空空如也，但异常干净。他和秦闯对了下眼神后，从箱门细缝里取了样。

推开卧室的门。地上有散落的烟头、空酒瓶，啃过的骨头上，依然有蚂蚁在爬。被子在床上敞着，柜子里挂满了女人的衣服，有些连标签都没撕。

在厨房里灶台旁，警方发现了未完全燃烧的绳子和胶带。兰科长小心地把这些一一装进物证袋。

经鉴定，冰箱缝隙中采集的样品中有人血细胞，其成分和绳子中残留的血迹相同。

案子即将揭开神秘的面纱，令这些废寝忘食的警察们激动而又兴奋，明明又累又困，可就是睡不着。第二天，集体顶着黑眼圈，瞪着兔子眼，又被秦闯叫到一起，分别提审霍大海及其同伙。

第一次，霍大海情绪激动，一会儿口口声声哭喊冤枉，一会儿装疯卖傻。

第二次，他要么徐庶进曹营——一言不发，要么说生病了，浑身疼，要求进医院。

这把墩子气得直想把问询记录摔到他脸上，一出审讯室，他就暗暗爆了句粗口。

秦闯又去了一趟霍大海家。当天晚上，他拍拍墩子的肩膀："走，三审霍大海！"

审讯室里的霍大海，第三次面对警察，态度更加沉默。他不再哭喊，也不叫疼，只是对警察念起了"三字经"。

"我没有""不知道""不清楚"，复读机似的循环往复着。

这样的"软抗拒"让墩子很窝火，也很无奈。

换上李壮，大半个小时过去，除了最初就知道的那些情况，依旧没有半点进展。"霍大海，你还要垂死挣扎吗？"李壮抹了下额头上的汗。

霍大海半耷着眼皮儿，一副很疲惫的样子，懒洋洋地坐在椅子上，继续沉默。

"孙要鹏已经都交代了，你还要顽抗到什么时候？"

李壮咬了咬牙，加重了口气。然而，霍大海只是翻了翻眼皮儿，哼了一声，说道："警官，证据呢？你说金枝被轮奸，可她身上有我的东西吗？张嘴胡说谁不会？那样脏的女人，恶心死人了，我会有兴趣？"第三次接受审讯了，他显然更有经验了。

秦闯拍了拍李壮的肩膀，示意他歇会儿。李壮又擦了擦汗，站起来往兜里摸烟。

秦闯在李壮刚坐过的椅子上坐了下来，却没有像李壮那样程序性地立即问话。霍大海等了半天，没人吭声，有点意外。他抬头看着秦闯，秦闯也看着他。

秦闯脑子里回想起方老太的那句话："警察大人，大海是个好娃儿，他要是犯了错，一定是不得已了，您行行好，给他个改过的机会吧！"霍大海母亲的话也似在耳边："警察，你们弄错了吧？大海不是个坏娃儿。我不信，我不信我的大海是个坏娃儿，我不信！"

眼前的人和耳边的话如拉锯一般，来回扯着、拽着，又慢慢交织、重叠。他想起一句话，当一个人的心中充满了黑暗，罪恶便在那里滋长起来。霍大海，你的心里到底有多大的黑暗？他知道，他们所面对的每一起命案背后，都有一个人或家庭不愿被提及的隐痛。他现在想要弄清楚的是，到底是什么把一个原本老实善良的人变成了心狠手辣的杀人犯？人性的善恶究竟该如何界定？

长时间的沉默，是一种心理战。狭路相逢勇者胜，心理战的交锋却是沉住气者胜，谁先耐不住性子，谁必败。霍大海终于被秦闯沉着而又犀利的眼神盯得受不了了。他不知道秦闯葫芦里卖的什么药。他一直在琢磨要怎么对抗秦闯的询问，等得汗毛都竖起来了，也没有等到任何问话。

秦闯微微眯了下眼，继续沉默地盯着他。霍大海因为秦闯的反常，慢慢开始焦灼不安，终于先开了口："警官！我冤枉，你们不能平白无故抓人，我才是受害者。"

"霍大海，你是聪明人，既然抓你，就是有充分理由的，你搞清楚状况，目前只有好好配合才是出路，不要自断后路……"秦闯继续盯着他，情绪丝毫没有波澜。

"秦警官！"霍大海突然没有了疲惫，整个人精神振奋了起来，哭丧着脸喊，"我是一个遵纪守法的人，我已经尽全力配合你们工作了。公民的义务，我都尽到了，你们总不能强迫我承认强奸抢劫杀人吧?"

秦闯眼里冷芒闪动，话说得不紧不慢："你很聪明！这么多案做下来，你的经验很丰富，手段已经很熟练，伪装得也非常到位。你觉得，死了的人不会说话，会说话的受害人没有勇气站出来，所以，你认为我们很难找到证据给你定罪。但是……"说到这里，他低笑一声，霍大海有些不明所以，秦闯突然提高了声音："但是，霍大海，难找不代表就找不到。霍大海！"秦闯猛喊一声。霍大海惊得身子一歪，如果不是有椅子固定，差点倒地。

秦闯语速又慢了下来，手里拿着笔敲着桌子，一字一顿地道："霍、大、海，你要搞清楚，我们肯让你自己交代，是给你自首的机会，如果等我们所有检测结果都出来，到时候不需要你交代了，对你的定性也就不一样了。"说完，秦闯把笔啪地猛按在本子上，忽地站了起来。气场果然是个好东西。秦闯往霍大海面前一站，霍大海的表情也不像刚才那么淡定了，身体似乎都缩了一圈儿。

秦闯定定地看了他足足两分钟，又坐下来，重新拿起笔："金枝踢你那一脚，不轻吧？"霍大海狠狠一震："你怎么知道？"他立刻觉出不对，随即改口，"你怎么乱说？说话要讲证据的。"

秦闯不理他，接着来了一句："赵小燕是怎么死的？你把她的尸体扔哪儿了？"霍大海又是一怔。秦闯这样东一榔头西一棒子的，打得他晕头转向。他始料不及，也招架不住。而这攻其不备的一招，秦闯深谙其道。

"自从你老婆失踪以后，你就再没抱过孩子，是不是？你总是给他买好多东西，却总是挑孩子半夜睡着后，或者白天孩子去幼儿园后送回去，是不是？你宁愿在孩子的卧室门口站半天，却没有勇气推开门看他一眼，是不是？你不肯见孩子，是怕看到孩子妈的影子，你认为他妈妈践踏了你作为男人的尊严，以至于你看到孩子就想起了她，是不是？你每天都在爱与恨之间纠结不止，你明明知道孩子是无辜的，可就是放不下心里仇恨的结，是不是？"秦闯一口气问了五个是不是，直问得霍大海哑口无言，他的瞳孔狠狠一缩，又闭上眼睛，咽了口唾沫，用戴着手铐的双手，慢慢捂上了眼睛。

"不管他妈妈如何对不起你，你想过没有，那孩子仍是你的骨血。你知不知道，他不稀罕爸爸买的东西，只稀罕爸爸。你穷也好，富也好，哪怕是杀人犯也好，在孩子眼里，你只是他的爸爸。"秦闯语速很快，语气严厉。

紧接着，他又慢了下来："我今天去了趟你老家，见到了你妈和孩子，你妈妈的头发几乎全白了，孩子长得很好看，也很可爱。他们很挂念你，你想他们了吗？你知道孩子说什么了吗？"

霍大海身子动了动，并不抬头。秦闯说："孩子说，警察叔叔，你们不是抓坏蛋的吗？可我爸爸不是坏蛋啊！难道我爸爸做错事了吗？老师说知错就改还是好孩子，只要爸爸改了错，就能变回好人了。你们不要抓他，我去劝劝他，让他做个好人，行不行？"

霍大海的泪终于从指缝中流了下来。

"秦警官，我……我真的是冤枉的！"他硬撑着口气，气焰却是一下子消了不少。

"好，话说到这份儿上，你还在嘴硬。两年前你老婆失踪了，你骑着摩托车到处跑，说是为了找老婆，你找老婆是假，故意认干爹干娘才是真的吧？作为五保户，你那些干爹干妈的账户上动不动就是成千上万，甚至是十万百万的资金流动，是咋回事儿？行！不见棺材不落泪，是不？今天我就让你去个地方亲眼看看，然后你再说冤不冤。墩子，带上他，走，去赵家屯南塘。"此话一出，霍大海如遭重锤一般，僵住了。

"石队长！"赵家屯南塘中心，小李的脸上溅满淤泥，花脸猫一样，只露出一口白牙，"找到了，我找到了……"

那是一块看不清颜色的骨骼，裹满了淤泥，在阳光下滴着污泥水。这个在很多人眼里很瘆人的东西，可对警察来说，却像寻着了宝。

大伙儿受了鼓舞，情绪振奋起来，陆陆续续地又有了发现：没有分解掉的牙齿、腿骨、指节等。

村里人平时也会把死猫死狗死猪娃往塘里扔，所以现场捞出的骨头有很多。

又到了兰科长大显身手的时候，没有借助任何仪器，他就在现场就分辨出了狗骨、猪骨、人骨，以及骨骼与身体位置的对应……

一件件物证被装入物证袋。

霍大海愣愣地看着，目光涣散，不知在想什么。警戒线外，村民们三三两两，议论纷纷。

回到队里，已是下午三四点钟。食堂临时赶做了一大盆子猪肉臊子面，除了小李没能从鱼塘里的那堆骨头中回过神儿来，实在吃不下外，其余人等都哧溜哧溜狼吞虎咽地吃了个饱。

案件的进展情况汇报到市局后，秦闯又带墩子和李壮去了审讯室。到了这个地步，霍大海终于崩溃了。大概是心理承受底线被突破了，他不再抵抗，基本知无不言，言无不尽。

赵小燕自从有一次在街上见了曾经的小学同学马艳艳，搭她的车去了一趟城里后，回来像变了个人。他发现，赵小燕进城的次数越来越多了，而且只要一去必买衣服、首饰或化妆品。回来后必跟他吵架，骂他窝囊废，要钱没钱，要样没样，不中看也不中吃，连老婆的衣服化妆品都买不起。他看看墙上的照片，忍了又忍。

直到有一天，他偷偷跟在赵小燕后面进了城，发现赵小燕上了一辆车。他狠狠心，抖着手摸出兜里唯一的一张百元钞票，租了辆车，跟了上去。他看到那辆车停在某个高档的消费场所门前，赵小燕下车后，被一个秃顶的老头搂着肩膀走了进去，他想跟着进去，但被保安拦住，让他出示会员卡。他颓丧着蹲坐在了台阶上。

他一气之下回了家，坐了半天，想想妻子跟着自己也确实没享啥福。女人嘛，看着别人有好衣服好化妆品，眼热心动也正常，谁还没个犯错的时候。他冷静了下来，看着院子里母亲在哄3岁的儿子玩，就跟母亲说，小燕在城里找了活，他也得出去做活，反正孩子也不吃奶了，以后就跟母亲住吧。母亲爽快地答应了。他说自己也要收拾东西出门了，母亲住在村北头的老院里，霍大海结婚时在村南头盖的新房，离得不算近。他等母亲把孩子抱回去以后，从枕头底下拿出攒了半年的钱去了街上，买了酒、卤肉和烧鸡等，又去服装店给小燕买了一件廉价风衣。到家后，他把肉和烧鸡放在冰箱里冷藏，想着等小燕回来好好劝劝她。

谁知，他抽了一夜烟，也没等到妻子回来。第二天，赵小燕终于回来了，高跟鞋踏在青石板上，如同戳在了他的心肝肺上。赵小燕进屋，闻到屋里呛人的烟味，习惯性地破口大骂。当赵小燕说出"宁可去城里当妓女也比跟着他强"的时候，他站了起来，一句话没说，直接掐住了赵小燕的脖子。赵小燕大惊，挣扎着叫骂起来，他从抽屉里掏出胶布，粘了上去。本想直接掐死她，但心里余恨未了，心想这样弄死她太便宜她了，他就用绳子一圈圈把妻子像包粽子一样缠裹起来，绑在床上。接下来的几天，他把买来的肉热热，就着酒，每天在赵小燕面前大快朵颐。直到她咽下最后一口气，他耳边仍回响着妻子对他不堪入耳的辱骂。

赵小燕死后，他干脆一不做二不休，在屋里进行了分尸，先藏到冰箱里，然后趁后半夜分批次扔进了几十里外的赵家屯南塘里。因为每次扔得很少，并未被人发现。他把现场处理完之后，就去派出所报案，说妻子失踪。警方查了许久，活不见人，死不见尸，两年过去，案子迟迟未破。

说的人有气无力，听的人汗意涔涔。小李已经被霍大海描绘的场面瘆出一身鸡皮疙瘩了。

无法想象，一个活生生的女人被丈夫封了口，裹成粽子，绑在床上几天几夜，活活饿死，是多么绝望。而在她面前一手握着油光发亮的烧鸡腿，一手端着酒杯的人，她的丈夫，那个曾经憨厚老实的男人，又该是怎样的心情。

据霍大海交代，自那以后，他每逢看到开着好车，衣着光鲜的漂亮女人，就恨得骨头疼，第一反应就是这个女人一定不要脸，该杀该剐。再后来，他和村里几个人去城里的建筑队打工，下力大，挣钱少，心里憋屈。在街上看到一些招摇过市的富婆时，遂生恶念，几个人商量后，摸清她们的行踪，进行拦路抢劫。最初他们并不杀人，只是拍下不雅视频，进行威胁，那些人碍于面子，不敢报警，就这样，频频得手。

金枝也是他们跟踪了很久才下手的，只是原本并没想杀死她。谁知，当他们骑着摩托车把金枝的宝马车逼停在路上时，金枝反抗激烈，拒不配合，掏出手机就要报警。他伸手夺过手机，金枝狠狠踢他，并拽掉了他的手套，他一脚踹倒了她，无意中碰到金枝的鞋跟。大傻和孙要鹏等几个人看到金枝长得漂亮，遂生歹意，而他，嫌弃金枝太脏，就没有参与。他们把金枝奸杀后，派大傻处理尸体，说好的埋到远处，不能被人发现。可大傻有亲戚在跑马河村，他曾跟着亲戚到过跑马河，知道芦苇荡深处人迹罕至，懒得再去远处掩埋，就把尸体抛在了跑马河。金枝的宝马车，被他们开到一处烂尾楼里，拆卸后的零件分批卖给废品收购站。

袁安娜是他们跟踪金枝时发现的。原本只想抢点钱，但他发现袁安娜跟胡德旺的关系后，对这样不正当的男女关系更是深恶痛绝。所以，从打算下手的那一刻起，他就没打算让袁安娜活着。顾忌到胡德旺，在路上逼停袁安娜的车时，前挡泥板剐蹭到车子。由于时间紧迫，他阻止了大傻和孙要鹏欲对袁安娜施暴的行为，大傻当时还很不甘心，临走又伸进头去看了看袁安娜漂亮的脸。作案后，他们没敢把袁安娜的车拆卸卖掉，就开着她的车到了徐清林的果园里，连车带人扔在那里，然后骑摩托车返回。由于天黑，加上心里也慌张，摩托车不小心又蹭到了桂花树上，只好去修车铺换了前挡泥板。

"她们都是臭不要脸的人，不要脸！都该死，不要脸就别丢人现眼，不要脸的人都该死！该死的，不要脸！"霍大海一口气连说了五遍不要脸。之后，他垂下脑袋，再不发一言。审讯结束时，夜已深了。秦闯、石队长、李壮三个人站在刑侦队门口，等墩子去取车过来。

路灯把他们的影子拉得老长老长。

上车后，墩子既是司机，也是好奇宝宝，便问："秦哥，你今天好神。听得我一愣一愣的，完全跟不上节奏。"尽管年轻，墩子也干了好几年刑警了，但还没经历过秦闯这样的办案手段，简直膜拜了。

"你今儿吃住那货的几句话，是怎么想到的？"

秦闯："你小子，怎么说话的，我啥时候吃人了？"

"就是霍大海跟金枝撕扯，金枝脚踢霍大海那一段，跟你亲眼看见了一样，你怎么会知道细节？"

"金枝告诉我的。"

墩子乜斜了他一眼，说："你是我亲哥，别逗了，金枝都死了，还告诉你？她给你托梦了？"

"死人当然会说话。"秦闯乜斜了他一眼，"你小子，以后脑子活一点，死人就会对你说话了。"

秦闯淡淡地说："你以为金枝被侵犯的物证里没有他的痕迹，指甲缝的组织也不是霍大海的，袁安娜头上的那根卷发不是他的，就能把他撇清了？那天金枝掉在麦地里的高跟鞋后跟上，有霍大海的指纹，应该是踢打时他伸手碰到留下的，他后来只擦掉了鞋面的指纹，忘了他还拽下了金枝两三寸高的鞋跟。"

原来如此！墩子腾出方向盘上的右手，冲他伸了个大拇指，说道："一个字，我服！"秦闯白了他一眼："伸出手指数数，你这几个字了？"石队长和李壮都扑哧一声笑了。

第二天，石队长说，把结案材料准备准备，要秦闯和他一起去向市局汇报。

秦闯正在办公室里埋头忙碌，有人敲门，声音很轻。秦闯觉出不是队上的人，那帮家伙每次进屋，要么长驱直入，要么拍得门框直晃。他便客气地说了声"请进"，方才扭过身来。一看，却是金枝的妈妈。秦闯愕然道："阿姨，您来了，请坐。"说着搬好凳子，转身去倒茶。

"闯……"金枝妈似乎觉出不对，又赶紧改口，"不……对不起，说错了，秦警官……不对，秦队长……"她语无伦次起来。

"阿姨，您还叫我'闯'吧，有啥事您就说吧。"秦闯说。

"我是来感谢你的，感谢你给金枝报仇雪恨，阿姨谢谢你！"

"阿姨，我是警察，我们的责任就是把犯罪分子抓捕归案，无论被害人是谁。"秦闯回答得很平静。

案子结了以后，秦闯没有参加庆功会。他给自己放了一天假，驱车回了老家。还未进门，就听见放暑假的儿子萌萌的读书声："人之初，性本善，性相近，习相远……"

看到爸爸回来，萌萌扔了书，飞跑过来搂住他的脖子挂了上去。

"爷爷奶奶呢?"秦闯把礼物集中到一只手上,腾出一只手托住了儿子。

　　"你爸在菜园里忙着呢!"母亲从厨房出来,边说边把手里刚出锅的蒸馍递了过来。蒸馍是贴着锅边的,上面有黄灿灿的微糊的锅巴,香甜十足。这个时候,他跟萌萌一样,也是母亲眼里爱吃锅巴的娃儿。

　　秦闯的脸上,写满了前所未有的踏实和满足。

第八章　网贷孽情

在侦破金枝案件的过程中，秦闯一直对金枝手机中的聊天记录有所疑惑，聊天记录显示有一个男人经常向她借钱。尽管金枝案件已经告破，但心中的疑团始终没能解开，这让秦闯坐卧难安。这天夜里，他拿出手机，翻出与金枝的聊天记录，那个微信语音还在，他没有点开，就已经听到了金枝的话：

"你们男人没有一个好东西，我辛辛苦苦挣钱为了什么？不是为了砸水漂的，我想要一个稳定的家，你能给吗？从第一次聊天你就骗我，我容易吗？干吗骗我？"

此地此景，秦闯能感受到金枝说这些话时的表情和动作，是含着抱怨、含着怒气在对一个人吼。显然，金枝不是对他吼，是对某个特定的人吼。

这个特定的人会是谁？

秦闯靠在沙发上，做冥思状，掩饰别人一眼就能看出的痛苦举止。

这个"特定的人"到底是谁？他与金枝又是什么关系？

围绕着金枝的生活圈，秦闯暗中展开了详细的调查。但是，除了调查出金枝被害前每个月都要去省城待上几天，没有走访出可疑人员。

小陈建议说："秦局长，是不是运用一下大数据？"

一旦运用大数据，金枝就没有隐私可言了。秦闯想了一下说："你亲自去跑一趟，办理好相关调取手续。"

小陈调取了金枝手机的通话记录，自联系省报的记者后，除了有几个秦闯拨入而没有接通的号码，剩下的就是龙玉泉的电话号码。从时间上显示，她跟龙玉泉联系 4 次，每次通话结束立即关机，除此之外没有发现其他的可疑号码。

调取的微信聊天记录，就不一样了。通过查看微信聊天内容，小陈随即圈定一人，这个人的微信名字叫"温柔帅哥"。7 天前，也就是金枝拿到光盘的当晚 7 时，"温柔帅哥"给金枝发了一条信息："我来了，开门。"再往前翻，都是些不堪入目的聊天内容，不言而喻，二人至少是网络情人。小陈想不通，金枝都这样了，为什么还跟秦局长走那么近？

调取的银行卡记录显示，一年来，每次打入的金额均在一万元左右，除了零星支取，就是几笔转账，两万三万不等，最大的一笔是三个月前，转账 30 万。

调取的交通部门个人出入记录显示，金枝大多往返于中兴市和省城之间，一年来没有出过省。

小陈将调取到的结果一一向秦闯作了汇报。汇报完，小陈见秦闯脸色不好看，顺口来了一句："金枝咋是这样的人呢？跟那个'温柔帅哥'……"

秦闯抬手打断他的话："她单身了，那是她的自由。微信聊天说明不了什么，我还没那么狭隘。"秦闯说完，察觉到自己确实因为金枝有网络情人的事在生闷气，于是又说："这事你不要出去乱说。"

小陈知道，秦闯这话有两层含义。一是金枝有网络情人的事，二是金枝跟他的事。小陈没有接秦闯的话头，而是问："下一步，我们该如何切入？"

秦闯说："圈定'温柔帅哥'，这个人最可疑。"秦闯说的同时在想，那晚金枝是想给这个人说话，无意中发给他了。

小陈说："已经查过，'温柔帅哥'用的是邮箱注册的微信号，该微信号的活动范围是省财经政法大学附近，其他的一无所知。不过，在他跟金枝的聊天记录里，有一次提到说他得考试，不然得补考，让金枝在那几天不要去找他。"

秦闯问："'温柔帅哥'是个学生？"

小陈说："应该是。"

联想到金枝婚姻的不幸，她跟"温柔帅哥"的不正常交往也就顺理成章了。秦闯叹息一声说："他们二人的私生活咱管不着，但是假若'温柔帅哥'是勒索龙玉泉的人，我们就绝对不能让他逍遥法外。"

小陈问："从哪里查起？"

秦闯说："你把你的微信名换成女性化的，加他好友。"

小陈说："你想钓他。不行不行，我的女朋友在里面，换成那种名，她非怼我不可。我还是再申请一个吧！"

秦闯说："不行，新申请的号不逼真，万一他有所防范，不加好友怎么办？"

小陈说："那将来，我女朋友问起时，你得给我做证。"

秦闯说："不但做证，还请你们的客。"

小陈拿出手机，很快操作完成，十分钟后，对方加了"她"。

秦闯一听对方已经同意添加，提醒小陈说："你现在的身份是一名大一女学生，想找兼职，注意不要穿帮。我跟领导们汇报一下，咱尽早去省城。"

领导们听了秦闯对案情的分析，同意他们去省城展开调查。两天后，秦闯和小陈带着两名公安人员奔赴省城。

张月梅的同学黄春玲遇到麻烦事了。

春玲家在农村，进入大学校门后，看到同学们的穿戴都很时尚，羡慕的同时又心生自卑。一天，春玲无意中看到校园内张贴的"超前消费，分期还贷"的小广告，她的虚荣心不觉膨胀，想购买一台苹果手机。她算了一下，一台苹果手机6000元，分期12个月每月才500元，分24个月每月才300元，自己完全能够承担得起。于是就注册了一个"贷款购手机"的账户，办完贷款购机手续后，手机很快拿到了手，这让春玲兴奋了很长时间。但是好景不长，没过多少天，网贷平台客服人员打电话给春玲，说她的贷款严重逾期，还要交滞纳金，一算吓一跳，借款本金6000元，还款额度已达12000元。春玲急了，催促刚回老家的月梅快回学校，帮助她想办法。

月梅嘴碎，她说："是不是中了黑道的高利贷，哪有这么高的利息，你算一下，年利息接近30%。咱不能吃这个亏，咱找他们谈判，要求取消这次贷款。否则的话，咱告他们，告他们欺诈勒索，让他们坐牢，看他们怕不怕。他们一怕，会乖乖地和平解决。"

春玲摇摇头，哭了起来。

月梅说："就知道哭，哭解决不了问题，咱得给他们来硬的。真不行，报警，直接将他们关起来。"

春玲抽泣着说："这是网贷，是谁我都不知道，签的有合同。"

月梅说："那好办，谁来问你要钱，咱就盯着谁。暗中拍下他的样子，他就是跑到天边，也能抓到这个骗子。"

春玲说："你别说了，我都怕死了。"

月梅说："怕这些恶人干什么？我们这是正当防卫。"

春玲说："我不想把事儿闹大，让你这么急回来，就是让你帮我想办法，赶紧凑钱，把钱还给他们算了。"

月梅说："咱哪来那么钱？除非借，要么告诉家里，求家里把钱打过来。"

春玲说："我不能告诉家里，父亲会打飞我的。我还有个弟弟，14岁，要不是我考上了大学，他们说什么也不会让我继续学习。"

月梅说："这可怎么办？"她想了一下，又说："就是我让家里打钱，一次也不敢要这么多。要不，你还是听我的，报警！"

春玲说："你没回来时，我在网上查过，年利息超过24%不受法律保护，我看还是我们自己想办法吧！"

月梅说："天下这么大，难道没有说理的地方了？"

春玲说："明天帮我贴个小广告，先将手机卖了，没用多长时间，能卖个四五千，至少也得给半价。我再找同学们借些，你也帮我借些，我想即便是凑不够，也差不多少，先还多少是多少。"

月梅说："若是差6000元呢？再过一段时间还是12000元，你的脑子让驴踢了。"

两人商量了半天，也没有想出凑够12000元的办法。同宿舍的小雪在外面租了房子；小芹正谈男朋友，常常回来很晚，有时还不回来住；另一个女同学是当地的，逢阴天下雨时才住校。

宿舍里只有她们两个人，没有其他人可以商量。

月梅说："睡吧！活人不能让尿憋死，明天或许就能想出办法。"两人又说了几句后，关了灯各自睡下。

月梅刚睡着，就被春玲晃醒。月梅迷迷糊糊睁开眼，灯光下春玲双眼流泪，光着身子站在她身边。月梅吓了一跳，忙坐了起来，问："怎么了？是不是做噩梦了，快进我的被窝。"

春玲转动身子，问道："月梅，我漂亮不？身材好看不？"

月梅笑了："叫我起来，就是让我看你的身材，不害臊，我也有，不稀罕!"

春玲说："男人稀罕不？"

月梅拉过春玲坐到床沿上，说："稀罕，稀罕得不得了，口水都从嘴角流到地上了。"

春玲说："你帮我找个男的，我将初夜给他，不还价，我要一个整数。"

月梅忙捂春玲的嘴："你疯了！拿自己的身体当资本，万一传出去了，你人丢大了。"

春玲惨笑着大哭："这算丢人？一点儿也不算。你不懂。"

月梅拉着春玲的手按在自己胸前，说："你摸摸，我也是女人呀，我能不懂？"

春玲势顺趴到月梅怀里，哭声悲痛欲绝。月梅拍着她的背说："咱不哭，才一万多块钱，算个啥啊！值得你这样吗？"

春玲直起腰，从桌上拿起手机，打开一张图片，举到月梅面前："看看这个，你就明白值不值得了。"

月梅接过手机，里面有张裸照，是一丝不挂的春玲，再看，春玲手里拿着自己的身份证。月梅不懂什么意思，抬起头迷惑地看着春玲。

春玲说："我是用这个做抵押才贷出的钱。他们警告我，再不还钱，就放到网上曝光。他们要是放到网上，到那时，我就是走到天边，也会被人认出。你说说我还如何活下去？找个男人，把初夜给他，这又算得了什么呢？"

月梅睁大双眼，说不出话来。

春玲又说："你不替我从中搭线，难道让我见一个男人就问：'大哥，初夜一万，保处，干不？'你把风放出去，就说有人要卖，剩下的事我来谈。月梅，这次你一定得帮我这个忙。"

月梅被春玲的另类想法吓呆了。她不说帮，也不说不帮。她拉住春玲，让春玲跟她睡一张床，劝春玲早些睡，有事明天再说。

春玲睡着了，月梅睁着眼，睁了一夜。

第二天，月梅装模作样地说："我出去转转。"其实她不想看，也不敢看春玲双眼里流出的无助。

秦闯赶到省城后，在省财经政法大学附近的城中村大胖村找了一个家庭宾馆入住。大胖村人口来源复杂，附近有三四所高校，家庭经济条件好的学生，就在大胖村租间房子，吃住一体。另外，大胖村离市中心近，坐公交车十几分钟就能赶到汽车站和火车站，深受一些中等收入的打工者青睐，于是长期在这里租住房子。村里饭店、商铺林立，商贩的叫卖声不绝于耳，特别是晚上，村中道路人来人往、熙熙攘攘，热闹非凡。

秦闯他们办好入住手续后，来到街上熟悉环境，顺便在夜市摊吃饭。小陈在微信朋友圈发了一条状态：他妈的，烦透了，想吃最辣最麻的小龙虾，弄几瓶啤酒将自己灌醉。

小陈说："这个最应景，我女朋友问起来，我也好解释。"

几分钟后，他们找了一家烧烤摊坐下。小陈开始联系"温柔帅哥"，准确来说，是微信名叫"我的微笑有你看不懂的悲伤"的女孩联系"温柔帅哥"。网名是小陈的杰作，他说："这个网名，能触动男人的心，又不张扬。"

我的微笑有你看不懂的悲伤：在吗？

温柔帅哥：在呀，小宝贝！

小陈说："快看，他说话了。我们该怎么回？"

秦闯说："第一次回复很重要，得抓住他的好奇心。"

几个人聚在一起，商量了几句，小陈在界面上操作。

我的微笑有你看不懂的悲伤：讨厌！你好坏呀！

温柔帅哥：哥哥的坏，有你满足的好。

小陈说："真把老子当成女的了。"

秦闯说："你现在就是女的，在执行任务。"另两个同事看着小陈傻笑。秦闯回过头说："你们别光笑，想想如何回复。"

姓刘的同事忙低头，姓张的同事说："按我的想法，直接点明主题，看他如何反应。"

小陈看到秦闯没有反对，低头开始操作。

我的微笑有你看不懂的悲伤：看到我的朋友圈没，想找个帅哥陪，有空吗？

温柔帅哥：有空没空，那要看在什么地方。

小张说："怎么又往那方面扯，咱得拉回来。"

小陈问："怎么拉？"

小张说："就说你跟男朋友分手了。"

小陈瞪了小张一眼，小张忙改口："我的意思是说，手机里的她跟男朋友分手了。"

小刘挖苦说："还分手哩，土死了，那叫劈腿。"

小陈将手机往前一推，对小刘说："你写，大家通一遍，再按发送。"

小刘也不客气，快速打出一句话，大家看了看，觉得挺好，就点了发送。

我的微笑有你看不懂的悲伤：男朋友给我劈腿了，你还拿我开涮。真没劲！

温柔帅哥：小妹妹如何称呼？

小刘说："这家伙不上道，问女孩姓名干什么？"

秦闯说："随便编个假名字，套套他的真名。"

几个人互相望了望。

秦闯说："这还用想？就叫夏雪红。"

小刘开始输字，输完，点了发送。

我的微笑有你看不懂的悲伤：夏雪红，帅哥呢，叫啥？

温柔帅哥：夏天有雪吗？

三人看着秦闯哧哧地笑。

秦闯低声骂了一句："这家伙是啥脑子，会聊天不？"

小张说："你们发现没有，他一直在堵咱们的话，这家伙是个老手。"

小刘说："要是有个女的就好了，咱几个大老爷们商量半天，还不如人家女人瞟一眼来得快。"

秦闯说："不是没有女的嘛，快些想如何回复。"

小陈问："下雪时，什么花是红色？"

小刘说："海棠呀！"

小陈说："这样回复好不，'你的智商真低，下雪天的红海棠，懂不？'"

秦闯说："就这样回。"

小刘忙操作，点发送。

我的微笑有你看不懂的悲伤：你的智商真低，下雪天的红海棠，懂不？

温柔帅哥：挺有诗意的。

秦闯说："不能跟他这么聊，咱回复太慢，现在的女孩聊起天来打字神速。不能让他看出咱是假冒的生瓜。"

小张说："那就回复他，不跟他聊了，找地方吃小龙虾了。"

小刘说："你就知道找地方吃小龙虾，那叫找地方嗨！"小刘说着，在手机上快速打字，打好后，念给大家听。大家说就这么着吧。小刘点了发送。

我的微笑有你看不懂的悲伤：不跟你聊了，我找地方嗨去了。

温柔帅哥：看不出你有多伤心。

小张说："看看，咱不跟他聊了，他还上劲了。"

小陈说："这哪是上劲啊，分明是对方看出了问题。"

秦闯说："先甭理他，咱吃饭，晾晾他。"

秦闯的话音刚落，一个脑袋伸了过来，双眼盯住秦闯的脸，眼珠子滴溜乱转。

"你不说话，我还不敢认你哩！"来人说着上下打量秦闯，"你没长翅膀呀，怎么飞这么远？我想起来了，你是不是还惦记着那顿饭，专程跑来请我？不对不对，你应该事先给我打电话邀请才对，在这里背着我吃烧烤，说明你根本没有把那顿饭放在心上。是不是，舅舅？"

秦闯的脑袋先是往后闪了一下，认出她是月梅后，忙站了起来："哎，月梅，你不在学校待着，跑出来干什么？坐，快坐下！"

"我能掐会算，知道你在这里，于是就来了。"

秦闯内心升腾起一种巨大的喜悦，月梅来得太及时了，是对付"温柔帅哥"的一把好刀。他优雅地一笑，说："我正发愁如何联系你呢，急得头上直冒火，只见你手托日月、头顶蓝天、脚踩大地……"秦闯卡壳了，想不起第一次跟月梅见面时，她那些怪词是如何说的。

"一阵霹雳闪电、飞云走沙、白雾弥漫、天下无敌的外甥女驾到。"月梅夸张地补充。

秦闯双手鼓着掌说："对对对，我想说的，就是这些话。"

月梅将脸一扭，说："切，给个梯子你就上呀！在我面前拽词，幼稚！"

秦闯指着月梅对小陈他们说："看到没有，你们可得招待好她，她可是咱的宝贝呀，从天而降。"说话间特意瞟了小陈一眼。

小陈他们一开始傻着眼，不明白怎么回事，听出月梅是秦闯的外甥女以后，立即对月梅热情起来，又是倒水，又是让老板加筷子。小陈更是眼明心亮，明白秦闯的意思，准备让她当"饵"。

月梅抿嘴一笑，一一对他们点头，点完头问秦闯："舅舅，这都如何称呼？"

秦闯不能将实底向月梅抖出，说："这是小陈，跟我一起来省城办事，这位是张老板，这位是刘老板，我在省城的好兄弟，他们听说我和小陈来了，非要见面聚聚。你就叫他们陈舅舅、张舅舅、刘舅舅好了。"

张、刘二人刚从警校毕业，比月梅没大多少，忙站起来对月梅说："叫哥就行，叫舅舅有点儿那个……"

月梅将手一挥，说："都叫舅舅，舅舅的兄弟，我不能乱了辈分。"说着做了一个鬼脸，又对秦闯说："又不是天天叫，只是称呼。对不对，舅舅？"

秦闯听得出来，月梅在给他打哑谜，意思是我喊你舅舅是有原因的，喊他们舅舅只是给面子。秦闯假装没有听懂，笑着对小陈说："让夜市老板再加两个拿手的硬菜。"

一听要加两个硬菜，月梅眼珠一转："我有一个女同学，我们玩得最好，她还没吃饭，要不，请她也过来？"

秦闯说："好呀！快让她过来。"

月梅站起来给黄春玲打电话。

秦闯小声对小陈他们说："看到没有，我们'钓人'

有了帮手。小刘、小张，一旦有行动，你们负责外围，同时保护月梅和她同学的安全。我和小陈见机行事。"三人同时点头。

月梅打完电话，回到桌上，对小刘和小张突然热情起来，先问小刘做什么生意，又问小张一年能挣多少钱；问小刘有女朋友没有，问小张结婚没有。二人不明白月梅问这干什么，只好临时瞎编。不过二人没有女朋友倒是真的。

月梅问完，摊开底牌："刘舅舅和张舅舅都没有女朋友，这太好了，我想给你们其中的一位牵姻缘。待会我的女同学来了，你们来个当面相亲。她叫黄春玲，貌美如花，人间仙女。你们二人相中了，不要争，下一环节，得看我的女同学选择谁，选中了谁，谁牵手回家。她为什么要急着嫁人呢？我先给你们透个底，春玲只因家庭贫寒，面临辍学，需要资金资助完成学业。我先声明，后面的事，我不管了，你们自己谈，愿打愿挨是你们的事。OK？"

秦闯说："不就一起吃个饭嘛，你还弄出个花花来。"

月梅说："舅舅你别插话，这叫成人之美，又救春玲于火热之中。"

秦闯说："就你鬼点子多，不把精力放在学习上，胡乱干什么拉郎配。"

"婚姻自由，我只是点到为止。"月梅说到这里，扑哧笑了，又夸张说，"春玲美呀，那身材没法说。二位把握好机会，机会一旦错过，终生后悔。机会，永远不会有第二次。"

秦闯觉得月梅疯过头了，用筷子敲着桌子说："在座的都是你的舅舅，说话能不能淑女一些?"

月梅一伸舌头，说："舅舅，我跟你有代沟。"

说话间，春玲来了，还特意化了淡妆。只见她款款而来，甚是漂亮，众人看傻了眼。月梅拉住春玲的手，引到刘、张二人中间坐下。月梅回到自己的座位上，搓搓双手，看了秦闯一眼说："我的女闺密赛天仙，黄春玲。"接着她指着秦闯和小陈向春玲介绍："这两位是我的舅舅，你身边坐的两位是……是刘老板和张老板。"说着扭脸问秦闯："我说得对吧?"

秦闯说："大家都不必客气，相聚就是缘分。"

小刘和小张对月梅的话当了真，见春玲相貌出众，落落大方，不觉动了心。吃饭间一个敬水，一个递纸巾，弄得春玲不知所措，春玲只好用假笑来掩饰内心的紧张和不安。

他们那边嬉闹，秦闯不单单装作没看见，他还在琢磨接下来如何跟"温柔帅哥"斗智的事。

大家说得正欢，月梅突然叫道："停停停，你们几个大老爷们真不知道体贴女生，特别是两位老板，就知道偷看春玲，咋不知道给春玲买些女生们喜欢喝的?"月梅这么一说，小刘忙站起来说："我去买。"

月梅也快速站起，走到春玲身边，附耳几句后，向走出几步远的小刘喊道："刘老板别急，你不知道春玲喜欢喝什么，让春玲陪你去挑。"说着揽起春玲，往小刘的方向一推。

春玲走之前，回头看了月梅一眼。月梅举起拳头，向她顿了顿。月梅回到座位上，人忽然没了精神，望着春玲消失的方向，满眼含泪。

秦闯忙递上纸巾，问道："吃得好好的，怎么流泪了？"

秦闯不问还好，一问，月梅伏在桌上失声痛哭。秦闯、小陈、小张三人相互望了望，都感到纳闷，吃得正开心，怎么说哭就哭？

一离开秦闯他们的视线，春玲抓住小刘的手，说："跟我来。"小刘　阵幸福，也抓紧了春玲的手。春玲走得很快，小刘也不问春玲要带他去哪里，一直跟着，拐过几条小巷后，热闹的街面消失在身后。

在一处僻静地，春玲停住，扑到小刘怀里，小刘吓了一跳。春玲哭着说："刘老板救救我。"说着双膝跪地，双手紧紧抱住小刘的腿。

秦闯接到电话时，月梅的情绪刚刚稳定。刚才问她因为什么流泪，她什么也不说，此时像是把火撒到菜上，不停地往嘴里塞。秦闯边接电话，边看着月梅猛吃。电话通了有 5 分钟，挂了电话，他将小陈叫到一边，交代了几句。随后小陈和小张快速离开。

秦闯不喜欢喝酒，此时他想喝。他让夜市老板提过来两瓶啤酒，打开一瓶，给自己倒了一杯，也给月梅倒了一杯。

"月梅，陪'代沟'喝杯啤酒。"

"什么代沟，人家心里烦死了，你提什么破代沟。"月梅说着，端起酒杯，一饮而尽，然后将空杯往桌上一戳，说，"代沟，倒上。"

秦闯说："喝啤酒得品，慢慢品才能品出里面的麦芽香。像你这么喝，只有啤酒花的苦味。"秦闯说着，给月梅倒了一杯。

"啤酒应该这样喝，喝半口，咽下后，不要出气，微微张嘴，慢慢吸气，这时你的味蕾会感觉到一股淡淡的香味，这种就是麦芽香。来，跟我学。"

月梅模仿秦闯的样子，喝了半口，咽后慢慢吸气，果然嘴里有股淡淡的清香。月梅说："果然很神奇！"

秦闯说："干什么事，都不要急，急了反而会添乱。"

月梅说："这是你喝啤酒喝出的道理?"

秦闯笑笑说："不说这个，说说你们学校的趣事。"

一说起学校的事，月梅像脱缰的马撒起欢来。月梅说，秦闯听。月梅说到开心处，秦闯举杯邀碰。不觉间

月梅大醉，第二天昏昏沉沉睡了一天，直到晚上才清醒过来。

原来，"温柔帅哥"叫郝士居，也是一名大学生，这天，郝士居走到省财经政法大学门口南边的书吧亭，脑海里充满一年前他在这里遇到金枝的情境。

那天，金枝坐在长椅上，手握手机正来回地晃，于是他也晃。好友加上了，她的网名叫"含着泪微笑"。

他走到她背后的长椅上，与她背对背而坐，中间隔着共同的靠背。他给她发了一个笑脸，她回复了一个笑脸，于是二人开始聊天。

温柔帅哥：嗨！你的网名很有个性。其实每个人的微笑背后都有故事，或喜或悲。选这句话当网名，想必你一定有一段让人心酸的往事，且又不想让人知道。把泪压在心里，把情压在泪里，这春暖花开的季节，难道还化解不了你的忧伤？

她被这段长长的开场白吸引了。

含着泪微笑：你是学生吗？

温柔帅哥：我是大二学生，中文系的，算是在校的成年人吧！苔花如米小，也学牡丹开。请多多关照。

她被这句话逗乐了。

两人就这样聊了一个小时。中间还彼此发了照片，他很帅，正如他的网名；他说话很体贴，正如他的网名。

含着泪微笑：能见见真实的你吗?

温柔帅哥：你抬头就能碰到。

她抬起头，头撞到后面探出的脑袋上，她"啊"了一声，忙回头。

"我就说嘛，你一抬头就能碰到。"

她捶打他的肩膀，说他耍赖。他说："那就让耍赖的请客吧!"

当天他们走进了饭店，一个星期后他们如一对情侣，一个月后他们成了真的情侣。

为了维持开销，他用了校园贷。借款、还款、再借款，他无法偿还，就骗她，说考托福需要钱。她信以为真，要一万她给一万，要两万她给两万。有了钱，他并没有用来偿还校园贷，而是用于个人消费，换手机，买游戏装备。平台通知他，让他偿还 30 万欠款时，他跪在她面前请求帮助，她不同意。他哭着说他再也不敢了，以后一辈子待她好。她心软，答应了他。以后她改了网名，叫盼归。

30 万元他只还了一半欠款。另一半他打着"超前消费，分期还贷"的名义组织起了一支具有传销性质的团伙。可他获得的回报，远远抵不了他先前的贷款还款额。

他对那伙人提出抗议，要求双方和平相处。对方拒绝，说除非还清所有欠款。于是，他回到中兴市找金枝，意外发现了那个光盘，可只看到了子盘，他决定敲诈。

金枝不同意，他便趁金枝不备，一拳打在了她的头上。她眼前一黑，晕了过去。他在金枝手机里找到了龙玉泉的电话，以给对方光盘为借口实施敲诈。金枝醒来后，非常后悔在网上交友，想不到郝士居就是一个渣男。同时又考虑到他是一个学生，又陪了自己很长时间，心地善良的她也就自认倒霉，没再追究，发誓永不再与他联系。

那天，一拿到钱，他便离开了中兴市，回到了省城。回来后，他就后悔了。他在想，金枝伤得应该不太重，她醒来后会不会报警，如果有人发现他以她的名义勒索钱财，警察会通过什么方式追踪到他。他与她几乎没有用电话联系过，通过电话号码绝对查不到他。最有可能找到他的方式是通过微信。想到这里，为了确保安全，他将她从微信里删除，同时也将她的电话号码拉入黑名单。

他删除她不到半天，一个网名叫"我的微笑有你看不懂的悲伤"的人，申请加好友。

这个人是谁？是她吗？难道她恢复了过去的网名，不再叫"盼归"？

他通过了添加好友申请。

他看到了她发的朋友圈。

他收到"在吗"二字时，既怀疑是她，又怀疑非她，这不是她的聊天风格。他问小妹妹如何称呼，而对方回夏雪红时，他十分确定不是她。看来自己是被警察盯上了。他感到一阵恐惧，下楼，买了两个菜，一瓶白酒。

他边喝酒边思考去哪里最安全。

一个小时以后，他有点儿醉了，正准备上床，收到了"她"的微信。对方说："头晕。"

他很生气，觉得警察骗人的技术含量太低了，便直接回复："我智商低，夏雪红。"

"低了好，骗不了我。"

他决定玩弄警察一把，回复说："我好怕哦!"

"怕我个啥?"

"怕你骗我呀!"

"那你就让我骗一回呗!"

"你想骗我啥?"

"你教训他一顿，给我出出气，等我毕业了，我嫁给你。"

"你是学生?"

"咋了，我财政的。"

"几年级?"

"问这干啥?"

"黄大光认识不?"

"教新史的黄大秃，说话快了结巴。"

"教新概的，那个女老师，我记得叫什么着来?"

"李毓敏。"

"她可有意思，有一次拉男生的手，非要跟他亲热。"

"不是，是拉一个女生的手，呵呵！"

"是处那种关系吧？"

"两个女人……想起来就恶心。"

"提起那种事，我有些小激动。"

"？？"

"下面的，你懂！"

"你坏！"

聊到这里，他发觉自己想多了，这个人不是警察，也不是她，而是财政学生夏雪红。但是，聊得正热乎，他不甘心错过这个机会，就随手点了一个 66 元的红包发出。

"给学妹一个道歉礼！"

对方收了红包，立刻给他发了一个飞吻。"谢谢帅哥。你也是财政的？"

"不然叫你学妹干什么？"

"哇，我亏大了。"

"亏什么了？"

"认识你晚了呗！"

"确实晚了，要不然我一会儿去找你，给你送一瓶醒酒饮料。"

"这不好吧，我已经到宿舍了。我刚才的意思是早些认识你就好了，害得我一个人喝那么多酒。"

"头还晕吗？"

"还有一点儿晕，比刚才好多了。"

"我准备吃些东西，要不一起去？你吃些消夜，会好一些。"

"现在吗？"

"嗯！"

"那好吧！在哪见？"

"我去接你吧！"

"好！门口南边的书吧亭见。"

临走时，他将两片药放入口袋，一白一灰。他知道第一次上床必须俘虏她的全部感觉，既让她求生，又让她求死。做到了，她就会为他付出一切。

夏雪红还没有到，郝士居扫视四周，周围很静，他寻找一处铺有阴影的椅子坐下。他的视线可以看到50米以外的动静，身后是一堵墙，能看到行人，而不被行人看到，他觉得这足够好了。

他将目光转向政法财经大学门口，有人在进进出出。他在想，她会是一个什么样的女人？眼下正需要一个女人拉下线，收服了她，她就能以个人名义"接单"，签订虚假借条，逼迫借款人"洗单子"。

手机在他手里震了一下，他拿起来看。

"好哥哥，我去不成了，隔壁女孩找我有事。"

他有些生气，回复说："说好的，怎么不讲信用？"

"抱抱好哥哥，明天晚上咱一醉方休。"

看来只好如此了，他回复说："夏，明晚见。"

"好的，好的。有哥哥真好。"

他骂了一句："明天晚上，让你在床上叫哥哥好！"

他觉得十分扫兴，站了起来，朝南走。在拐角处，他被三个男人按倒在地。站起来时，他说了一句话："我鬼迷心窍，干吗跟陌生的女人网络聊天。"

在拘留所，秦闯将金枝的照片放在郝士居面前。郝士居瞟了一眼，问："她死了？"

秦闯说："你觉得呢？"

郝士居："她死了。"

秦闯说："她活着，跟你一样被关着！说说那80万是怎么回事？"

郝士居供述了诈骗全过程，在笔录上签字按完指印后，秦闯又问了第二个问题："说说你使用校园贷被骗的事。"

提起自己被骗的事，郝士居一脸愤怒，比供述诈骗过程来得利索，揭发了校园贷团伙成员。郝士居在笔录上签字按完指印后的第二天，在当地派出所的配合下，秦闯他们破了延续两年多的校园网络诈骗贷款案。

三天后，秦闯一行再次提审郝士居，问他裸贷的事。郝士居对正在实施的"裸持"贷款如实供认。

对于那天夜里发生的事，月梅追问春玲，春玲说："小刘拯救了我，我毕业后的第一件事是嫁给他。"

月梅问："这么说，你们在一起了？"

春玲说："他让我帮他跟一个男人聊天。"

月梅问："我是问，你们在一起了？"

春玲说："是呀，在一起帮他聊天。"

月梅问："后来呢？"

春玲说："后来我去找你，你喝醉了，我就送你回了学校。"

月梅说："我是说钱的事。"

春玲说："什么钱的事，我不明白你在说什么。"

月梅说："你不明白？"

春玲说："我不明白。"

月梅说："你光身子拍照的事，你也忘了？"

春玲说："我什么时候光身子拍过照？"

月梅说："怪了，怪了，我脑子里简直就是一团乱麻，分不清楚是醉酒前发生的事还是醉酒后，难道是喝醉时出现了时隐时现的幻觉？"

春玲说："有可能。"

说完，春玲闭上眼，想象着洁白的还没有人走过的雪地，想象着一望无际的草原，想象着黄昏时火红的天空，想象着春暖花开……她似乎闻到生活的芳香，一切都是那么美好。

她由衷地感谢秦闯和小刘。几天前，她有幸随同小刘参加了金枝的葬礼。

在金枝的墓碑前，秦闯对金枝说了很多，如何跟金枝相识，如何跟金枝聊天，如何抓捕伤害她的人。

最后，他说："有些话，还是删除了好。就像删除聊天记录，时间久了，也就记不得自己跟什么人聊过什么。"

说完，转过身子，他对小刘和春玲说："你们也一样，过往的事，还是忘记了好。过生活，过的是未来。过去的事，任何人提及，都是不存在的。"

第九章　为民请命

2017 年 7 月，根据从上而下司法改革的要求，中兴市法院正在进行员额制法官改革。此时，需要一位工作能力突出又具有深厚法律专业素养的正县级干部到法院任职，而符合以上条件的干部，在中兴市并不多。在张庄煤矿案件处置中受处分的原政法委综治办主任，现任新区公安局副局长的秦闯不仅能力突出，政法工作履历丰富，又在中原大学进修法律专业后，自学考取了法律职业资格证。安民书记由于工作出色，被中原省委重用为中兴市委副书记，但由于政法系统改革处于"攻坚期"，政法委书记一职仍由安民副书记兼任。于是，在市委副书记、政法委书记安民同志的力荐下，通过提请中兴市人大常委会任命，秦闯成了中兴市中级人民法院副院长，行政级别也升为正处级。

在新一轮司法体制改革中，中央将完善司法人员分类管理、完善司法责任制、健全司法人员职业保障制度、

推动省以下地方检察院法院人财物统一管理作为改革的
"四梁八柱"，而法官员额制改革是法院改革的关键一步，
任务艰巨繁重。今年 53 岁的中兴市中级人民法院院长李
平顺已经在院长的位子上待了 9 年，马上面临岗位轮换，
求稳怕乱的思想多少有些阻碍中兴市法院司法改革的脚
步，因工作滞后多次被中原省深化司法改革领导小组内
部点名通报。此时让秦闯担任中级人民法院副院长，正
是安民书记了解秦闯能力突出、敢闯敢干的闯劲，秦闯
自然被赋予厚望。在任前谈话中，安民书记深情地说道：
"老秦，咱私下讲，让你去中级人民法院任职，我是顶着
很大压力的。机构改革后很多干部遗留问题都没有解决，
法院副院长的位子很多人都在盯着，我向市委打包票只
有你才能够胜任。到了法院，可不是让老弟去享福去了，
那是去吃'烫子'去了，要当'勤院长'，更要当'闯院
长'，为中兴市司法改革进程闯出一条路子。"

　　秦闯在中兴市中级人民法院任职副院长后，同时兼
任中兴市法院司法改革领导小组第一副组长。刚一上任，
秦闯便发现在员额制法官改革中，存在着重重困难，例
如入额法官的选拔标准怎么来定？如果一下子打破论资
排辈会不会出现审判人员青黄不接，甚至出现老资格法
官撂挑子的情况？各个岗位人员如何分配？刚刚上任，
这些可能出现的不稳定因素让秦闯简直喘不过来气。改
革方案一改再改，迟迟不能落地。由于工作进展不太顺

利，秦闯的烟瘾越来越大。尽管每次单位组织体检，医生都告诉他不能再熬夜、抽烟和喝酒了，身体的血脂已经超过了警戒值，但每当想戒烟戒酒时，秦闯都很难和打了几十年交道的两个"老伙计"决裂。据中兴市法院经常给秦闯打扫办公室卫生的书记员小李说："秦院长的房间什么花草都养不住，绿萝都被他的烟味给熏死了。"

在没日没夜的烟雾缭绕中，经过近一个月的酝酿，中兴市中级人民法院改革方案最终落地，在安民书记的支持下，中兴市法院坚持业绩导向，不搞论资排辈、迁就照顾，以最接近审判实际、最符合审判规则的方式现场模拟考试，严格考核和考评，有效确保了最优秀的法官入额。

在员额制法官改革过程中，难免会触及一些老法官的切身利益。中兴市中级人民法院下面的主要审判庭室为民一、民二、民三庭和刑一、刑二、刑三庭，对于大多数法院来讲，民事庭业务相对比较繁重，在秦闯主刀的机构改革中，民一、民二、民三庭予以全部保留，但是民三庭由于审判压力较轻，入额法官名额比其他两个民事庭要少。民三庭庭长宋耀东是一位老资格，对秦闯主刀的改革工作颇为不满，主要是觉得自己的民三庭在改革中人员大为削弱。老宋多次找李平顺院长反映，李院长嘴上答应老宋，实际上也理解秦闯的难处，没有向秦闯表示过什么，老宋反倒觉得院长都同意了，你个副院长还对着干，就是针对我老宋，一气之下撂挑子不干了，请了一个月病假。秦闯觉得老宋这个问题不能忽视，表面上看是老宋一个人的情绪，实际上是几十个"老宋"的不满，但这种工作推进又夹杂人际关系的事情，对于刚当警察那会儿的秦闯可能还会觉得是个难题，但在政法系统摸爬滚打这么多年，这些事情早就是小菜一碟。秦闯分析，老宋的优点是为人正直、业务精通，缺点是护犊子、爱面子、耍性子，大家都知道老宋是装病，秦闯心里也是明镜一样，但是大家都在看秦闯接下来怎么办，处理得好，大家心服口服；处理不好，等着看笑话。

宋耀东请假的第一天，秦闯自己开车买了牛奶、糕点、鸡蛋、水果去老宋家里"例行"看望，说道："老宋，你这一生病可给我出了大难题，我刚刚到咱法院工作，很多业务还不熟练，老哥你得赶紧好起来，回民三庭主持工作呀。"

宋耀东听到秦闯如此说，虽然心里有点得意，但也没给秦闯面子："秦院长，你年富力强，法院缺了谁都一样，特别是我年纪也大了，这次又病了，医生交代得在家多养养，工作上的事就顾不上了。况且秦院长手里拿着尚方宝剑，等考评一过也是入额法官，啥案子都能审。"老宋一顿夹枪带棒，丝毫没给秦闯面子，秦闯也丝毫不生气。

法院这边，老宋在民三庭的"部下"也适时找秦闯发难，表示现在民三庭群龙无首，案件没法运转了，有些案件拖不得，年底还会影响到群众对政法机关的满意度评价。秦闯看到时机差不多了，就找李平顺院长汇报说："李院长，我来院里时间也短，这次你力主我入额，我主管民事庭，也想在审判庭历练一下，民三的老宋我去看了，确实病得重，民三的案件现在出现了积压，我想去民三蹲一段时间。"

　　李平顺院长是个"老江湖"，一方面确实想让秦闯在民事庭历练一下，另一方面也想通过此事看看秦闯的本事，就说："秦院长，你看你刚来咱中兴院，就推进了司法改革的难题，这个老宋确实不像话，你先代理民三庭一段时间，到时不行就把老宋这个庭长拿了。"

　　凭着丰富的工作经验，案件积压问题很快便被秦闯解决了。宋耀东本想给秦闯点颜色看看，没想到秦闯竟然挂了个民三庭的庭长，颇有偷鸡不成蚀把米的感觉，思来想去觉得面子上挂不住，但又没法回去。看着秦闯的工作越来越有条理，宋耀东的心里反而越来越没底了。

　　宋耀东请假满一个月就来上班了，就待在中兴院办公室，死活不去民三庭。无论李平顺院长如何劝说，宋耀东都坚持表示自己已经被免职了，成闲人了。从周一到周三整整三天，秦闯也没去找过宋耀东。老宋心里也是恨透了秦闯，就待在院办哪里也不去，事情一直僵持到周四院例会，全体人员都参加，轮到秦闯安排近期分管工作，他突然在会上说："我虽然也是一名老政法，但从没有在法院干过，我挂职这一个多月的民三庭庭长，实在是觉得民三庭并不轻松，案件没有头绪，出现了积压。在这里，我要感谢老宋，他抱病在家，但在背后大力支持指导我的工作，几乎是手把手地教，这才有了这一个多月的工作成效。"

听到副院长如此夸赞老宋，很多人不由自主地回过头瞥一眼老宋，而此时坐在会议室最后一排的老宋面红耳赤。宋耀东虽然是个爱耍性子的人，但为人正直，此番秦闯如此公开"道歉"，他对自己此前的所作所为，心里反倒有些过意不去了。

当晚，秦闯安排了一顿"赔罪酒"，第一个邀请老宋，作陪的都是民三庭的骨干，老宋也就"半推半就"地去了。酒过三巡，秦闯和宋耀东两人称兄道弟，握手言和。

自此以后，老宋称呼秦闯老秦，老秦称呼宋耀东依旧是老宋，中兴市法院在改革中形成的"意见联盟"也土崩瓦解了，相关改革经验还在中原省法制报上头版刊登，安民书记整整在报纸上写了6行字的批示，秦闯在中兴市法院树立了权威。

秦闯在成为入额法官之后，凭着丰富的调解工作经验和办案技巧，在他的参与或主导下，很多棘手的民事案件都能够实现庭前调解。李平顺院长在中兴市中级人民法院工作满10年，按照规定去外地交流轮换了。省高院新下派的张清超院长对秦闯十分器重，秦闯在张清超院长的支持下，和中兴市司法局联合在中兴市中级人民法院和各基层法院试点建立了"家事调解委员会"和"经济案件庭前调解委员会"，聘请退休老干部、老乡贤、退休法律工作者担任特约调解员，大大减轻了民事法庭的案件审判负担。秦闯也经常和这些资深法律工作者聊天，感觉到法律服务领域真是广阔天地、大有可为，甚至想着退休之后也申请律师执业资格证，专门代理小案件，不为别的，就是兴趣。

在秦闯主管的民三庭积压了一件十分棘手的民间借贷案件，也是由于不服泥河县人民法院一审判决结果而引起的。案件的被告叫陈鑫龙，是中兴市下辖的泥河县鑫龙房地产公司老板，因开发楼盘向原告王志军借款300万元。两人是同学关系，只是简单打了欠条，并无详细利息约定，只是大概说明借款300万元用于房地产开发，约定4年后连本带息给原告王志军400万元。后由于房地产形势不好，陈鑫龙一直拖欠未还，直到借款满6年，王志军一气之下将陈鑫龙起诉至泥河县法院。泥河县法院判决陈鑫龙败诉，并要求陈鑫龙偿还王志军410万元，前4年利息按照约定利息法院给予支持，后两年由于并无利息约定，按照同期银行存款利息执行。对于王志军索要违约金的诉求，由于欠条约定还款日期模糊，法院不予支持。王志军和陈鑫龙本是十分要好的同学，依两人的友情，放在以前对王志军来说，不要利息都行，但是王志军实在烦透了陈鑫龙不守信的做法，且在要款过程中已经撕破了脸。于是泥河县法院判决后，王志军对这一判决结果不服，认为前4年本来都是依着同学情谊，才要那么低的利息，而拖欠这两年依照同期银行存款利率执行就不合理了，并且自己要求违约金的说法也是合情合理。

秦闯下意识觉得，泥河县法院的判决确实存在不合理之处。对于陈鑫龙向王志军借款一案，陈鑫龙违约在先，并且存在恶意拖欠嫌疑，泥河县的判决没有反映出对恶意拖欠应付款一方的惩罚，不利于对债务人本人及仍然或可能侵占他人资金的人的教育和警示。正当秦闯准备立案进行重审时，秦闯曾经的老领导——魏平打来电话向秦闯求助，说陈鑫龙是泥河县的重要房地产开发商，目前由于资金困难，陈鑫龙开发的多处楼盘已经停工近一年，有长期烂尾可能，出于地方经济发展和维稳需要，请求秦闯帮忙做通王志军的工作。

泥河县是秦闯曾经工作过的地方，他对这里的感情格外深厚。秦闯加班加点，认真阅读执行卷宗，了解了双方争议焦点，尽快掌握案情。在充分研判案情之后，秦闯决定进行庭前调解，他认为该案不同于一般的民间借贷案件，陈鑫龙和王志军本身是同学关系，借贷一事的发生是基于二人深厚的朋友情谊，陈鑫龙因房地产公司存在资金周转困难才拖欠王志军本息，其间也向王志军做了解释工作，并无恶意拖欠之实。

这天，秦闯和宋耀东二人先是来到陈鑫龙的鑫龙房地产开发公司了解情况，陈鑫龙向秦闯详细地解释了目前公司存在的困难以及和王志军借款纠纷案件的来龙去脉。在借款发生之前，陈鑫龙和王志军是十分要好的"铁哥们儿"，陈鑫龙向王志军借款后，王志军连欠条都没要，还是在陈鑫龙的强烈要求之下打了欠条。后来由于银行提高放贷条件，鑫龙房地产公司出现了资金周转困难，起初王志军并没有催要借款的意向，只是后来王志军妻子担心钱款打了水漂，从中施加压力，慢慢地陈鑫龙和王志军之前的情谊破裂，在几次不愉快之后，王志军直接去泥河县法院起诉陈鑫龙。

掌握基本情况后，秦闯又和王志军约定了见面时间："志军，我了解了你和陈鑫龙之间的借款纠纷的大致情况，300万的本金一直被拖欠着，确实放在谁心里都受不了，对于你们做生意的人，资金周转十分重要，我特别能够理解。"

王志军见秦闯如此坦诚，不好意思地说："秦院长，您大老远来找我，我心里很感动，其实我和陈鑫龙是从小玩到大的好朋友，要说这点钱不算点啥，我手里现在也不是急用那钱。主要是媳妇想买辆宝马车，他一而再再而三地推托，都影响到了我和你弟妹的感情。"

"欠债还钱，天经地义，陈鑫龙确实做得不对，你要回自己的资金那是情理之中，我们法院肯定会为你伸张正义。今天过来，我主要是考虑着你和陈鑫龙都是朋友，况且都在泥河县做生意，抬头不见低头见，法院再一判决，兄弟感情从此就破裂了。"秦闯语重心长地说，"况且，据我了解，陈鑫龙目前确实存在资金周转困难，如果他有钱应该会立马还给你。"

王志军说："其实鑫龙那人，我是信得过的，主要是你弟妹看到鑫龙媳妇每天开个宝马车，还欠着我们钱，有些气不过。我后来去要了几次，他也是各种借口，要不然谁想把关系弄这么僵。"

"弟妹在家不？我也想和她谈谈。"秦闯觉得王志军这里问题不大，就想着去做做王志军妻子的工作。

"她昨天在万达广场逛街的时候把包和手机弄丢了，丢点钱倒不算啥，主要是身份证、银行卡、车钥匙都在里面，她今天又去调监控了，要不是秦院长你过来，我也准备去帮她找找。"王志军想着秦闯在法院工作，或许能帮上忙，就把事情和秦闯详细说了一下。

秦闯感觉到这个事情若能够处理好，肯定会有利于案件的调解，于是和王志军一道赶回中兴市，见到了焦急万分的王志军妻子。在秦闯的协调下，派出所的民警经过调取万达广场及周边道路的监控路线，很快锁定了偷取王志军妻子手提包的盗窃团伙，并成功找回手提包。看到包里物品一样不少，王志军妻子对秦闯充满了感激："秦院长，谢谢您，我昨晚担心得一夜都没睡，我包里的东西太重要了，我们公司的 U 盘也在里面，有很重要的内容。"

秦闯看到时机差不多了，就和王志军妻子说明了来意，并且把自己的调解方案也一并解释给她听。感激之下，王志军妻子也同意了调解方案。陈鑫龙这边听到调解结果之后，说："秦院长，我还有个不情之请，我想让您作陪，请志军两口子吃个饭，也缓和下我们的矛盾。"放在往常，秦闯一定不会答应这种"感谢宴"，这次不仅答应了，还说要喊上泥河县老领导魏平作陪。

当晚，在酒桌上，陈鑫龙和王志军看到秦闯、魏平、宋耀东等都到场作陪，给足了面子，两人随即握手言和，王志军夫妇也当即表示只要那 400 万本息就行，并且可以分期偿还。

案件的成功调解，不仅让陈鑫龙和王志军冰释前嫌，还间接缓解了陈鑫龙的资金压力，对泥河县化解问题楼盘工作也起到了推动作用。同时，这也是中兴市法院改革之后，第一次对二审案件进行庭前调解，被当作中兴市深化司法改革的典型报道推广，秦闯调解经济案件纠纷的名气在中兴市更大了。

秦闯因为有丰富的办案经验，名气越来越大，很多大案难案都是秦闯挂帅审判，他还牵头调解了很多重大经济纠纷案件。民三庭庭长宋耀东说："秦院长来到中兴院之后，几乎没有过上一个完整的周末，他办理的案件往往一周都能审结，我们这些老法官都望尘莫及。他一次又一次地打破了中兴市中级人民法院的记录，现在很多群众来直接找秦院长哭诉，他也基本是有求必应，我们都担心他会不会有一天被累垮。"

　　出于经济社会发展的需要，国家允许民营投资担保公司合法开展业务，但是由于监管不力，很多投资担保公司通过高利诱惑大额揽储，一旦经营不善无法向客户兑付本息，极易引发社会不稳定和治安问题。中兴市是中原省的重工业城市，煤矿资源丰富，很多群众因为拆迁赔偿手里有储蓄，为了获得高利回报把储蓄款放在了民营投资担保公司手里。刚开始收益能高出银行定期储蓄几倍，比炒股票还赚钱。很多群众往往是获得收益后把利息再存上，期待着驴打滚式翻息。而且，众多的投资担保公司招募了大量有一定社会威望的退休干部或者在任村干部作为信贷员，利用群众的信任，大量融资后进行风险投资。高收益伴随的高风险往往就在这时候让大量集资户血本无归，而失去土地的群众再失去养老钱，对社会稳定造成的影响是极大的。

2017 年 11 月的一天，晚上 10 点，秦闯正在办公室看案卷，突然办公桌上的黑色电话响起，是法院值班室保安老刘打来的，说是一名姓杨的中年女性死活要见秦院长，带着一个 10 岁左右的女孩儿，怀里抱着一个婴儿。

秦闯心想，都是白天上访起诉，这么晚了，怎么还有人上访？

于是秦闯给保安老刘说："老刘，你告诉她，现在不是办公时间，信访接待大厅早都下班了，让她明天上午 8 点再来。"

老刘这边挂了电话，可又不忍呵斥眼前这个可怜巴巴的妇女，就告诉她说："秦院长已经在宿舍休息了，我刚才都和你说了，哪有晚上来上访的，你还抱着小的，晚上这么冷，赶紧回去吧。"

谁知道这个姓杨的中年妇女扑通一下子跪到了老刘面前。要说老刘长期在法院当保安，自然比别的单位的保安也牛气许多，啥样的上访户没见过，再无理取闹的老刘也能应付过来，但这次大晚上的，一个女的抱着孩子给自己跪下了，着实让老刘觉得没法办。去拉吧，自己在这么严肃一个单位当保安，万一出个啥事，对方说非礼了，自己可不能干这缺心眼事；不拉吧，一个女的跪到自己面前，抱着孩子，这值班室到处是探头，这画面以后没法解释呀。

这时候，这名中年妇女说话了："大哥，俺也不是故意为难你，俺真的是有天大的冤情想和秦院长说，我白天来过，也登记了，但一说想见院长，法院的工作人员就糊弄俺说领导在开会。大哥不瞒你，我都在这里观察好几天了，俺摸清了秦院长就在三楼办公，他每天晚上都加班，俺看到他那屋灯还亮着。"

　　老刘一听这，乖乖，这唬是唬不住了，只能硬着头皮再次给秦闯打电话。老刘开口就说："秦院长，老刘这次没本事了，你让这个妇女，啊不对，杨女士进去吧。我是拦不住了，她长跪在这里，俺老刘也是个心软的人啊，你看这大晚上，万一……"

　　还没等老刘说完，秦闯便打断了："老刘，你让她先登记下，给她倒点水，我就在你的值班室见她。"老刘心想，人家领导还是领导，考虑问题周到，这大晚上要万一闹起来，第二天不定传成啥，在我这里，有探头，有人证，老刘不由得心生佩服，但也不忘自夸一下："妹子，你起来吧，俺老刘赖个脸给领导说了，也幸亏俺老刘在这混10多年了，有这面子，领导马上下来见你，你先登记一下。"听到老刘如此说，这位上访的妇女才抱着已经熟睡的儿子缓缓站起来，手拉着女儿进了值班室，在访客登记本上工工整整写上：杨柳，女，36岁，家住淮河路街道。她还很特别在备注栏写个"有冤情丧夫"。

　　大概过了5分钟，秦闯来到值班室。看到眼前的一幕，一名妇女怀里抱着一个熟睡的孩子，身边坐个女孩儿。这名妇女虽然打扮朴实，但是还是能看出来，她容貌清秀端庄，身材很苗条，气质和一般的农村妇女有着天壤之别，秦闯不由得想起了自己已故的妻子夏娟和正在读中学的儿子萌萌，内心五味陈杂。

没等秦闯多想，老刘拿着登记本给秦闯说："秦院长，我让她登记过了，叫杨柳。"秦闯扫了一眼登记本，看到了备注栏"有冤情丧夫"五个字，在备注一列格外显眼。

秦闯没直接问案情，问道："杨柳妹子，这么晚了，你是咋来的？"

杨柳说："俺坐末班公交车来的，俺知道你是个清官，你经常加班到半夜，俺知道这时候来一定能见到你。"

秦闯说："孩子也睡了，天也冷，你简单把情况说一下吧。"

"俺娘家也是本市的，在秦岭路街道住。11 年前，俺嫁到丈夫家，俺丈夫叫杨强，那时候俺婆家还是郊区，还有耕地，后来拆迁，政府赔了俺家 120 多万，俺婆家就一个儿子，这点家产都给了俺丈夫。本来俺把钱都存在信用社了，利息也不少，但后来村主任和俺说，政府支持担保行业发展，让俺把钱存在大兴投资担保公司，每年光利息就 20 万，一个月给 18000 元。俺起初还不信，后来一打听才知道是真的，俺村拆迁户几乎都把钱存进去了，俺想着村主任自己都存了，也是业务员，况且不能因为这事把村主任得罪了，就一股脑儿把钱都存在大兴了。前半年确实每个月月底准时给俺利息，一分不少，俺又把利息都存进去了。可是过了半年，就没再领到利息，人家有的说老板卷钱跑了，有的说破产了，付不起了。俺丈夫他们就去围堵营业厅，刚开始还有人应承，后来直接都锁门了。俺们上访，政府说帮俺讨要，让俺登记登记也没下文了。丈夫杨强一气之下，犯了心脏病就走了，撇下俺这孤儿寡母的。"

秦闯打断杨柳，说道："那你们去区里的基层法院起诉没？"

杨柳回答道："起诉了，法院不受理，说是证据不够充分，让俺去公安局先报案。公安局经侦大队队长说给局领导汇报后才能立案，俺村在大兴存钱的都说是政府不让法院和公安局受理，说是一判刑，事情就没有余地了，俺们的钱也要不过来了。"

秦闯接着问："区政府给没给个其他说法？"

杨柳想了想说："给了，说再等等，俺丈夫就是等了半年，觉得等不到了，才气死的，100多万啊。"

秦闯叹了口气，说："杨柳妹子，我大概知道了，但是我们中院是不能直接受理的，但你这个事情我不会不管，你记住我的电话。"保安老刘赶紧拿来纸和笔，让杨柳记下。

在杨柳拿笔记的时候，秦闯说："这么晚了，我送你们吧，小孩子别着凉了。"

杨柳连声推辞："秦大哥，给你添麻烦了，你不用送俺，俺打个车都中。"

秦闯解释说："我正好也回去，坐我的车吧。"老刘也附和着说："俺秦院长是个好人，家里头也走了，你就听他的吧。"还没等老刘说完，秦闯瞪了老刘一眼，老刘赶紧住口了，秦闯就把杨柳一直送到拆迁安置的小区门口。临下车，杨柳还不忘说道："秦大哥，俺的事情你一定要管啊。"秦闯很郑重地答应了，也记下了杨柳的手机号码。

在杨柳来找秦闯哭诉的第三天上午，中兴市委副书记、政法委书记安民正在中兴市中级人民法院调研诉调对接工作，法院门口突然出现了100多名上访群众，把中兴法院大门围得水泄不通。经保安老刘向村民打听得知，原来是杨柳上访的事情被大兴投资担保公司业务员王二毛获悉，王二毛趁机在背后鼓动集资户来上访，一方面想借此把自己非法揽储的责任推卸给政府；另一方面也是想通过向政府施压，要回他们的本息。王二毛听说前天杨柳来上访，法院院长受理了，就想着趁今天再施压，只是没有想到安民书记正好也在法院调研。王二毛今年51岁，是杨柳婆家所在的王岗村村主任，王二毛本人有经济头脑，也会来事儿，所做的生意都和村庄拆迁有关，靠的就是强龙压不了地头蛇。王岗村周边所有在建楼盘和买房户装修都不得不和王二毛打交道，加上王二毛家族在王岗村势力最大，因此他已经是王岗村连续三任的村主任。王岗村被拆迁后自然消失，他才被迫卸任了村主任，当起了大兴投资担保公司的业务员，利用自己曾经在村子里的威信，连哄带骗忽悠王岗村的很多拆迁户把钱存在了大兴投资担保公司，现在大兴出了事，王二毛也是如坐针毡。

看到法院大门被围堵得水泄不通，吵吵嚷嚷的，张清超院长还正在办公室向安民书记汇报工作，秦闯直接带着民三庭庭长宋耀东、法院办公室主任冯科等人前往法院大门进行劝解。秦闯站在花圃台上说："乡亲们，我是法院副院长秦闯，主管经济案件的，我知道大家是为大兴担保公司的事情来的，在这里我想向大家说明三点：第一，你们的集资案件现在公安部门还没有立案，目前还没有进入法院的诉讼程序；第二，你们这样围堵法院大门无济于事，你们的诉求我们已经掌握清楚，如果继续这样，不仅不能解决问题，还有冲击司法机关的嫌疑；第三，虽然案件还没有进入司法程序，但我们不会不管，一旦进入我们法院系统，我们一定会尽全力挽回大家的损失，请大家散了吧。"

"秦院长，我们也不想为难你们，我们也是走投无路了，法院就是说理的地方，你要是能给我们个期限，我们现在就走。"挑头的王二毛在人群中大声说道。

接着，人群中又开始发出各种声音，就在秦闯准备进行下一步的劝解时，安民书记和张清超院长从法院办公楼出来了。"我是法院院长张清超，刚才秦院长说的话也是我要说的，在这里我向大家保证，法院一定会尽最大的努力挽回大家的损失，也请大家理解我们。"张清超院长和秦闯站在一起对大家说。

"既然领导向我们保证了，我们就散了吧，但是领导，你们一定要管我们的事情，不然我们还会再来。"王二毛看惊动了大领导，也有点心虚。

大家看到王二毛都这么说了，就纷纷散去了，秦闯特意看了看，来的群众里面没有杨柳。安民书记意识到大兴担保公司案件的严重性，向市委主要负责同志作了汇报，决定成立中兴市大兴投资担保公司案件处置领导小组，由安民书记任组长，分管金融工作的李亮副市长任常务副组长，政法委、政府办、公安、法院、信访局等单位主管领导任副组长，而法院的主管领导正是秦闯，这也是安民书记当场点将。

中兴市大兴投资担保公司案件处置领导小组成立后，由于案件公安机关并未立案，还处于相对保密阶段，领导小组办公室设在哪里，由谁担任办公室主任，一时成了让安民书记和李亮副市长头疼的事情。如果办公室设在中兴市公安局，那么案件就要立案，不然公安局无法向集资户解释。如果办公室设在信访局，那么有点此地无银三百两的意思，无疑会引导群众通过信访渠道来解决。如果办公室设在政府办，万一出现经常性群访事件，那么会严重干扰中兴市核心行政办公区的工作秩序。思来想去，几经讨论，安民书记拍板，就把办公室设在中兴市中级人民法院，办公室不挂牌，不对外宣布，暂且叫"大兴办"。安民书记将"大兴办"设在中兴市法院，出于三重考虑：一是中兴法院相对远离中兴市核心行政办公区，且相对私密，便于前期案件调查；二是大兴案件后续肯定会涉及资产处置，法院工作经验丰富；三是秦闯先后在公安、综治办、法院工作，担任大兴案件处置领导小组办公室主任正合适。对于安民书记的提议，领导小组一致同意。

接下来，安民书记和李亮副市长又亲自点将，由中兴法院民三庭庭长宋耀东、中兴市政府办副主任兼金融办主任李高潮、中兴市公安局经侦支队队长何永胜、中兴市信访局副局长苏媛媛担任"大兴办"副主任，办公室日常工作由秦闯负总责。

在秦闯的主持下，"大兴办"在三天之内完成了一系列工作布置。接下来，第一件事就是对案件进行调查。为了不打无准备之仗，秦闯决定先从三个方面进行调查，第一组由公安局经侦支队队长何永胜暗中调查大兴投资担保公司的设立、业务开展等情况，第二组由信访局副局长苏媛媛前往杨柳等集资户中间调查具体集资情况，第三组则是由秦闯直接约见中兴市大兴投资担保公司董事长王栋。没有见到王栋之前，秦闯心里不由自主地对王栋进行"画像"，认为此人应该是一副挥霍无度的奸商嘴脸，他甚至想出了好几套对付王栋的谈话方案。

　　周一上午，秦闯先和王栋约了时间，在"大兴办"谈话。初次谈话时"大兴办"仅秦闯、李高潮两人参加，在王栋马上到中兴法院之前，秦闯特意向保安老刘交代，一会儿有个叫王栋的来找他，可以放行，并且要记下王栋所开车的品牌和车牌号，老刘丝毫不敢马虎，连连点头。当王栋到门口时，立刻给予放行，并记下了奥迪A6，车牌号：原A33H9K，第一时间向秦闯进行了汇报。秦闯让老刘注意这个，是想印证自己的判断，王栋是不是挥霍无度，但是听到王栋所开的车品牌和车牌号后，秦闯有些疑惑。按说以王栋的敛财能力，不至于仅仅开了一辆奥迪A6，车牌号也相对一般，更让秦闯意想不到的是王栋的形象。当王栋一进门表明身份，秦闯看到一个皮肤黢黑、瘦瘦高高，戴着眼镜、西装革履、文质彬彬的男子。他都不敢相信此刻站在眼前的就是大兴投资担保公司老总王栋，也就是群众上访所说的奸商。

　　接下来，经过初步交谈，秦闯发现自己准备的几套谈话方案根本用不上，因为王栋确实很坦诚，反而让秦闯觉得谈话过于简单："王总，今天请你过来，主要是大兴的案件我们需要做一个初步的了解。"

秦闯话音刚刚落地，王栋便直接说道："秦院长，我明白，您需要问什么尽管问，我知道中兴市专门成立了涉及我们公司的处置工作组，我很愧疚，给政府添麻烦了。"

秦闯有些吃惊王栋的消息灵通，便开门见山地说："王总，那我就直接问了，你先介绍一下你们公司的情况。"

"我先说一下我的情况。我是福建人，5年前来中原省投资，名下有三家公司，分别是佳田房地产开发公司、天州文化传媒公司和大兴投资担保公司。大兴投资担保公司总部就在中兴市，主要经营范围为担保、投资和金融咨询服务。很长一段时间，公司各项业务都是在政府允许范围内进行的，但是后来一段时间，由于对外投资的一家生物科技公司破产，资金链出现问题，为了弥补资金缺口，就让业务员承诺了高于国家规定的利息上限进行宣传，没想到最后还是这个结果。"王栋的语句中充满了叹息和不甘心。

秦闯想从王栋口中获悉公司真实的揽储情况和投资户情况，就问："你们现在吸纳了多少资金？大概涉及多少投资户？"

王栋看着秦闯回答说："我们目前有500余名业务

员，吸纳资金有 20 多个亿，涉及人数可能已经超过 5000
人了，因为有的兑付了，具体数字我掌握得不太准确。"

秦闯对于王栋的回答感到惊讶，一方面是惊讶于数
额之大，远远超出了秦闯事先的预估；另一方面惊讶于
王栋的坦诚，虽然另外两个组还在调查之中，还不能证
实王栋话语的真实性，但是目前王栋的态度至少是坦诚
的。"我听说政府可能要把我们定性为非法集资，我确
实没有触碰法律底线呀，请秦院长一定要调查清楚，不
然我一旦进了监狱，投资户的钱真的没法办了，我以后
还怎么在社会上混?"王栋突然有些哀求秦闯的意思。

"王总，目前案件还没有最终定性，我们一定会调
查清楚，依法办案，但是你要配合我们的工作。"秦闯半
安慰半要求地说。等王栋走后，李高潮和秦闯进行了交
流，两人对王栋的第一印象是一致的。

周三，分别由何永胜和苏媛媛负责的两个组也完成
了调查任务。秦闯决定召集大家开一个简单的碰头会，
主要是把各组掌握的情况通报汇总一下。秦闯挂帅的
"大兴办"初步掌握到，大兴投资担保公司在中兴市设立
之前，其老总王栋已经在中原省多个省辖市进行投资，
主要业务范围涉及房地产开发、大型农业观光项目、农
产品深加工和影视基地开发项目。根据这些项目的宣传，
投资动辄就是几十亿，而王栋之所以在中兴市开办大兴
投资担保公司，缘于中原农洽会。当时中兴市经济开发

区的招商负责人看中了王栋的经济实力，经过几次考察洽谈，与王栋达成了在经开区投资 20 亿元的建设生物科技项目的意向。项目开工建设之后，由于资金吃紧，向经开区申请成立了大兴投资担保公司，并取得了经开区政府的信任和支持，在社会上广泛宣传。大兴投资担保公司仅业务员就有 520 人，初期吸纳了 10 亿元的资金，用于王栋旗下的项目建设，客户理财款项的年收益率在 15%~22%之间，以 10 万元为一股，也是最低存款额。10 万元存放在大兴投资担保公司一年就能获得至少 18000 元的利息，甚至存放 3 个月就有 4000 元利息，6 个月则有 8800 元利息。在起初的一年，利息兑付十分及时，都是每个月 30 日准时兑付，诚如杨柳上访所言，很多投资户把利息又存了进去，以期获得驴打滚式的收益。但是，在两年前，随着吸纳资金越来越多，已经达到 28 亿之巨，王栋不满足于将吸纳的资金仅用于自己的项目，也广泛投资其他高收益项目，其中甚至有更高层级的投资担保项目，其中最大的一笔直接投资就达到了 8 亿元，而这 8 亿元后来证实是王栋被骗了，造成了大兴投资担保公司资金链迅速断裂，无法兑现客户资金。

基于对王栋本人以及大兴案件情况的研判，不能将大兴投资担保公司案件轻易定性为非法集资。一旦公安部门定性，将老总王栋缉拿归案，集资户的资金将彻底无望，反而是让其在外想法筹钱，由公安部门予以牵制，本金还有望通过王栋本人变卖各地资产的形式予以追回。同时，如果定性为非法集资案件，只能通过公安立案，法院判决的形式公开处置王栋资产，由于王栋投资关系复杂，需要跨地区执行，任务艰巨。定性为非法集资案件，投资户也会有极大意见，因为他们是看到经开区政府的支持，才去信任大兴担保公司，而猛一下把他们的行为定性为非法集资，肯定会激起群愤。

在基本掌握了大兴投资担保公司的情况之后，秦闯决定连夜拿出化解方案向领导小组汇报。经过秦闯、李高潮、宋耀东、何永胜、苏媛媛反复研判，终于拿出了初步的解决方案。方案主要内容是，一是对王栋进行公安内部立案，暂不对外公布，有条件限制其人身自由，王栋本人必须无条件配合案件组工作，并积极变卖资产，挽回投资户损失；二是对大兴案件投资户本金予以保护，高额利息所得不予保护；三是对大兴投资担保公司业务员非法获利予以收缴，用于支付投资户本金。

拿出解决方案后，已经是夜里 11:30，秦闯顾不得疲惫，第一时间向安民书记作了汇报。安民书记当即和李亮副市长通了电话，达成一致意见。由于案件复杂，很可能影响到全市的社会稳定，事关重大，秦闯决定第二天上午立即向市委主要负责同志汇报。

市委原则上同意"大兴办"提出的化解方案，决定由安民书记和李亮副市长负总责，秦闯等人具体负责，为大兴公司投资户追回财产。

在方案经过市委研究同意后，秦闯决定再次约见王栋本人。此次参加约见除了"大兴办"核心领导人员参加之外，还有安民书记、李亮副市长，以及中兴市政府副市长、公安局局长赵金刚，主要是让王栋同意解决方案。王栋看到限制自己人身自由的条款，有些紧张和犹豫，在了解限制其人身自由主要是防止其逃往境外之后，王栋才点头同意。在王栋心里，他也想偿还投资户的投资款，并没有出境逃脱的打算。

解决方案拿出后，秦闯等人觉得稍微松了口气。他觉得这些天的功夫没有白费，但是身体好像出了些问题，手指有时候都会突然麻木，可秦闯已经顾不得那么多了，因为下面有更艰巨的任务在等着他。接下来，就是要让涉及的5000余名投资户同意该工作方案。首先就是如何联系到投资户，并要大兴投资担保公司和投资户确认返还金额，制订还款计划，任务复杂而又艰巨。

在深入掌握了投资户的情况之后，秦闯和宋耀东两人对投资户的情况进行了分类研判。经认真核查，在大兴投资担保公司存钱的客户有5329人，其中存钱1000万以上的1人，500万以上的149人，100万到500万之间的有202人，剩下的为10万到100万之间的客户。为了联系到所有的存款客户，秦闯让王栋的大兴投资担保公司具体负责，准备近期召开一次投资人全体会议，打算在会上宣布案件处置工作方案。

秦闯决定采用信访局副局长苏媛媛的建议，存钱在100万以上的投资户全部参加会议，存钱在100万元以下的每10人自行选出一名代表参加会议，所有能联系到的业务员参加会议，最终确定参加会议人数为1300人，会议参加人员具体由大兴投资担保公司负责联系、组织，最终选在中兴大酒店召开。

会议召开的前一天，在秦闯的授意下，由王栋负责安排，在大兴公司约见了存钱数额在前30位的投资户。存钱最多的是一名叫杜万昌的人，是中兴市3年前大乐透头等奖的幸运得主。大乐透中奖后，税后还有1300万。由于杜万昌本身老实巴交，猛地一中奖也不知道该怎么办了，索性一股脑儿把钱全部投进了大兴投资担保公司。公司一出问题，杜万昌立马傻眼了。当秦闯约见他提到只给本金，不管利息的时候，他想都没想便答应了，几乎是喜出望外。在大兴出事之后，杜万昌一度想着就当自己做了一场白日梦，现在有人告诉他本金可以要回来，他自然喜不胜收。在这30人中，有一半人死活不同意，其中一个约45岁的耿女士当场骂道："大兴投资担保公司是你们政府批准成立的，合法合规，接受政府监管，现在出了问题，就应该政府买单，凭什么让我们损失利息？"紧接着，其他几个投资户也开始跟着议论。

"这位女士，你的心情我们可以理解，作为法院的法官，我可以负责地告诉你，如果你们不同意现在的方案，走诉讼程序也是可以的，但是到时按照'破产法'，你们的本金大概是要损失大半，并且由于利息高出国家规定最高限制，是不受法律保护的。"秦闯很平和但有点不容拒绝地说道。

"那你们政府监管不力的责任怎么说？"耿女士依旧不依不饶。

"政府监管不力的责任，肯定是要追到责任人的，但是现在最迫切的是尽最大可能挽回大家的损失，时间拖得越久，大家的损失越大。"秦闯话音刚落，刚刚还有些抵触情绪的其他投资户便安静了下来，耿女士看到自己的支持者不吭声了，便也不再说什么。

秦闯紧接着说道："你们是投资户中存钱最多的30家，我们明天还要组织一次大会，向大家阐明处置政策，请你们到时候一定帮忙起到好的作用。如果会议不成功，方案得到大家的一致反对，损失最大的也是你们。"

当大家还在观望怎么回复秦闯的时候，"好，支持"，杜万昌喊了出来，大家看了看他，也都小声说"好"。

擒贼先擒王，用在这里虽然不恰当。不过由于秦闯抓住主要矛盾，前期摆平了最重要的30名投资户，他心里对第二天召开的会议有些底气了。然后秦闯又拨通了杨柳的电话，希望在明天的会议上，她能够起到积极的带头作用，杨柳当即答应了秦闯。

会议是第二天上午9点钟召开，秦闯等人8点便来到中兴大酒店，因为他们想提前多向大家宣传一下他们的方案，尽可能争取更多的支持者。会上，由"大兴办"副主任、公安局经侦支队队长何永胜宣读处置方案。处置方案刚刚宣读完，不出所料，会场上便立马响起了反对的声音："政府不作为，凭什么让我们受损失。""背后有黑幕，不要相信他们。""他们拿了好处了！"……怕会议引起骚乱，王栋并没有出现在会场，但是他依旧在会场贵宾室透过玻璃观察着会场的情况。看到会场顿时骚乱了起来，王栋给秦闯打了个电话，意思是带头喊话的几个都是业务员，他们肯定是不满要收缴他们的代理费。

"大家安静一下，今天我们都是来解决问题的，刚刚喊话的几位同志大家看一下，是不是有当初让你们存钱的业务员？"秦闯拿着麦克风站起来说。

"是的，有，就是他们骗我们存钱的。"人群中出现了一个熟悉的声音，原来是杨柳站了起来，紧接着，很多人都喊起来："就是他们，他们今天又来搞破坏。"这么喊的大多是存钱较少的代表，因为对于他们来说，存钱相对较少，利息损失不大，能要回本金也算满意，况且作为代表，是想让事情有个进展的。

"那么请业务员们都暂且先出去吧，我知道你们中间也有很多存钱的，但是你们的问题要一分为二，你们的本金也会受到保护，但是你们揽储的奖金是要收缴或者从本金中扣除的。"秦闯大声说道。

原来王二毛也在人群当中，刚才第一声就是他带头喊的，他也是中兴投资担保公司揽储最多的业务员，因为他所在的王岗村有 100 多家拆迁户，他就忽悠了 80 家存进了 9000 多万，并从中获益 9 万多元。

王二毛狠狠瞪了杨柳一眼，带着混进来的业务员们出了会场。会议紧接着以举手的方式对方案进行投票，大家纷纷举手表示同意，方案在大会上顺利通过。

王二毛等人出了会场后，感觉受了一口恶气，他觉得自己的收益也是辛苦所得，决定召集业务员们继续上访，由王二毛牵头，逐一和大兴担保公司的原业务员们联络，组织人员上访，最终 500 多名业务员中大多数表示算了，自己也亏欠了投资户们，不再上访，而呼应王二毛的都是些受益较大的业务员，有 40 多人。

大会开过之后，秦闯便向安民书记汇报，由"大兴办"从各个单位抽调会计财务人员组成清算组，前期对大兴投资担保公司现有的资产，以及投资户的最终返还资金进行清算。为了便于开展工作，清算组暂时在大兴投资担保公司开展工作。

这天，正当秦闯等人带着清算组紧锣密鼓地开展工作的时候，哐的一声，大兴担保公司的玻璃门被人砸了。

秦闯赶紧跑了出来，一看王二毛带着一群人拿着钢管、木棒已经进了营业厅，秦闯赶紧呵止："你们干什么？"

"干什么？找你讨个说法！就是这个人，他出的馊主意，让我们的辛苦钱都没了，先打了再说。"王二毛指着秦闯说，他在王岗村霸道惯了，以为这招还管用。

业务员中间有几个年轻的小伙子拿着钢管就向秦闯打去，秦闯是公安出身，立刻打倒了一个，何永胜和苏媛媛两个人闻声也赶了出来。苏媛媛是个女孩子，没敢上前，准备打电话报警，却被几个年轻小伙子夺去了手机，还挨了一耳光。何永胜则脱了上衣，前来制止他们，不小心被人从背后打了一棍。躲在暗处的李高潮偷偷报警，没敢出来，各个单位的会计们也吓得不行。混乱场面持续了5分钟，业务员们被接警后赶来的公安干警制服了。

这件事迅速传到了安民书记的耳中，他当场拍桌子大怒，向公安局局长赵金刚打电话说道："光天化日之下，法治社会居然出现如此事件，真是前所未闻，公安部门要从重从快处理。"

最终，由于王二毛只是想吓唬吓唬秦闯，秦闯、何永胜、苏媛媛等人并未受伤，只是何永胜挨了一棍子，情况也不严重。王二毛等人因寻衅滋事罪被法院判了6个月有期徒刑。

王二毛等 5 个人被判刑后，剩下的闹事业务员也很惶恐，自然同意了工作组制订的处置方案。在秦闯带领的工作组没日没夜地加班清算之下，最终扣除业务员非法收益以及投资户前期利息收入，共需偿还投资户资金 24 亿元，王栋在中兴市所有的资产以及银行账户资金，经过清算处理共计 8 亿元，除留下 2 亿元用于王栋其他财产处置以及公司正常运转，剩余 6 亿元全部返还投资户。为不引起内部猜测和纠纷矛盾，投资款发放采取公开形式，每家返还 25% 的本金，在大兴投资担保公司进行公示。

第十章 放飞自我

前期 6 亿元追回后，投资户们的情绪被安稳了下来，不再大规模上访了，给"大兴办"的工作创造了一个好的环境，安民书记和李亮副市长对秦闯的工作十分满意。但是，秦闯接下来可犯难了，因为前期是处置王栋在中兴市的资产，而接下来就要去执行其他地市的资产了，如果是法院执行局跨地区办案，情况会好许多，但是秦闯仅仅依靠着中兴市政府开的协助函，去让外地协助办案可就难说了。

秦闯等人反复商议，最终采取了两种创新性工作举措。一是对于需要去外地法院执行的，向张清超院长汇报，采取个案立案审判的形式，由中兴市经开区法院审判，由经开区法院执行局发函，请求外地协助处置。二是对于无法执行的财产，秦闯向李亮副市长请示，由李亮副市长亲自带队，前往外地进行协调处置。

在半年的时间里，秦闯等人几乎跑遍了中原省所有的省辖市，赔笑脸、请吃饭、喝酒都是家常便饭，秦闯感到身体有些吃不消了，但还是咬牙坚持了下来。令他欣慰的是，半年时间又追回了4亿资金，加上前期追回的6亿元，大兴投资户投资款偿还率达到了42%,已经创下了中兴市非法集资案件偿付资金的最高纪录。

转眼到了8月份，距离杨柳上访已经过去了9个多月。一天下午6点，秦闯突然接到了杨柳的电话："秦院长，我们家的120万本金已经追回了50多万，为了表示感谢，我想请您吃个饭。"

"杨柳妹子，不用了，这都是我应该做的，我晚上还要加班，不过去了。"秦闯推辞道。

"不行，秦院长，我饭菜都做好了，您要是不来，我就去法院找你。"杨柳突然有点急了。

"妹子，你是不是遇到啥事了？有事情你直接说都中。"秦闯感觉到杨柳有些反常。

"秦大哥，我……没有事情，我求您了，您就来吃个饭吧。"杨柳几乎哀求着在电话那头说。

"好吧，我现在就过去，缺啥菜不缺，我买好。"秦闯感觉杨柳肯定遇到难题了，也不再推辞。

"不用，不用，秦大哥，你人来都行。"杨柳如释重负地说。秦闯收拾了一下文件，开车前往杨柳所住的安置小区。刚到小区门口，他就看到了一个上身穿紧身T恤，下身短裙，身材十分迷人的一名女子在向他的车打招呼，走近一看，才发现是杨柳。秦闯觉得杨柳怪怪的，心想，这名 30 多岁的上访户打扮起来竟如此漂亮。他也没再多想，把车停在了大门口一侧的停车场里，和杨柳上了楼。虽然感觉到杨柳一定是有心事，但他在路上也没有好意思问。

进了屋，秦闯刚刚换了鞋，杨柳说："秦大哥，你要不先冲个凉，天这么热。"

"不用啦，我不怕热，我洗一下手就可以。"秦闯被杨柳说的话微微一惊，瞥了一眼客厅和餐厅，看到餐厅上摆着两瓶红酒和一桌子饭菜。

"妹子，两个孩子呢？怎么没在家呢？"秦闯出于原来警察职业的敏感性，笑着问道。

杨柳反倒有些紧张，但似乎在刻意控制着："孩子去上辅导班了，晚上住我婆婆家。"

"哦，你怎么做这么多饭菜，两个人怎么吃得完？"秦闯洗过脸后，看着桌子上的饭菜说。

"没事，秦大哥，我手艺不错的。"杨柳似乎还是有些心神不宁。

饭吃到一半，杨柳一直不怎么说话，突然说道："秦大哥，你喝些红酒吧。"

"不行，我开着车，晚上还要加班，一滴酒都不能喝。"秦闯很严肃地拒绝了杨柳。

"秦大哥，我求你了，你喝点吧。"杨柳几乎是哀求着。

"妹子，请你理解，我确实不能喝酒，我一会儿还要开车回去。"杨柳见秦闯意志坚定，就给他夹了些菜，两个人继续吃饭。就在秦闯表示吃饱要走的时候，杨柳突然从身后抱住秦闯："秦大哥，我知道嫂子早都走了，今天我就是你的人了。"杨柳说着，一只手已经抓到秦闯的腰带。

"妹子，你干什么？"秦闯把杨柳推开。

没有想到，杨柳又扑了过来，死死地扑在了秦闯怀里："秦大哥，你原谅我，我也是迫不得已。"

"杨柳，你到底怎么了？"秦闯一把推开杨柳问道。

此时，杨柳似乎有些羞愧地跪到了地上："秦大哥，我也是被逼迫的，我要不这么做，就永远见不到我儿子了。"

秦闯意识到事情的严重性，把杨柳拉了起来："妹子，到底怎么了？你和大哥说。"杨柳这才道出了事情原委。原来，一周前，王二毛从监狱出来了，他气不过自己这些年的业务费被秦闯罚没了，又因为秦闯在监狱住了半年，王二毛就在住监的这段时间里，谋划好了怎么设美人计陷害秦闯。王二毛经过踩点，在幼儿园门口用玩具骗走并绑架了杨柳的小儿子，紧接着又想对杨柳下手。由于杨柳反抗激烈，王二毛没能对杨柳做出更过分的肢体猥亵行为。一番言语侮辱之后，他要求杨柳必须晚上勾引秦闯上床，不然就让杨柳再也见不到自己的儿子。与此同时，王二毛又在杨柳家里安装了三处网络摄像头，实时监控着秦闯和杨柳的一举一动，以期拿到"铁证"举报秦闯以公谋私，和人私通。

秦闯听到这里，不由地打了一个冷战，心想要是自己意志不坚定，刚才没有把控住，这下子可就完了，不仅辜负了安民书记，自己也会名声扫地。秦闯不敢继续想下去，他生怕王二毛在监控里看到事情败露加害杨柳的儿子，便一下子抱起了杨柳，小声说道："别吭声，听我说，王二毛都在哪里装了摄像头？"

"餐厅、客厅和卧室。"在秦闯怀里的杨柳小声答道。

"次卧是谁在住？这个混蛋有没有装摄像头？"秦闯接着问。

"我女儿。没有装。"杨柳回答道。

"好，现在我把你抱到次卧，想办法营救你儿子，你手搭在我肩膀上。"说着话，秦闯一把抱起杨柳走向次卧，杨柳也十分配合，紧紧抱着秦闯。到次卧后，秦闯迅速和公安局局长赵金刚取得联系，简要说明杨柳儿子被绑架以及自己目前的情况，赵金刚局长立马召集精干力量展开营救。

王二毛在监控里看到秦闯中计，心里乐滋滋的，心里默默想道："哼，老子今天给你办个好事，让你小子先风流风流，咱再慢慢算账。"接下来，王二毛紧盯着监控屏幕，还想着再看看从杨柳家卧室摄像头传来的"西洋景"，可是怎么也看不到，虽然有些失望，但觉得以目前的证据足够秦闯喝一壶的了，也没敢贸然和杨柳打电话。

这边赵金刚局长组织刑侦支队对王二毛的手机信号进行定位，又迅速组织技术人员通过杨柳家的 WiFi 传输信号，锁定了王二毛实施绑架的地点就在王岗村一处还未完成拆迁的院落里，迅速组织精干力量对杨柳的儿子实施营救。当民警破门而入的时候，王二毛哪里见过荷枪实弹的武装警察阵势，立马趴在了地上，举起双手说："不要开枪，我认罪，我投降。"

杨柳看到儿子被解救，跪在了秦闯面前。无论秦闯怎么劝说，死活都不起来，最终还是苏媛媛把她拉了起来。

王二毛最终因绑架罪、强奸罪未遂等数罪并罚，被判处有期徒刑 15 年。

大兴投资担保公司集资案件进入攻坚阶段。秦闯带领的工作组一方面要协助王栋处置不良资产，最大程度挽回投资户损失，另一方面还要想方设法保障王栋的公司运转和人身安全。转眼间，时间来到农历春节前夕，过年这个节点是各类群体上访的高发期，大兴投资担保公司的投资户们因为偿还资金还未过半，也断断续续出现了小规模的非访。秦闯意识到，如果年底前王栋对投资户的资金偿付不能过半，这个年肯定过不好。正当追偿工作陷入僵局的时候，中兴市公安局经侦支队传来了好消息。王栋在中原省河阳市古城县和当地一家企业合资建设一个古装拍摄影视基地，王栋投资了 3 亿元，后由于当地合资的这家企业涉嫌非法集资，影视基地虽然正常运营，但迟迟没见到收益，秦闯决定让李高潮和何永胜二人前往古城县进行前期暗查。

一周后，李高潮和何永胜二人顺利带着调查结果返回中兴市。经调查得知，原来王栋在古城县合资的公司叫作河阳文传集团，是河阳市很有实力的民营企业，但是和当地政府的关系错综复杂，王栋因前期调查不足，且当时正是大兴投资担保公司处于发展的鼎盛时期，急于四处投资见利，资金被套牢在了古城县。但经调查，河阳文传集团有实力偿还 3 亿资金。

了解到这一情况后，秦闯决定向安民书记汇报情况。临近年底，安民书记十分重视大兴案件的进展情况，立即以中兴市委的名义和河阳市委取得联系，委托李亮副市长带队前往河阳市追讨资金，秦闯、李高潮、何永胜、宋耀东、苏媛媛、王栋 6 人陪同。

在河阳市，工作队迅速和当地政府取得联系。经深入调查得知，河阳文传集团在河阳市投资范围很广，其母公司主营业务是有色矿产资源开发，在古城县的影视基地只是其中一个项目，总投资 10 亿元，其中王栋投资 3 亿元。后由于涉嫌非法集资，被河阳市政府冻结了部分资产，但由于该公司实力强大，已经全部清偿，现在运营正常，只是该公司老总赵玉晓为人霸道，内部打探到王栋公司出事，妄想吃掉王栋的股份。由于李亮副市长出面协调，取得了河阳市政府的大力支持，在河阳市政府的过问下，赵玉晓答应分批次偿还王栋的投资款。案件追偿取得重大突破，李亮副市长由于年底工作繁忙，遂返回中兴市，留下秦闯等人继续在河阳市紧盯资金回收。

秦闯在河阳市等了一周，赵玉晓表面答应，实际想继续抵赖，便一拖再拖，转眼已经到了腊月初八。此时，中兴市传来消息，又有投资户开始前往中兴市政府进行群访。

腊月初八下午，秦闯决定再次给赵玉晓施压，他提前让王栋准备好起诉书，以投资收益分配不均及公司账目不清为由起诉赵玉晓及其公司，然后秦闯等 6 人直接来到赵玉晓办公室摊牌。赵玉晓见到秦闯等人玩真的，生怕法院查案再拔出萝卜带出泥，查到他大量偷税漏税的线索，遂狡猾地对王栋说："王总，你看你，我们的合作本身是很愉快的，我准备近期就把全年的利润分成给你打过去，你这是何必呢？还惊动了这么多大领导。"

王栋早已看惯了赵玉晓的这副嘴脸，也强作微笑地说："赵总，你家大业大，遇到事情很快都摆平了，兄弟我小本经营，这次还不是过不去了，求赵总体谅支持啊。"

还没等到赵玉晓回话，秦闯见来软的不行，便说道："赵总，我是警察出身，说话直，我们今天如果得不到满意的答复，只能法院见了。"

"兄弟，兄弟，何必呢？这样，我现在就给财务打电话，让拨过去 100 万。"赵玉晓有些慌神地说道。

"100 万？兄弟现在是火烧眉毛了，别说 100 万，你把兄弟投资那 3 个亿都给了，兄弟都不解渴啊。"王栋有些生气地说。

赵玉晓听到王栋如此说，便笑着说："兄弟，既然这么多领导来了，我也不难为你，但是你也不能难为我，年底了去哪里给你弄几个亿的流动资金？你也是场面人，谁会放着那么多的流动资金呢？"

"赵总，我们不为难你，这样，你今天做一个还款计划，半年内把 3 个亿的投资以及分红分批次偿还，这样总可以吧？"秦闯忍不住插言。

赵玉晓见对方态度坚决，便想采用缓兵之计，说道："今天是腊八，兄弟在公司安排个便饭，请大家喝个粥，也给我们财务点时间，让他们做个详细的还款计划。"

王栋看了看秦闯。王栋想让秦闯答应赵玉晓，秦闯便笑着说道："赵总果然是爽快人，好，我们就陪赵总喝个粥。"

秦闯等人来到河阳文传集团会所，不禁大吃一惊，会所装修采用了仿古风格，仿佛置身宫殿一般，金碧辉煌，河阳文传集团实力可见一斑。

开席前，赵玉晓将秦闯等人安排在主宾位置，自己则和两名副总坐在了主陪和副主陪位置，赵玉晓说道：

"秦院长，各位领导，王总，今晚无论如何要喝几杯，一是兄弟聊表敬意，二是按照河阳规矩，喝酒见感情，感情到位，一切都不是事儿。"

酒过三巡，秦闯等人在酒桌上要回了第一批次的5200万，把苏媛媛副局长喝得吐了一夜。

两年时间，秦闯所带领的"大兴办"为群众挽回经济损失16亿元，占到总金额的67%，王栋在外地也盘活了很多资产，公司运营情况逐渐好转，剩余8亿资金有望3年内分批次全部偿还。

自从接手大兴投资担保公司案件后，24亿的群众集资款像一座大山一样压得秦闯喘不过来气，秦闯一天也没有休息过，总是想着等案件完成了就好好歇歇，有时候感到身体不舒服也挺了下来，一直坚持到接手大兴投资担保公司案件的第3年，此时集资款已经偿还了90%。

11月11日，也是年轻人中很流行的"光棍节"。这天中兴法院的年轻人都去过"节"了，结了婚的陪家人过，没结婚的出去聚餐"吃狗粮"。而秦闯从妻子夏娟出事后，每逢节日都倍感孤独难受。这天秦闯心想着就靠加班来熬过去吧，一直到晚上11点的时候，气温降得很低，和白天形成了鲜明对比，秦闯突然感到一侧身体麻木，他有意识地想用右手拿起电话拨打120，但怎么也拿不起来，已经感觉不到自己的手了。秦闯心想自己可能是脑梗，他强撑着用左手拿起话机，按下了"常用1"键，这是法院司机小刘的电话。虽然中兴市公车改革后，中兴法院没有为副院长们配备固定的专职司机，但为了便于领导们工作，每名班子成员都有一位常用司机，秦闯的常用司机便是小刘。由于秦闯没有领导架子，并且非常体贴下属，和小刘关系处得非常好，所以秦闯便把小刘设置为常用联系人1，便于工作联系。

秦闯言语已经模糊不清了，只能模模糊糊地说："快……医……医院。"小刘还没来得及问，那边已经听到"哐"的一声，再没有声音了。小刘这边刚刚和朋友吃完饭，出于职业要求，因为是工作日，没有饮酒。他意识到事态严重，心想秦院长肯定是急病，赶紧拨打了120急救电话，告诉急救中心具体位置、楼层、房间号。

小刘赶到法院的时候，120救护车还没到。秦闯已经躺在了办公室的长条沙发上，处于半昏迷状态。小刘凭着单位组织的健康讲座学的急救知识，让秦闯平躺下来，并解松了他的衣领和皮带。120救护车很快就到了，门卫老刘也跟了上来，和急救人员一起把秦闯抬上了救护车，司机小刘跟着120救护车前往医院。在途中，他和张清超院长作了简单汇报。张院长刚刚躺下，接到小刘的电话后，第一时间和中兴市第一人民医院院长李明远联系，让赶快抢救秦院长，安排好后，张清超院长也赶紧驱车前往医院。

张清超院长赶到中兴市第一人民医院的时候，李明

远已经早早赶到。李明远向张清超院长汇报，他已经第一时间组织医院神经内科、神经外科等科室主任进行会诊，初步诊断结果是急性脑出血，情况比较严重，颅内发现出血点，幸亏发现及时，现在正在进行抢救，但这种疾病抢救难度大，且很可能留下后遗症。张清超院长表示，秦闯不仅是中兴市人民法院的副院长、入额法官，更是中兴市司法改革的功臣，要尽十二分努力抢救，并把后遗症的影响降到最低。

在急救室外，张清超院长、李明远院长、法院办公室主任冯科、司机小刘等人一直守候到急救室主治医师出来。直到凌晨 3 点，主治医师神经外科主任孟耀辉告诉大家手术比较成功之后，大家才缓了口气。后来据孟耀辉主任介绍，这种突发性脑出血如果没有得到及时抢救，致死率高达 70%，而秦闯由于抢救及时，且颅内出血量不算太大，所以情况比较理想，基本没有留下机能性后遗症，以后除了要戒烟戒酒，还绝不能操劳过度。

第二天下午，在各项医学指标恢复正常之后，医院安排秦闯转到普通病房继续治疗。猛地闲下来躺在床上，秦闯突然发现生活变得简单了，不再想工作的事情又觉得人生好像也没有别的事情可想了，可是觉得这样突然被迫闲下来又很奢侈，觉得很多事情还没有干完，但是还是要按照孟大夫的叮嘱，不能去想工作的事情，不然华佗再世也救不回自己了。秦闯尝试着转移注意力，和同病房的病友们聊天，发现和他们相比，自己的人生确实太单调了。其实，此时秦闯的心里也无比矛盾，一方面觉得自己从事这么多年的政法工作，特别是作为一名共产党员，初心就是为群众服务，这些年也确实为群众办了不少实事，以后闲下来怎么办呢？另一方面，秦闯又觉得自己和政法工作打了一辈子交道，此次得此大病也是个契机，去换种活法，用其他方式去做些有意义的事情。这种矛盾在秦闯脑海中迟迟不能消散。

住院期间，有一次张清超院长来看望秦闯，说："老伙计，咱私下里谈谈，我这些天也很矛盾，作为法院院长，咱法院确实缺不了你，我也离不开你，你是中兴市法院的功臣，也是我们大家的楷模，这重担子目前没人能挑。但是，作为老伙计，我不得不听从医院的话，让你休养。目前我的想法是，副院长你还要继续干，但是更多的是指导，具体工作让班子成员承担了。"

秦闯打断了张清超院长的话："老伙计，我也不喊官称了，我也推心置腹谈一下内心的想法。法院副院长我实在是不想干了，也干不了了，在位置上继续待着，这绝对不是我想要的。这些天一闲下来，我也想了很多，我一直在政法岗位上工作，确实也喜欢与法律打交道了，虽然在外人看来，法律是冷冰冰的，甚至是不近人情的，但是作为业内人来说，法律又是有趣的，是定纷止争的最有效工具。在法律条文上，一字一句之差，就会差之毫厘，谬以千里，所以我在想以后还继续干和法律有关的事情。"张清超院长听了这话，在表示舍不得的同时，也表达了要为秦闯争取待遇之类的想法。

秦闯总共住院了近一个月的时间，这期间来探望他的除了领导、同事、朋友之外，还有很多的群众，包括杨柳等大兴投资担保公司的集资户，这些"弱势群体"让秦闯看到了人间真情，特别是杨柳。她带着两个孩子看望秦闯，并告诉秦闯说："秦院长，您是我们家的救命恩人。不是您的帮助，我带着两个孩子，没了丈夫，想死的心都有，在您的大力帮助下，我们家的本金基本上都追回了，我现在也在找工作，我重新燃起了对生活的希望，我以后要好好地把两个孩子拉扯大，把他们也培养成对社会有用的人。"同时，杨柳也再次就上次被王二毛胁迫陷害秦闯的事情表示道歉。

秦闯连忙说："事情都过去了，当时你也是被胁迫，我心里一点都没怪你，以后不许再提了，你看两个孩子多好，一定要好好培养，以后有困难了还找我。"杨柳听了之后感激涕零。

秦闯发现，来看望自己的这些群众，都是在法律面前很无助的人，他便想，自己以后不如就开个小律师事务所，也不接大案子，就帮助群众解决法律难题。

深思熟虑了几天之后，秦闯给张清超院长打电话，想说这件事。谁知还没等秦闯说自己的事情，张清超院长就说："老伙计，我给市委汇报了，也和政法委马书记做了详细沟通，你就继续担任副院长，但是不分管业务口，在待遇上，咱市准备给你记二等功，享受副巡视员待遇。"

张清超院长在电话那边兴奋地说着，这边秦闯根本没有太听进去，等张清超院长说完，秦闯说："首先要感谢老伙计，帮我争取了这么多，但是我住院这一个月时间想了很多，我实在不能回法院上班了，一方面身体不允许了，至于挂名的事，你知道我的性格，是坚决不会答应的，不能占着位置，影响年轻人的进步。我深思熟虑了一下，我要办理个病退，满两年以后符合规定了，就开个小律师事务所，身体和工作经历的原因，我也不接大案子，也决不用自己的影响谋利，就是给群众办点事。和法律打了一辈子的交道，也不能说断就断了，就这么定吧，老伙计。"两个人就这么商量着，争执着，电话一直打了一下午，当然最后的结果是，秦闯坚持了自己的想法。

出院后，中兴市人民法院向中兴市委为秦闯申请了二等功并获批。按照秦闯的意愿，没有举办隆重的表彰大会，在法院内部简单开了个会，发放了荣誉证书，并且在政治部为秦闯办理了病退。

按照法律规定，法官要等到办理离职手续满两年，才能申请开设律师事务所代理案件，所以秦闯要等两年。

回到家中，突然闲了起来，秦闯却觉得手足无措了。刚开始的几天，他躺在家里看电视，但是没过 3 天，他就觉得自己像个废人一样。于是，在邻居介绍下，秦闯又去社区棋牌室观战，他发现自己还真不是玩麻将的料，别人是越打越兴奋，他是越学越难受。实在无聊，秦闯又坐公交车去超市转转，可是发现自己实在没什么可买的。这种闲日子对秦闯来说，简直太难熬了。

有一天，秦闯所住的淮河路街道司法所所长在社区主任的带领下，敲响了秦闯的家门。原来中兴市学习浙江诸暨市枫桥经验，建设群众诉求纠纷调解中心，其中一项举措就是邀请老领导、老干部、老教师担任人民调解员，参与群众矛盾纠纷调解。秦闯想也没想就答应了，这事被中兴市司法局局长听说后，还专门到秦闯家颁发了人民调解员聘书。

来到调解中心上班后，秦闯迅速调处了一件棘手事件。3 月的一天下午，一位年龄约 30 岁的女士来到社区调解中心找秦闯，自称早都听说了秦闯的事迹，这事只相信秦院长能给自己解决。经询问，秦闯得知，该女子姓叶，在 7 年前与已有家室的潘某结识，不久后同居，时隔一段时间之后，叶某怀孕了。她深信潘某会与妻子离婚，与自己生活，于是生下了一个男孩。可事情终究会败露，潘某妻子知道后，一家人闹得不可开交，潘某妻子坚决不同意离婚，此后潘某为逃避叶某的纠缠就躲到外市务工，对叶某及孩子的事不予理睬。叶某多次找潘某给自己及孩子一个交代，但潘某声称自己没能力照顾叶某和孩子。双方因此矛盾加剧。为了抚养孩子，叶某已经把之前打工的积蓄用尽，如今她还得在家照看孩子，没有经济来源，生活困窘。叶某希望秦闯能出面做潘某的工作，让他支付抚养费以解燃眉之急。从叶某的言语中也看出她对潘某恨之入骨，声称若潘某不配合，她便要去法院告他"重婚罪"，让他坐牢。

听到叶某这番话，秦闯感到既同情又矛盾。同情的是，她那幼小的孩子没能过上和同龄人一样的幸福生活，至于她本人所提及的艰辛历程倒是会让人觉得是咎由自取；矛盾的是，这样一起案件涉及两个家庭，并且重婚罪属于可以公诉也可以自诉的案件，从《刑事诉讼法》上讲，可以进行调解，但是处理不好的话将造成又一个家庭妻离子散。

了解情况后，秦闯让叶某主动联系潘某，平心静气地谈谈孩子抚养费的问题，让潘某来调解中心配合调解，但潘某多番推辞，不接受调解。后经秦闯多次努力，潘某同意为了孩子的成长来调解中心接受调解，并且说服其妻子一同前来协商。

秦闯从潘某妻子入手，结合法律知识，耐心宽慰和劝解："孩子是无辜的，我知道你也是受害者，但是今天请你过来，还是希望你能站在孩子的角度考虑，支付部分抚养费。"

潘某妻子并不这么认为："我现在家里已有一儿一女，生活本来就很不容易，现在没有经济能力抚养他的私生子。"

秦闯见劝解不行，便接着告知她："你的心情我也理解，但我国《婚姻法》第二十五条规定，非婚生子女享有与婚生子女同等的权利，任何人不得加以危害和歧视。不直接抚养非婚生子女的生父或生母，应当负担子女的生活费和教育费，直至子女能独立生活为止。"

后经秦闯多次劝说，提出合理抚养建议，潘某妻子终于松口同意支付每月 500 元的抚养费直至孩子年满 18 周岁，但前提是丈夫潘某必须与叶某断绝关系，双方签署了抚养协议。这样一来，孩子的抚养问题得到了妥善解决。

秦闯作为病退的法官，调解了叶某私生子的案件后，名气越来越大，每个月能成功调解很多民事纠纷案件。但是，由于他曾经是法官，并且离职不满两年，不能直接代理案件，有很多不可以调解的法律难题，秦闯也是爱莫能助。有的群众苦苦哀求，让秦闯左右为难。在中兴市司法局律师管理科的同志很热心地帮助秦闯取得了律师执业资格证，并指导他如何开办律师事务所。

离职刚满两年，秦闯就在司法局的帮助下租了一间门面，开办了自己的为民律师事务所，不雇员工，不为赚钱，不接大案，主要是为打不起官司的穷人提供法律服务。秦闯把这些规定全部制作成版面挂在了律师事务所的墙上，并打算写一副对联，让当事人在门口就能看到。有当事人问起秦闯为什么不接大案，秦闯告诉他们，自己曾经是法院的法官，虽然已经病退两年了，接大案难免还会有利用职务影响的嫌疑；另外自己确实不是以赚钱为目的的，如果接手大案也只是象征性地收费，会破坏了律师行业的规矩，让同行从业人员没法办，所以自己主要是为弱势群体提供法律服务。

由于是秦闯自己定下的规矩，并且确实是为弱势群体提供法律服务，很快秦闯的名气在中兴市更大了。这引起了中兴学院法律系的关注，该学院法律系领导想通过秦闯的事迹为法学系的课题研究提供一手案例，并指派一名叫周平的教师来跟踪采访秦闯。周平不久前因为感情问题和丈夫离婚，受到不小打击，法律系领导考虑到周平的心理状态，暂时不适合在一线进行教学，正好借着采访秦闯散散心。周平对秦闯也早有耳闻，并且在一本内部期刊上看到过秦闯调解的叶某私生子抚养纠纷的案件。作为一名女性，周平对秦闯维护妇女儿童权益的做法十分认同，听到系领导让自己采访秦闯，便一口答应了下来。

这天下午，在中兴学院法律系领导的介绍下，周平先是和中兴市律师协会打了招呼，然后直接来到秦闯开办的为民律师事务所。还没进门，只见律所门口对联写道："大案莫找，只为自在清净；小事有求，不忘为民请命。"周平心想，自己教出的学生从事律师工作的也不在少数，但都巴不得每个案子都是大案，越大的案子赚得越多，像这个律师一样不办大案的真是罕见。

进入律所，只见办公桌是空的，沙发上坐着一个衣着朴素的中年男子，便问道："你就是秦律师吧？"

"不是不是，我不是秦律师，我是来咨询法律问题的，秦律师有点急事出去了，让我给他看会儿门。"

周平看桌子上放着名片，就拿了一张，和中年男子打了招呼出了律所。出了律所后，周平按照名片上的电话打了过去，接电话的却是一名女性，周平问道："请问这不是秦律师的电话吗？"

女子答道："是的，是的，是秦律师的电话，俺是秦律师的朋友，他在医院帮俺忙。"

周平听着电话里的声音如此熟悉，像极了自己的远房表妹杨柳，就试着问："你是不是杨柳呀？"杨柳还是没有听出来，也不会想到打电话的就是自己的远房表姐周平，问道："是啊，你怎么知道我是杨柳呀，请问你是？"

周平说道："我是你周平姐呀，你咋在医院呢，怎么了？"

杨柳说："噢，是周平姐啊！我在市中医院，孩子感冒一直不见好，就想着用中药调调，结果来了之后发现忘带钱包了，手机里的钱也不够，正好秦律师的律所就在附近，只好求助秦律师了。"

周平说道："杨柳，我就在中医院附近，你们等着，我马上过去。"

到中医院小儿科，周平在杨柳的介绍下看到了秦闯。秦闯虽然看起来身体有些虚弱，但是眼光囧囧有神，散发着大龄男人特有的气质。

周平微笑着伸出手说道："秦律师，你好，我是中兴学院法律系教师周平，久仰你的大名，有点工作上的事情想麻烦你帮忙。"

秦闯和周平握手之后笑着说："幸会幸会，你是法律系的教授，我现在只是个小律师，如果有需要，尽请交代。"

周平笑着解释道："我还不是教授呢，目前只是个讲师，哈哈。"

秦闯也笑着说："那是早晚的事。"

杨柳插话道："姐，你不知道，秦律师是我的大恩人。我的事儿多亏了秦律师帮忙。这都下午5点了，说啥都得请秦律师吃饭，姐，你们正好刚认识，你作陪哈。"

周平说："吃饭是必需的，但是必须我请。"

这边秦闯说："你们女士就都别争了，这顿饭我请。"三个人就这样争执着，还是杨柳生病的小儿子打破了僵局。"你们都别争了，只要能吃饭都行。"杨柳的小儿子嘟着嘴说道。

席间，周平告诉秦闯自己承担了一项法学研究课题，该课题需要大量一手素材，需要秦闯多多帮忙，秦闯毫不犹豫地便答应了下来。

吃饭的时候，周平看到杨柳对秦闯又是倒水，又是添菜，简直可以说是体贴入微，加上杨柳好像对秦闯这些年的事情了如指掌，更是引起了周平的疑惑。趁着秦闯去卫生间，周平便旁敲侧击地问杨柳："妹，你和秦律师是怎么认识的？怎么这么熟？"虽然周平知道杨柳家的一些事情，丈夫因为集资款的事情去世了，但确实不知道杨柳是怎么认识秦律师的。

杨柳便把秦闯是怎么帮助自己的事情全部告诉了周平。在秦闯担任中兴市中级人民法院副院长时帮助杨柳等集资户讨要集资款本金时，杨柳还被迫"陷害"秦闯，后来出于愧疚和感激，经常和秦闯联系，有时候甚至帮助秦闯做做家务，秦闯也经常帮助杨柳他们孤儿寡母解决一些生活中遇到的难题。加上秦闯后来辞掉法院副院长职务后，开办的为民律师事务所离杨柳家里不远，有时候杨柳会过来帮助秦闯收拾一下卫生，两个人就成了好朋友。

周平听了秦闯的事迹之后，更是被秦闯的魅力折服，内心的疑惑也一一得到了答案。秦闯刚从卫生间回来，周平便主动要求加了微信。

吃饭结束了，秦闯早已借着上卫生间的机会找前台把账结清了，等到周平、杨柳两个人抢着付账的时候，发现根本没有了机会，于是，约定近期再一起吃饭。因为杨柳挂念孩子，秦闯便开车和周平一起先把杨柳送到了婆婆那里。送完杨柳后，周平告诉秦闯，她离婚后一直住在学校，便邀请秦闯一起看看中兴学院的夜景。秦闯自从病好了，也养成了晚饭后散步的习惯，便立即答应了。

中兴学院是中原省教育厅直属的二本院校，由中兴师范学院改名而来。法律、中文、教育学等文科专业是传统强势专业，在中兴市委、市政府的大力支持下，在中兴市区东郊建设了中兴学院新校区，建成后的新校区景色相当漂亮，被市民戏称为"中兴东郊公园"。秦闯和周平两个人绕着学校的人工湖、图书馆、体育场等处边走边说。

"秦律师，你的事迹我早都听说了，今天见到真人好荣幸，刚才吃饭的时候，我妹和我讲了你的事迹，真的很佩服你。"周平充满敬意地说道。

"那些都是过去的事情了，我这也是第一次和大学美女教授吃饭散步呢，也非常荣幸啊。"秦闯幽默地说道。周平长相清秀，身材苗条，留着乌黑的长发，加上长期在教学岗位工作，散发着一种迷人的气质，虽然刚刚遭受感情打击，心情有些抑郁，但是一点也不像马上就是 47 岁的女人。

"哈哈，秦律师好健忘啊，我是讲师哦，哪里是美女教授。"周平也调侃道。

秦闯不知道为什么，对周平很有好感，便继续幽默地说："周讲师，我给你掰扯掰扯，你看美女是毋庸置疑的，讲师的未来就是教授，我说得对不对？未来的周教授。"

周平被秦闯的风趣幽默惹得哈哈大笑，她觉得好久没有这么开心了，对秦闯也是充满了好感。

两个人就这样笑着说着，不知不觉走了近两个小时，已经到了晚上 10 点。学校教学楼的灯光慢慢都熄灭了，宿舍楼的灯光很多还亮着，秦闯看了看手机上的时间，说："周平，时候不早了，我把你送回家吧。"

"不用不用，秦律师，我现在就在学校的教师公寓住，那不，就那栋楼。"周平指着远处的宿舍楼，推辞说。

秦闯虽然对周平住在单身教师公寓有些疑惑，但也没好意思多问，便告辞了。正当秦闯转身的时候，周平在背后笑着说："秦律师，今天让你破费了，改天我请你。"

秦闯转过身，笑着说："这么客气呀，你还请我看美景了，我可没法还。"两个人又是一顿大笑。秦闯此时自己也没意识到，在周平面前，怎么突然变得风趣了起来。

第一次见面之后，由于二人互相加了微信，周平需要的材料秦闯便通过微信发给周平，周平刚刚经历重大感情变故，有时候人会变得郁郁寡欢，秦闯忙于律所案件，对周平的感情变化也不太在意。

　　两人认识一个月后的一天夜里，秦闯躺在床上没事，就随意翻阅了一下微信朋友圈，他猛地看到周平刚刚发了一条微信："深色的夜空，淹没了所有的恨。既然吸食了感情的毒，就要承受刺骨的痛。"秦闯不知道周平身上发生了什么，出于关心地问道："周老师，你没事吧，我看到你的朋友圈。"

　　此时的周平由于想起丈夫丁风雅的出轨背叛，正一个人在学校的操场里散步。看到大学情侣卿卿我我，不由地想起自己这些年的感情经历，便文艺地发了条微信，没有想到秦闯会第一时间看到，便回了句："秦律师，没有事情，就是突然文艺病犯了，让你挂牵了，谢谢你。"

　　秦闯接着回："哦，那就好，我以为有什么事情发生了呢。你在外面吗？外面挺冷的。"

　　"我在学校操场散步呢，没事，我穿的衣服厚。"周平回道。

　　"对了，那天我也没好意思问，你怎么住在学校呢，家人呢？"秦闯忍不住问道。

　　"我离婚后一个人过。"周平又想起往事，有些难过。

"不好意思，周老师，我唐突了。"秦闯这边觉得自己问得有点多了。

"没事，都过去了。"周平回。

"周老师，你平时没事喜欢干什么呀？"秦闯为了打破尴尬，转移话题问道。

"我喜欢去野外探险，就是一直没有机会。"周平在微信上说道。

"野外探险？是去原始森林那种吗？"秦闯不解地问。

"不是呀，我可没那么大胆子，就咱们中兴市的最高峰蜘蛛山，我一直想去爬，但是都没敢一个人去，更别说原始森林啦，哈哈。"周平所说的蜘蛛山海拔2900米，是中兴市最高峰，以山体陡峭、树林茂密出名，因为开发难度大，还处于未开发状态，山里经常有野猪、毒蛇等出没，是中兴市野外探险者的乐园。

"可以带上我吗？"秦闯直接发了过去，发过去之后才觉得自己太唐突了。

"真的吗？求之不得呢，秦律师什么时候有时间？"

秦闯没想到周平立马就同意了，便回道："看周老师的时间啦。"

"那就这周六吧，咱们上午出发，好不好？"周平立刻把时间确定了下来，秦闯也爽快地答应了。秦闯也是一名爬山爱好者，只是这些年工作太忙，一直没有时间去好好爬一次山，这次接到周平的邀请便欣然同意。

　　按照约定好的时间，周六上午，秦闯一早起来换上登山装备，前往中兴学院接周平。在周平所住的教师公寓下大概等了10分钟，只见周平身着一身运动衣，背着一个小书包，显得更加年轻有活力，远远看见秦闯，便招手喊道："秦律师是个大帅哥嘛，这衣服一换，我都认不出来了。"

　　秦闯站在车旁笑着说道："和周老师一比，我都是老腊肉了，出发吧。周老师喜欢坐在哪里？"

　　"哪里都可以，那秦律师介不介意我坐副驾呀？"周平调侃地说道。

　　秦闯连忙绕过车头打开副驾的门说："当然不介意，周老师请。"

　　"秦大律师这么绅士呀，哈哈哈。"周平一边跨进车门一边笑着说。

　　秦闯和周平两人一路有说有笑，很快便到了蜘蛛山下。由于秦闯开的是轿车，车只能放在山脚下的一处平地上，两人背上准备好的食物和纯净水便往蜘蛛山进发。

　　"秦律师，你平时都喜欢什么运动？"一边爬山，周平一边问道。

　　"之前一直在政法系统工作，运动主要就是打打篮球，跑跑步，后来身体出了大问题，更多就是散散步了。"秦闯把自己之前生病的事情告诉了周平，令周平无比敬佩。

"那等一下秦律师爬不动了，我可以帮忙哈。"听了秦闯说自己是鬼门关走过一遭的人，周平便打趣地说道。

两个人笑着说着便爬到了半山腰，爬山途中秦闯一直想问问周平为什么离婚，但是嘴张了几张，没敢鼓起勇气问。蜘蛛山越往上爬越陡峭，并且没有修路，都是放羊人和登山爱好者踩出来的荆棘小路，秦闯因为动过大手术，感觉到有些乏力，便问道："周老师，累不累，要不我们先歇一下？"

周平看秦闯确实有些累了："好的，我们正好可以补充下能量。"周平说着便从背后的小书包里掏出了一块面包递给秦闯，秦闯从自己的背包里拿出纯净水，两个人靠着一块大石头吃了起来。

等到秦闯和周平爬到山顶的时候已经是下午3点。

"会当凌绝顶，一览众山小。"秦闯感慨地说道。

"呀，秦律师诗兴大发呀，这句诗用在这里真是再恰当不过。"周平看着周边层峦叠嶂的山峰说。

秦闯鼓起勇气问道："周老师，方便问你为什么离婚不？"

周平愣了一下，微笑着说："秦律师，出来不提那过去的事情了，哈哈。"秦闯见周平心情不错，便也没有问下去。

两个人在山顶待了半个小时，周平对着山下的峡谷吼了几嗓子，然后说道："放空自己的感觉真好，谢谢秦律师陪我爬山。"

"客气什么，我也很久没有爬山了，今天格外开心，不过就是时间不早了，我们现在下山，估计到山脚下，天都黑了。"秦闯看了看手表说道。

"那我们下山吧，秦大律师。"周平淘气地说道。

"我可不是秦大律师,可以喊我老秦。"秦闯笑着说道。

"好，老秦，我们下山。"说着，周平就往山下冲了几步，秦闯吓了一跳，连忙说道："周老师，你小心一点，陡。"

俗话说，上山容易下山难，两个人还没有下到半山腰天色就渐渐暗了下来，秦闯打趣说："周老师，看这样子，我们要滞留在这山里了。"

周平满不在乎地说："那样才有意思呢，就是要野外探险嘛。"

"那万一有猛兽，周老师有个闪失，我可担待不起呀。"秦闯打趣地说。

"有老秦嘛，还怕什么猛兽。"周平脱口而出。

"周老师意思是我比猛兽还可怕?"秦闯大笑着说。

"口误，口误。"周平连忙解释道。

随着天色越来越晚，两个人不由地加快了脚步，秦闯打开了随身携带的小手电，让周平走在前面。"老秦很细心嘛，手电都准备了。"周平说道。

"有备无患，这下派上用场了，周老师，你小心一点，尽量用手扶着一边的石壁，咱们侧面是个深沟。"秦闯紧跟着周平的脚步，不断地提醒说。

突然，秦闯看到一边的石壁缝里似乎盘着一条毒蛇。"小心，蛇。"秦闯喊了出来。

"啊——"随着惊恐的叫声，周平往侧方一躲，往深沟方向滑，说时迟那时快，秦闯不愧是警察出身，一下子抓住周平，但由于自己也没有站稳，两个人一同滑了下去。秦闯这边死死地抱着周平，两个人滚了一会儿，似乎被一棵树给挡住了，没有继续往下滚。

"好险，再往下滚，估计我们两个都没命了。周老师，你没事吧？"秦闯长出了口气，连忙问道。周平还没有从惊吓当中回过神。

"周老师，你没事吧？"秦闯拍了拍躺在地上的周平。

"没事，就是好疼。"周平难受地说。

"哪里疼？"秦闯赶紧问道。

"脚脖。"说着周平想尝试着站起来，但立马又蹲在了地上说，"估计我的脚扭伤了。"

"啊，周老师，你先别动，我用手机看看，刚才滑倒的时候，手电也掉谷底了。"秦闯说着便挽起了周平的裤腿。"呀，脚脖已经有些红肿了，不过还好没有脱臼。"秦闯看了之后说。

"那怎么办呢？这荒山野岭的。"周平有些害怕。

"不要怕，有我呢，我们现在要赶紧从这陡坡爬下去，我们没法往上爬，只能斜着往下。"秦闯边安慰边说。

周平忍着疼痛，两个人就这样一步一坐地往斜下方挪去，一直挪到了似乎是条下山的小路边。"这条路不是我们来的时候上山的路，但是我们只能沿着往下走了。"秦闯缓缓站起来说。

周平想强忍着疼痛站起来，但是右脚钻心地疼："老秦，我右脚好疼。"

"我背着你吧，得想法用冰水敷一下。"秦闯搀着周平的胳膊说。

"这么晚了去哪里找凉水呢？我们带的都是热水，何况也就杯子里这一点。"周平强忍着疼痛说。

"试试看吧，我学过野外生存。"秦闯安慰她说，然后蹲下来，让周平趴在自己的背上，背了起来，周平此刻觉得秦闯的臂膀像温暖的港湾，脚也不那么钻心地疼了。由于山路陡峭，秦闯背着周平缓慢地挪着，终于到了一处平坦的地方。

"周老师，你先坐在这里，我看这个地方应该是放羊的人歇息的地方，或许有水。"秦闯说着把周平放了下来，还没等周平说出"小心点"的话，他已消失在了夜色里。

坐在原地等待的周平心里有些害怕，此刻她最期盼秦闯赶快出现，只有秦闯才能给她带来安全感。大约过了 10 分钟，秦闯拿着一大壶山泉水回来了，边走向周平边说："功夫不负有心人，山泉水最解疼。"

秦闯熟练地把水倒在毛巾上并叠了两折，周平看着眼前这个不太熟悉的男人，心里无比温暖。因为丈夫出轨，曾经一度厌恶所有男人的她对眼前这个男人充满了好感。

秦闯用湿毛巾对周平的右脚进行冷敷，又用娴熟的手法给她按摩了一会儿。周平虽然显得有些难为情，但是心里无比温暖。冷敷过后，周平的脚能够一瘸一拐地下地走路了，两个人就这样搀扶着下了山。秦闯把周平送回教师公寓的时候，已经是深夜 2 点。那一夜，疼痛伴随着感动，周平失眠了。

第十一章　月圆花好

　　我知君心似明月，君知我心如湖水。从爬蜘蛛山回来后，周平很少在微信上问秦闯要资料了，不是课题不需要，而是她每次都想当面要，她也不知道怎么回事，就是见到秦闯会很开心，或许是好感，或许是朦胧的爱意。

　　这天，周平所写的课题需要秦闯提供一些案例素材，她便没打招呼，直接来到了秦闯的律师事务所。此时秦闯正在处理一起离婚纠纷案件，周平站在门外，看到一名妇女在向秦闯哭诉自己的经历，出于好奇心，便停留在门外听了起来。

　　在律所内，向秦闯哭诉的是一名40岁左右的中年妇女。她早年和丈夫一起从农村到中兴市创业，经过15年的奋斗，慢慢地在中兴市拥有了夫妻共同的事业，本想着该稳定下来享享福了，但是丈夫却有了外遇，并暗地把财产转移了。这名妇女一边抹泪一边向秦闯哭诉，眼前的一切被周平看在眼底，勾起了周平的痛苦回忆。

　　周平原来也有一个美满的家庭，丈夫丁风雅原来是中兴学院金融系的教师，两人经同事介绍一见钟情，婚后很快有了自己的孩子。周平便把生活重心转移到孩子身上，一直培养孩子到加拿大留学。丁风雅本身就是个追求刺激的男人，结婚没多长时间，便嫌教师行业清贫，下海从事外贸生意去了。最初的几年，屡遭挫折，但周平不离不弃，拿着娘家的钱养家，贴补丈夫的亏空，后来整个对外贸易形势好转，丈夫丁风雅生意越做越大，渐渐地，在家的日子也越来越少。

　　随着身边的诱惑越来越多，丁风雅悄悄移情别恋，周平却浑然不知。直到有一天在丈夫的轿车副驾上发现了女性用品，起初周平还是相信丈夫的，但是纸终究包不住火。随着这种破绽越来越多，丁风雅也懒得自圆其说了，两个人就开始了无休止的争吵、冷战。终于，在3个月前，丁风雅索性一股脑儿把离婚协议放在了周平面前，周平才傻傻地意识到自己有多么天真，她原本还想着给丈夫一点儿教训，慢慢地让他回心转意，没有想到自己曾经要白头偕老的男人竟如此狠心，但周平绝对不是那种死缠烂打的女人。最后的结果就是周平获得一定数额的财产分割之后，离开了那个令她万念俱灰的家，住到了中兴学院新校区的教师公寓。

　　看到眼前的一幕，往事种种浮现在周平眼前。周平本来是来找秦闯要些一手的民事案件素材，但是受到眼前一幕的影响，等到那名苦命女子走了之后，周平突然控制不住自己的情绪，眼含泪花地提出想和秦闯到外面走走。秦闯看到眼前的周平仿佛受到了委屈，丝毫没有犹豫便答应了下来。

在公园散步时，秦闯还是觉得周平心事重重，便问道："周老师，你到底怎么了？我看你一肚子官司呀。"周平便一股脑儿把自己和前夫的事情倾诉给了秦闯，秦闯听了之后，又气愤，又痛心，他心想，天下负心的男人怎么就这么多？秦闯甚至想去找到周平的丈夫丁风雅，狠狠揍他一顿，这么好的女人，怎么能如此辜负？秦闯和周平两个人坐在公园的长条椅子上，沉默了好长时间。

周平首先打破了这寂静的气氛，说道："老秦，说到这里了，我想求你个事情，我不想住在学校了。我离婚之后，我们法律系里有个男教师对我好像有什么心思，他有妻子，之前就是动作言语上比较轻浮，我没有离婚时，他还不敢怎么着。最近，他得知我离婚之后，有些变本加厉了，有时候晚上喝了酒还来敲我的宿舍门，我很烦恼，怕别人说闲话，所以我想出去住。"

秦闯又气愤又不解地问道："你们法律系的老师不应该是最懂得法律的人吗？怎么会做出如此轻浮的举动？"

周平无奈地说道："唉，很多事情不是你想象的那样，老秦，看来你内心还是很纯洁的。"

秦闯有些怜惜地说道："难为你了，这个事情我记住了，我认识的人多，我帮你想办法。"

在接下来的日子里，秦闯十分尽心地帮周平留意着小区的便民栏，也托人不断地介绍房源，想尽快帮周平租到房子。秦闯也问了很多房主，不是因为价钱不合适，就是因为位置距离周平上班的地方太远，一时也没有找到合适的房源。时间大概过去了半个月，秦闯不经意间看到小区楼道单元门口的便民张贴栏里，贴着一张租售房广告，真是踏破铁鞋无觅处，得来全不费工夫。秦闯看到是自己8楼的邻居要出租房子，便赶紧和邻居联系。原来是小两口因为工作调动要去外地定居，急于出手房子，但苦于没有合适的买主，想着只好先出租出去，价钱好商量，加上相信秦闯的为人，三室两厅的房子每月租金2500元，价钱非常合适。

秦闯兴奋地和周平联系："周老师，我帮你找到了房子，三室两厅的，每月2500元租金，就在我楼上，不知道你愿意不愿意？"

周平一听和秦闯是一栋楼，高兴地脱口而出："真的吗？愿意愿意，求之不得呢。"

秦闯通过电话都能想到周平手舞足蹈的模样，周平连房子都没看，就坚持马上和秦闯一起找房东签订租房协议。在房东的陪同下，周平和秦闯一起上楼看房子。

房间物品很齐全，也很干净，周平非常满意，便和房东签了一年的租房协议，并一次性付清了一年的房租。房东小两口也没有想到房子能够这么快租出去，房内个人物品还没收拾好，所以告诉周平房子收拾好后把钥匙交给秦闯。

第二天，房东小两口如约把钥匙交给了秦闯，还调皮地说道："秦律师这么上心，看来关系不一般嘛。"

秦闯突然被邻居调侃，竟有些腼腆地说道："就是普通朋友，我帮个忙嘛，看你们想哪里去了。"

邻居依旧调皮地说："关系都是从朋友做起嘛，近水楼台先得月哦。"

秦闯一个老男人听到这话竟然脸红了。房东两口搬走后，秦闯找开锁公司给周平换了门锁，购置了必备的生活用品。出于长期从事政法工作的警惕性，秦闯又仔细检查了窗户以及屋内电器和煤气设施的安全性，做完这一切后，还特意查了查万年历，找了个适宜搬家的日子。

秦闯所做的一切，周平看在眼里，心里涌起一阵阵的暖意，执意要搬家后邀请朋友和秦闯一起来家里吃饭，也即"燎锅底"，让秦闯尝尝自己的手艺。说是搬家，秦闯还想着找个搬家公司来，但是到了周平所住的教师公寓后，才发现根本用不着搬家公司，就是些衣服、鞋子和日常用品。秦闯和周平以及周平的两个女同事闫月、李彩利用一下午的时间两趟就搬利索了。看到有了自己的新家，周平兴奋不已，表示晚饭无论如何都要请他们在家吃。

周平毕业于西南政法大学，本科加上硕士研究生7年在重庆，做川菜十分拿手。这天晚上，周平掌勺，秦闯和闫月、李彩打下手，两个小时的时间便做好了火爆腰花、夫妻肺片、叉烧鱼、金钩青菜心、麻婆豆腐和黄豆芽排骨豆腐汤等8道川菜，让他们大为赞叹。

饭菜做好后，周平执意要喝酒。秦闯就把自己存了10年的两瓶水井坊展示了出来。闫月和李彩两人也是豪爽的"女汉子"，一见秦闯把多年的"存货"都拿出来了也不再推辞。

闫月和李彩都是周平十分要好的同事，在中兴学院没有搬新校区的时候，教室公寓条件比较艰苦，3个人还是室友，感情自然深厚，说话上也毫无顾忌。4个人很快便把一瓶水井坊"报销"了，闫月看到大妻肺片，带着醉意调侃秦闯道："秦帅哥，俺平姐做这道菜可是有深意哦，想和你夫妻同心哦。"

周平听到后，脸红地拍了闫月一下，并偷偷瞟了一眼秦闯。秦闯几杯酒下肚脸都没红，但听到闫月此话，脸顿时红了起来，竟有些害羞地说道："闫老师，不要开我的玩笑啦，老光棍一个人习惯了，没有想过癞蛤蟆吃天鹅肉。"

周平听到秦闯如此说，竟有些失落，说道："我可配不上人家秦帅哥，不许再开玩笑了。"

李彩却连忙说道："你看平姐做的这叉烧鱼多好，秦帅哥是鱼，平姐姐是水，两个人在一起才是如鱼得水嘛。"

李彩这么一说，秦闯更加害羞了，说道："我身体不好，不能拖累人家。"

还没等周平插话，闫月便坏笑着说："知道你身体不好，你看平大美女给你做了火爆腰花，补一补就火爆了。"

顿时，秦闯和周平两个更加难为情了，周平只得狠狠地锤了一下闫月说："吃饭也堵不上你俩的嘴，越说越不像话了。"就这样，在调侃中，他们竟然喝完了两瓶酒，还嫌不尽兴，又喝了一瓶红酒。秦闯由于身体不好，喝得少些，周平出于兴奋喝得最多，没忍住竟吐了一地。

晚饭结束后，闫月和李彩两个人被李彩老公开车接走，剩下了秦闯和周平。秦闯把她们送到楼下的时候，闫月还不忘调侃秦闯说："闯哥，我们把周大美女交给你了啊。"秦闯竟一时不知如何回话，只得招手相送，惹得她们哈哈大笑。

回到周平家里后，秦闯先把周平扶到客厅沙发坐下，然后把餐厅、厨房全部收拾干净。周平迷迷糊糊躺在沙发上，说道："我要洗澡。"秦闯一时没有办法，就打了水，在客厅给周平擦了擦脸，正当秦闯拿着毛巾小心翼翼地给周平擦脸时，周平竟一下子抱住秦闯哭了起来：
"你为什么要辜负我？为什么？"秦闯一时语塞。

秦闯把周平搀到卧室，帮她脱掉外衣和鞋子，盖好
被子后，一个人来到客厅。由于担心周平喝醉酒一个人
出事，秦闯便在客厅睡了一夜。早上起来后，周平回忆
起了昨晚的事情，在出来喝水的时候，又看到躺在客厅
沙发的这位温暖、帅气的男人，内心深处不禁泛起一阵
阵爱意。

自从离婚之后，周平一般都是在学校餐厅吃饭，大
学餐厅的饭菜种类多，并且中兴学院建设新校区后，由
于距离老城区较远，很多教师来往不方便，为了方便教
师就餐，学校又专门设置了一处教师餐厅，周平一直都
是在学校吃饭。自从搬家之后，周平像完全变了一个人
一样，每天不仅打扮得漂漂亮亮的，还经常在家做饭，
每次做饭都会邀请秦闯来吃，像是一家人一样。

周平和秦闯成为邻居之后，课题进行得也很顺利。
很快，中兴学院法律系年度重大课题的初稿便出来了，
并得到了系领导的高度肯定，系领导对周平在经历如此
人生变故之后，还撰写出如此高质量的论文惊叹不已，
而除了周平谁都不知道，秦闯在中间起到了关键性的作
用。论文完成的这一天，正好是农历七夕，中国人的
"情人节"。周平异常兴奋，要求必须请秦闯吃饭，并约
法三章，第一，饭店自己选；第二，菜品自己挑；第三，

账单自己结。秦闯见周平如此兴奋，便欣然答应。

这些年，忙于家庭和事业，周平对外面的饭店知晓得并不多，更别提让她推荐哪家饭店的哪样菜品有特色了。周平与前夫感情好的时候，两个人追求浪漫情调，经常去一家叫作"茉莉"的西餐厅就餐，这家西餐厅也是中兴市的"求婚圣地"。丁凤雅就是在这里向周平求的婚。在想不出有什么好地方的情况下，周平便随口说不如去"茉莉"西餐厅吃西餐吧，两人便驱车前往。

俗话说，中餐吃味道，西餐吃情调。中兴市这家"茉莉"西餐厅位于市区繁华地段，餐厅面积非常大，给顾客的第一印象就是豪华浪漫，金碧辉煌，配上窗外霓虹闪烁的夜晚，回荡着轻柔的音乐，在这里就餐会给人一种很惬意的享受。秦闯和周平选择了靠窗的座位，点了开胃菜鱼子酱，两份七分熟的牛排和一份意大利面，在周平的强烈要求下，点了一瓶赤霞珠红酒。

"闯哥，不瞒你说，我和前夫之前经常来这里吃饭，他也是在这里向我求的婚。自从离婚之后，我再也没来过这里，已经感觉陌生了。"周平从上次"燎锅底"之后，便一直称呼秦闯为闯哥。

"那重游此地，有何感想呀？"秦闯不失幽默地问道。

"能有什么感想呀，我现在真的已经放下了，不能为不值得的人伤心。"周平笑着回答。

"那就对了，一切朝前看嘛，有更好的男同胞在等着你呢。你给我说说要求，也许我可以帮你介绍。"秦闯安慰地说道。

"没有要求，像我这情况，还能有啥要求。要真说要求，唯一的要求就是像闯哥一样。"周平听到秦闯要介绍对象，心里略有些失望地说道，眼睛朝窗外看去。

突然，大厅响起了一阵掌声，虽然距离秦闯和周平吃饭的地方有几十米远，但能够看出是一副求婚场面，正当周平想继续往下看的时候，她突然愣住了，原来是自己的前夫丁风雅在向拆散他们婚姻的"小三"求婚。

周平突然神色凝重地告诉秦闯："闯哥，我们走吧。"

秦闯有些不解地问道："饭还没怎么吃，怎么就要走？"

周平面色难受地说道："求婚的是我前夫，对面站的那个是拆散我们的'小三'。"

"不会吧，像电视剧的桥段一样，真是你前夫呀，他居然在这里求婚。"秦闯笑着说道。

"呀，你还笑，这好尴尬，怎么办啊？要不我们马上走吧。"周平低着头有些慌张地说道。

"走什么走？现在走正好碰到，再说各吃各的，遇到了我还要打个招呼呢，想采访采访他此时的感受。"秦闯依旧风趣地说。

就在周平和秦闯说话的时候，周平前夫丁风雅正在给"小三"戴戒指。周平用胳膊架在餐桌上，挡着自己的脸。秦闯倒是大方地往丁风雅求婚的地方看。

"怎么办啊，怎么办，他们一会儿发现我们怎么办?"周平低着头慌张地问道。

"平，你怕什么，我给你出出气去，一会儿趁我和你前夫聊天，万一打起来，你赶紧出去等我，记得哦。"秦闯第一次没有喊周老师，喊的是"平"。

周平听到秦闯这么称呼自己，内心一惊，还没等周平反应过来，问怎么就会打起来呢，秦闯便站了起来。由于之前周平说过前夫的"小三"也就是求婚对象姓名瑗，秦闯便绕过围观的食客，走到两人跟前，笑着说道:"袁瑗，我找你找得好苦，你不是答应要和我结婚吗?怎么跑这里答应别人的求婚了?"周边围观的食客一脸惊讶。

袁瑗哪里认识秦闯，更别提要和秦闯结婚了，有点生气地说道:"你认错人了吧，我不认识你，谁要和你结婚呀!"

"你这个女人，你骗得我好惨，你3个月前还答应和我结婚，我这出差一回来，你怎么也不接我电话了?"秦闯装作生气地说。

"你这人有病吧，我什么时候找过你!"袁瑗已经气得提高了嗓门。

"呀，对了，这就是你给我说的那个大学女教师的丈夫吧，特有钱的那个，你说他追你，你不同意，你心

里只有我，还骗我让给你买车，对了，你说他前妻是教法律的。"秦闯看了一眼在一边一脸蒙相的丁风雅说，这时围观的食客也一阵唏嘘。

"神经病啊，我什么时候让你买车了？你神经啊，你到底是谁？"袁媛已经恼羞成怒，张牙舞爪地大声问道。

"哎呀，你这女人还不承认，你继续答应求婚吧，祝福你，大兄弟！"秦闯对着两个人说，顺道看了看已经快恼了的丁风雅，装作气愤地走了。

"你别走，你给我解释清楚。"袁媛朝着已经走开的秦闯喊道。

"你还喊什么喊，还不嫌丢人！怎么回事？你和他好过？他怎么知道得这么清楚？"丁风雅生气地抓着袁媛质问。

"我怎么知道，这人神经病啊，我真的不认识。"袁媛已经气急败坏了。周平在一旁看到这场景，心里觉得简直太解气了，于是趁乱从餐厅侧门出去了。

秦闯在餐厅前台结了账，看到袁媛依旧在大声喊："你别走，解释清楚啊，我什么时候认识你？"

"解释什么呀解释，这还不清楚呀。"周平前夫继续叱问袁媛，这边秦闯在前台结了账，径自从侧门走了，看到周平前夫和袁媛两个人还在争吵。

从餐厅出来后，周平在几百米外的地方笑得前仰后合。见秦闯过来，她笑着说："闯哥，我没想到你这么正经的人，怎么也一肚子坏水呀，你咋能想到这馊主意呢？哈哈。"

"还不是给你解气呀，快走吧，咱俩都喝了点红酒，车就放在这里吧，别让前夫哥认出我们。"秦闯说。

"你说什么，闯哥？前夫哥？"周平边走边笑着拍着秦闯的腰说。

"口误，口误，妹子。"秦闯连忙解释道。

秦闯和周平两个人在"茉莉"西餐厅根本没有吃到什么，走着说着竟有些饿了。

"闯哥，你看，本来约法三章我请你吃饭的，走得急，又是你付的账，不过今天，我可是服了你了，你坏起来好可爱。"周平说。

"那你要补偿我。"秦闯继续坏坏地说。

"怎么补偿？"秦闯腼腆地说道，有些脸红。

"请我吃个消夜吧。"秦闯说。

"啊，我还以为别的什么呢，这简单，走，想吃什么都行，我请客。"周平说。

"你以为什么呀。"秦闯此时有些坏得收不住了。

"呀，没什么呀，快说想吃什么。"周平更加难为情了。

就这样，两个人互相调侃着，像是在谈恋爱的青年男女一般。两个人在附近的兰州拉面馆各吃了一小碗拉面，便一同说着笑着往家的方向走，显得格外兴奋。等他们二人走回家，已经是晚上 11 点了。秦闯先是把周平送回了家，然后下楼回到自己家。

这天晚上，两个人几乎都失眠了。在彼此的心里，感情再次升温了，此时的周平仿佛坠入了爱河，而秦闯的感情反而好像没有那么强烈，他知道自己的身体，不能再去拖累周平。

随着秦闯和周平两个人一起经历的事情越来越多，周平对秦闯的爱慕也在一天天加深，只是秦闯刻意压抑着自己的感情不表露出来，这让周平有时候内心非常恼火。秦闯和周平两个人经常相约去超市买菜，偶尔一起在外面吃个饭，感情一步步地升温，但就是这层窗户纸，两个人都没有去捅破。好几次，周平都想向秦闯表白，但是出于女性的矜持，她总觉得自己不能这么直接，也怕万一秦闯拒绝了，连朋友都没法做。

其实自从和秦闯认识之后，周平和远房表妹杨柳的联系也越来越多。在交谈之中，周平觉得表妹在内心深处也对秦闯充满了好感。是啊，像秦闯这样的男人，哪个女人会不喜欢呢？

有一天，周平实在压制不住自己内心对秦闯的感情，便去找杨柳倾诉，一方面想知道杨柳内心的真实想法，另一方面也是想让杨柳帮帮自己。因为在她认识的人中，只有表妹杨柳和秦闯关系最好。周平来到杨柳家中，见两个孩子都去上学了，便直接说道："妹儿，我有个心事想和你说说。"

虽然周平是杨柳的表姐，小时候也是非常要好的姐妹，但结婚之后联系并不多，听到表姐突然这么说，便关心地问道："姐，什么事情呀？看把你难为的。"

"是关于秦律师的。"

还没等周平说完，杨柳便插话："秦律师怎么了？"

"妹儿，你告诉我，你是不是也喜欢秦律师？"周平见杨柳如此关心秦闯，便直接问了出来。

"姐，说实话，有一段时间确实是，但我也知道自己的条件。我也没有工作，还带着两个孩子，配不上人家。"杨柳认真地告诉周平。

"你也很漂亮，咋就配不上，都啥年代了。"周平继续试探地说道。

"姐，你别说了，我和秦律师不合适，最近别人介绍了一个男的，人挺好，我打算处处。不过姐，我看出来了，秦律师很喜欢你是真的。"杨柳诚恳地说道。

"我怎么不知道他喜欢我？"周平感兴趣地问道。

"当局者迷，我能感觉到他对你很上心的，秦律师是个好人，你们两个确实也很般配。"杨柳认真地解释道。

周平听了表妹杨柳的话心里有些高兴，便说道："我真的感觉不出来，每次谈到这个话题，闯哥都绕开了。"周平不经意在杨柳面前喊出"闯哥"的时候，才意识到自己已经习惯了这么称呼秦闯。杨柳曾经有一段时间也对秦闯也产生了强烈的爱慕之情，但是转眼一想自身的条件，彼此差距太大，便打消了这种念头。当她看到表姐周平和秦闯关系越来越近，心里有一丁点儿羡慕，但更多的是着急，也急着把二人撮合在一起。杨柳笑着说道："你看你都喊闯哥了，你别管了，我来帮你试探试探。"杨柳想了一阵儿，把自己的计划告诉了周平。

　　过了一周，秦闯正在律师事务所翻看中兴市法律援助中心指派的一起交通肇事的案件卷宗，杨柳突然来到秦闯的律师事务所，看到秦闯一个人在整理案卷，便直接说道："秦院长，你现在有空吗？"

　　"什么事呀，杨柳，我早都不是啥院长了，以后叫我老秦都可以，今天怎么突然想起来找我了呢？"秦闯笑着说道。

　　"我叫秦院长习惯了，一时改不了。没什么事情就不能找你了呀。"杨柳也笑着说道。

　　"妹子，有什么困难一定要和我说。"秦闯关心地说道。

　　"没什么困难，但是我今天得给你制造个困难。秦院长，你和我说，你有没有心上人？"杨柳直接问。

　　"怎么突然问这个？"秦闯感到有些突兀。

　　"你就告诉我，有没有？"杨柳继续逼问。

　　"我也不知道算不算，怎么了？"秦闯有些犹豫地说道。

　　"那好，秦院长，既然你也没有心上人，我喜欢你。"杨柳直接说了出来，让秦闯出乎意料。

"不行不行，我可是一直把你当妹子看。"

"我不愿意当你妹子，你都承认没有心上人了，我就有权力追求你。"杨柳继续逼问。

"杨柳，我和你说，我真的一直拿你当妹妹，而且我有心上人了。"秦闯郑重地说。

"谁？是不是我姐？"杨柳继续问道。

"嗯，不过我不知道她……"还没等到秦闯说完，周平从外面进来，原来她一直在外面听着，这是杨柳给秦闯设的局，就是要逼问出秦闯到底是咋想的。

"闯哥，其实我心里也有……"还没等周平吞吞吐吐把这说完，杨柳看出了表姐的难为情，便打断说："呀呀呀，我走了，你们谈情说爱吧，我不在这里当你们的电灯泡了。秦院长，未来的大姐夫，可不许辜负我姐哦。"杨柳笑着跑了出去，留下了秦闯和周平两个人呆呆地站在那里。

"闯哥，和你认识的这段时间，我发现自己已经控制不住对你的感情了，并且这种情感越来越强烈，闯哥，不知道你喜欢不喜欢我？"周平低着头红着脸小声说道。

"你这么漂亮，又这么好，怎么会不喜欢呢？可是我身体也不好，得过大病，怕拖累你……"秦闯说道。

"那有什么，以后我照顾你。"周平抬起头，腼腆地说道。

"我一个大男人，怎么能让你照顾我呢？"秦闯小声地说道。

　　"我愿意，只要能和你在一起。"周平说完这句话更加害羞了。

　　秦闯看着眼前的周平，内心波涛汹涌，一下把她搂在怀中。什么话都没说，只是搂着，像一对前世的夫妻，历经磨难今生再次遇见一样，偶尔路过门口的过路人投来好奇的眼光，两人也不在乎，紧紧地抱在一起，足足有十多分钟。

　　秦闯和周平确定关系之后，周平担心秦闯的身体，为了方便照顾秦闯，便申请了提前退休。周平退休手续办好之后，秦闯和周平分别告知彼此的亲人两人要结婚的决定后，又一起到秦闯前妻夏娟的墓地。秦闯放了一束夏娟生前最爱的花，说道："夏娟，之前的事情都过去了，我也有很多对不起你的地方，你的去世也都是因为我，我亏欠你太多。经历了这么多事情，我想明白了很多道理，人这一生虽然会经历很多痛苦和磨难，但只要有积极向上的心态，有坚持不懈的努力，在家里有小爱，在社会上有大爱，就会破茧成蝶，拥有健康幸福的人生。今天来主要是想告诉你，我认识了一个和从前的你一样善良的女孩儿，她叫周平。她对我很好，我们马上要结婚了。"

　　周平也接着说道："娟姐，请你放心，我一定帮你照顾好秦闯，以后我们每年都会来这里看你。"

在做完这一切后，两人到民政局婚姻登记窗口办理结婚登记，成了合法夫妻。

"平，领了证，你可就是老秦家的人了，后悔不？"出了婚姻登记大厅之后，秦闯调侃地问周平。

"后悔了，怎么办呢？"周平看秦闯有意调侃自己，便故意说道。

"那现在可晚了，上了贼船就下不去咯，后半辈子你是逃不掉了。"秦闯拉紧周平的胳膊笑着说道。周平轻轻捏了一下秦闯的胳膊也笑了起来。

两人领了结婚证之后，一致决定不办婚礼，而是像很多新婚夫妻一样直接去享受了一次浪漫的蜜月旅行。旅行归来之后，秦闯和周平一起在律师事务所为需要法律援助的弱势群体提供法律服务，但还是不接大案，只象征性地收取费用，两人的事迹在中兴市传为一段佳话。